三國演義

龍爭虎鬥

ISBN 957-13-1241-X

原著者簡介

三國演義

三國演義一書，是由羅貫中依據元朝的三國志平話改編而成。羅氏名本，字貫中，以字行。元末明初人。工於作曲，又善寫通俗小說，相傳他有十七史演義的大著作。原本三國演義共二十四卷。坊間流傳的乃是清康熙年間毛宗岡改作的一百廿回本。

編撰者簡介

邵紅

民國卅三年生。

國立臺灣大學中國文學系副教授。

著有敦煌石室講經文研究一書，敦煌石室的歷史故事、敦煌石室的佛經變文、袁中郎文學觀的剖析、公安竟陵文學理論的探究、明代文學批評的特色及流派、陶蒼夢憶一書的性質等文章。

致讀者書

親愛的朋友：

改寫大家都熟悉的三國演義，是一件吃重而又不易討好的工作。面對著這一部筆力千鈞的巨作，以及亙立於永恆時空中的鮮活人物，好似以五尺之瘦軀周旋在各路英雄好漢之間，常有深受震懾的感覺。

「想秦宮漢闕，都作了衰草牛羊野」，而我們何其有幸，通過了文字，近百年的光陰就在我們眼前流過，鼎足三分，變化曲折，紛爭擾攘的故事，使我們不但摸清了歷史的脈絡，確定了興與亡之間的隔距，更因此而經驗到人性的眞實以及道德的可貴；我們甚而親炙了其中賢者的訓誨，……細讀三國的故事，由不得我們不與書中人物同喜同悲，同起同落。

在五、六百年前，三國的故事，由說話人的口中傳揚開來，我們的祖先在平淡的歲月裏，又該增添了多少熱鬧？在全民教育未被重視推展的明、清，我們的祖先能自我教育，自律自制，三國中或忠、或孝、或勇、或仁的人物，正是他們學習的最佳典範。這一齣了不起的傳奇，娛樂了每一個中國人，也教育了每一個中國人！

三國演義原是這樣的一本影響綿深的書啊！在改寫時，要把六十多萬字濃縮成十五萬字，還要不失大局，我常面臨顧此失彼，忍痛割愛的情形。因此有一些權宜的措施，要在此先向各位朋友表明：

一　章目。原書分章回是爲了說書時的方便，如今因時制宜，爲求整體的效果，而把章回打散，分成廿四章。章目爲求簡明，用四字句，然常不能收提綱挈領之效。

二　語言。原書以淺白的文言爲骨幹，間雜摻用當時的口語。譬如某人說話穩重，便以文言表達；某人說話粗獷，便以口語表達。現在把這些語言全改寫成白話文，不免有損於原書一部份語言的奧妙。

三　對白。對白的出現一依書中原有的先題名的方式：「某曰……」。由於人物繁多的緣故而未能把對白穿插在情節的敍述中。

四　情節。採重點處理的方式。情節中涉及迷信的部分儘可能删去，或者加以簡化。

五　書中的專有名詞，如官名、職稱、地名，爲免影響整個故事的進行。一依原典，不作解釋考證。

在世道人心日漸隳壞的今天，道德淪喪，人心徬徨，青年朋友們何不也從書中汲取德性上的滋潤移化？武侯的耿耿忠腸，劉、關、張異姓手足的生死交情，孫權、徐庶的不違慈親，以及許多死節之士的從容氣度，都是極悲壯動人的！書中寫得最多是智與力的競賽，往往也能給我們許多的啓示。

我期望各位朋友從歷史學家羅龍治先生的力作「三國演義的文學特質及其悲劇藝術」一文中，去了解，從而去把握三國演義一書的精神；我亟盼因著這本因陋就簡的小書，吸引你們細讀原典，有朝一日，更能進入中國文化的深處。

邵紅

目錄

三國演義 龍爭虎鬭

一、桃園結義

話說漢朝，自從高祖劉邦擊敗項羽，奪得天下，建立帝業後，歷經惠、文、景、武、昭、宣、元、成、哀九朝而國勢大衰。哀帝後平帝即位，在位不過五年，孺子嬰居攝三年，王莽即趁機起而篡漢，改國號爲新。十六年後，光武中興，史稱東漢。又歷經明、章、和、殤、安、順、冲、質八朝至桓、靈兩帝，綱紀大壞，宦官主政，加上黃巾作亂，國勢頽敗已到不可收拾的地步。

此時，豪傑英雄及一些有志之士，無不想投身國事，力挽危局。靈帝中平元年，瘟役流行，張角等人用符水替人治病，藉機拉攏人心，以至於四方百姓裹著黃巾跟從張角造反的，多達四五十萬，聲勢浩大，眼看就要進逼幽州。這時幽州太守劉焉用校尉鄒靖的計謀，打算招貼佈告募義軍。佈告到涿縣時，許多人駐足圍觀，其中有一位漢室世冑，姓劉名備，字玄德，生得身長八尺，兩耳垂肩，脣紅齒白，氣度非凡。年已二十八歲，見了榜文，念及國勢，不禁慨然長嘆了起來，當他正黯然自傷的時候，聽到身後有人高聲地說：

「是大丈夫就當爲國出力，長吁短歎，有什麼用處？」

劉備回頭一看，原來是一位身高八尺餘，豹頭環眼的彪形大漢，只聽得他的聲音，如洪鐘，如巨雷般響起：

「我張飛張翼德專喜歡結交天下豪傑，適才聽你長嘆，想來也是有抱負的！我家中頗有莊田，變賣了隨你一起召募鄉親，同舉大事，可好！」

劉備一聽，高興非常，兩人遂結伴往林中小店飲酒慶賀，正喝得有味時，店門外來了一個九尺大漢，髯長至胸，丹鳳眼，臥蠶眉，威風凜凜，不可一世。這大漢推著輛車子，在店門剛歇下，便忙不迭地說：

「酒保，快，快！把酒斟來，待我喝完要到城裏去投軍。」

玄德一聽，趕緊邀他同坐，問他姓名，大漢說：

「在下關羽，字雲長，家住河東。因爲土豪仗勢欺人，我一怒之下，把他殺了，因此逃亡在外，已五、六年了，這番正想從軍破賊。……」

劉備之高興，非同小可，立刻把自己的打算告訴關羽，三人決定往張飛莊上商計大事。

來到張飛莊上，張飛只覺三人十分投契，遂提議說：

「我家莊後有一座桃園，桃花正開，我三人明日去園中祭告天地，結為異姓兄弟，同心協力，商計大事，如何？」

劉備、關羽大喜齊聲應和說：

「正合我心！明日三人結拜去便了！」

第二天，在桃園中，張飛準備了烏牛、白馬、祭禮，三人焚香，祝告天地諸神，再拜之後，口頌誓詞說：

「劉備、關羽、張飛，我等三人雖不同宗，既然結為異姓兄弟，必定同心共力，救助無辜，報効國家，不求同年同月同日生，只願同年同月同日死，天地諸神明鑒，三人若忘恩背義，甘受天人共罰。」

三人立誓後，依長幼次序拜劉備為長兄，關羽居中，張飛為弟。然後殺牛設酒，聚集鄉中勇士三百多人，在桃園中痛飲一番。正飲得酒酣，有兩客來訪，一位是張世平，一位是蘇双，兩人都從事販馬的生意。劉備遂置酒款待，並談到諸人討賊安民的心意，兩客大喜，願意奉送五十匹良馬，五百兩金銀，一千斤鑌鐵。劉備送別兩客後，便命鐵匠打造一双兵器，給關羽和張飛使用。關羽用的是一柄青龍偃月刀，又稱冷艷鋸，重八十二斤；張飛用的是一把丈八點鋼矛，三百多位勇士並打鑄全身鎧甲，又聚集鄉勇二百人，因鄒靖引見去見太守劉焉。劉焉十分高興，認劉備為世姪。

數天後，黃巾賊將程遠志統兵五萬來進攻涿縣，劉焉便命劉備等三人率兵五百前去破敵。劉備領軍到大興山下，只見衆賊披頭散髮，額紮黃巾，來勢洶洶；劉備在關羽、張飛左右護翼下，揚鞭大罵：

「叛國反賊！還不早早投降?!」

程遠志和副將鄧茂騎馬直奔過來，張飛手舉丈八蛇矛刺出，直入鄧茂心窩，鄧茂翻身落下馬，程遠志見了大驚，拍馬舞刀，關羽縱馬迎上，大刀一揮，程遠志被斬為兩段。敵軍大亂紛紛抛下武器，只顧逃命，劉備指揮大軍追殺，投降的也不在少數。劉備領軍大勝而回，劉焉大喜，親自犒勞軍士。

第二天，劉焉又接到青州太守龔景的牒文，說是城被黃巾賊包圍，已快不能支持，請求救援。劉焉立即派劉備率領關、張兩人往青州解圍。當援兵初抵青州，劉備兵五千即與賊軍混戰，寡不敵衆，劉備即令軍士後退紮營，對關、張兩人說：

「敵軍多，我軍少，如今必定得出奇兵制敵，方能取勝。」

於是便命關羽率領一千軍在山左埋伏，張飛引一千軍在山後埋伏，以鳴金爲號，劉備和鄒靖，親自領軍擊鼓鳴鑼，以期引起敵軍的注意，一當敵軍迎戰，劉備軍便假裝敗退，敵軍不虞有詐，追殺過來，方過山嶺，劉備軍一齊鳴金，關、張兩軍分別從山左山右湧出。劉備、鄒靖軍又回身力拚，三路夾攻，賊軍大敗，青州之圍遂解。

青州太守龔景大事犒勞，鄒靖欲回軍幽州，而劉備說：

「聽說中郎將盧植和賊首張角在廣宗交戰，我曾以師禮事盧植，想要去助其一臂之力。」

劉備與關羽、張飛帶了五百軍開往廣宗，見過盧植，盧植對劉備說：

「今日我被反賊圍困在此！張角之弟張梁、張寶正在潁川和皇甫嵩、朱儁對壘，我給你一千兵馬，請兄前往潁川探聽消息，約定日期，合力圍勦如何？」

劉備遂連夜趕路，前往皇甫嵩、朱儁處，此時賊戰不利，退入長社，在長草中紮營，因為賊軍在草中結營，皇甫嵩與朱儁設計，可用火攻，遂下令軍中，每人手持茅草一束，暗地埋伏，到半夜大風起時，一齊縱火，皇甫嵩和朱儁領兵出戰，賊軍迎戰不能勝，而營寨又火焰漲天，軍心大亂，兵士四散奔逃，皇甫嵩率軍殺至天明，張梁、張寶領殘軍奪路逃走。

當張梁、張寶正惶恐竄逃的時候，一隊打著紅旗的軍馬把張梁、張寶攔住。為首的是一個身長七尺，細眼長鬚的官員，這人姓曹，名操，字孟德，是中常侍曹騰的養子。因黃巾之亂，官拜騎都尉，領軍五千，奉命來潁川助戰，正遇張寶、張梁敗走，天縱良機，曹操攔住張梁、張寶軍大殺一陣，斬首萬人，又奪了許多旗旛、金鼓、馬匹，張梁、張寶奮力逃脫，曹操急忙領兵追趕。

劉備領了關、張二人來到潁川支援，只聽見一片喊殺之聲，皇甫嵩來迎，把一切經過告訴劉備，並要劉備等人前往廣宗，對付張角。劉備領命，在回路上，只見一輛檻車，有軍馬護送，車上的囚犯正是盧植，衆人大吃一驚，劉備從馬背跳下，急忙問其緣故，盧植說：

「我軍圍張角，不能卽時有戰功，朝廷差宦官左豐來探問消息，又向我索取賄賂，我回答說：『連軍糧都不夠，那來閒錢奉承來使？』左豐懷恨之餘，回到朝廷竟說我治軍不力，軍紀隳敗，又築高城牆不應戰，因此派中郎將董卓來代替我，要把我押回京問罪。」

張飛一聽，怒不可遏，便要殺護送的軍人來救盧植。劉備趕忙喝止，說：

「朝廷自當依法辦理，你怎能意氣用事？」

關羽眼見盧植被捕，便建議不如引軍北返，回到涿郡。走了兩天，三人忽然聽見山後傳來一片殺喊的聲音，上馬從高岡往下看，只見漢軍大敗，後面漫山遍野都是頭裹黃巾的賊兵，又有一面大旗，上寫「天公將軍」，劉備說：

「這就是張角的軍隊，快，我們迎上去！」

三人領兵迎擊張角，張角正俘虜了董卓，殺得興起，忽然衝來了援軍，於是局勢大亂，張角的部下紛紛敗走，劉備和關、張兩人遂救了董卓。回到營中，董卓便問三人現在擔任什麼職務，劉備說：

「目前並未擔任官職。」

董卓一聽，十分輕視的樣子，救命之恩也不謝了。張飛大怒，說：

「這傢伙太驕傲無禮！我們親自衝鋒陷陣，拚命血戰，才救了他性命，如今不殺了他，實在消不了胸中這口怨氣！」

張飛說畢，就要提刀進帳去殺董卓，劉備和關羽趕緊一把拉住，說：

「董卓是朝廷命官，怎可說殺就殺？三弟快快同來！」

張飛十分生氣，便大聲說：

「要是不殺這傢伙，反而要在他之下聽命，我絕不甘心！二位兄長要留在此，我自己一人投往別處就是了！」

劉備一聽，立即應道：

「我三人情同手足，同生同死，怎能輕言分離？不如三人都投靠別處去罷！」

於是，三人便連夜趕路，去投靠朱儁朱儁對他們十分禮遇，四人合力進兵，攻破了張角之弟張寶的八、九萬大軍之後，朱儁又與劉、關、張攻下了陽城，收服了黃巾餘黨韓忠，於是朱儁表奏劉備有功，劉備因得除授中山府安喜縣尉，關羽、張飛隨侍在劉備左右，食則同桌，寢則同牀。劉備到縣不過數月，深得縣民愛戴。

這時卻因朝廷所差督郵來到安喜縣，劉備不肯行賄，反被指責爲「迫害縣民」，三人不得已，只好離開安喜，前往代州，去投靠劉恢。劉備因劉恢的推薦，而任平原縣令之職，此時距中平元年黃巾作亂，已過了五個年頭了。

二、孟德獻刀

中平六年，夏四月時，靈帝病危，召大將軍何進進宮，準備商議後事。這何進原是個屠夫，因爲妹妹入宮，被靈帝選爲貴人，生下皇子辯而被册爲皇后，因此何進得以專權。後來靈帝又寵幸王美人，王美人生下皇子協，何后嫉妬，毒殺王美人，皇子協因此養於董太后宮中。董太后每每勸靈帝立皇子協爲太子，靈帝也偏愛皇子協。因此當病重時，宦官蹇碩上奏，以爲要立皇子協，得先殺何進，以絕後患。於是靈帝便宣召何進進宮。

何進奉旨來到宮門，遇見軍司馬潘隱，潘隱和何進一向交好，因此急勸何進返回，並把蹇碩的奏言告訴了他。何進大爲吃驚，趕忙回宅，召集大臣，想要殺盡宦官。忽然，座中有一人挺身而說：

「宦官豈是容易殺盡?!在我朝沖帝、質帝時，宦官專權就到了不可收拾的地步。如今將軍想盡殺宦官，如果事機不密，消息洩漏，必定會招致滅門之禍，還請將軍仔細考慮。」

何進一看，說話的人正是典軍校尉曹操。何進心想，這是何等大事，怎容他隨意發言，就喝叱他道：

「你這小輩，那裏清楚朝廷大事?!」

大家正在躊躇時，有人進言，說靈帝已駕崩，蹇碩與諸宦官商議先立皇子協為帝，而後才發布靈帝駕崩的消息。何進尙未意會，宮中使者已來到，宣何進進宮商計後事。何進與司隸校尉袁紹，點了御林軍五千，全身披掛；又引何顒、簡攸等大臣三十餘人，相繼入宮，以先聲奪人。何進率眾來至宮中，就在靈帝靈柩前，先立太子辯為皇帝。同年六月，何進又派人毒殺董太后。不久，何進又打算召外兵協助殺盡宦官，曹操遂即向何進諫道：

「宦官為禍，古今皆有，只要在位國君不將權勢輕易交下，便不至於為害國家。如今將軍想要治之以罪，也不過只需處分其領頭的人。如果想要召外兵協助殺盡宦官，事情必然洩露，而結果必定要失敗的！」

曹操的諫言似一頭冷水潑下，何進一聽，大怒道：

「孟德，你是別有所圖麼？」

曹操未料何進會發怒，只好一言不發，立即退了下去，心中暗想：將來使天下大亂的，恐怕就是這何進了。

就在何進謀誅宦官的時候，破黃巾賊無功的董卓，此時卻因賄賂宦官，又結交朝廷中的顯要，竟又任官，統領西州大軍二十萬，時時有篡弒之心。侍御史鄭泰曾告訴何進，以爲董卓其人恰似豺狼，不可引入京城。何進卻認爲鄭泰多疑，不值得與他商量大事，而盧植也曾上諫說：

「我向來知道董卓是何許人！這人面善心狠，只要一入朝廷，必然引起禍患，當今，最要緊的就是阻止他進京，以免有不測之變。」

而何進也不聽盧植的勸告，由於他的剛愎，許多部下都棄官求去。此時，董卓正在澠池，按兵不動。張讓等宦官獲悉了何進的陰謀，就要求何太后替他們說項，又要求太后請何進進宮，好在宮中向何進請罪。太后乃降旨宣何進進宮，何進的主簿陳琳勸諫說：

「太后此詔，定是那批宦官之計，千萬去不得！」

但何進一無戒心，他說：

「太后詔我，會有什麼禍事？如今我已掌握了天下的大權，宦官又能奈何得了我？」

袁紹與曹操，便選了五百精兵保護何進前往長樂宮，有一位宦官傳旨道：「太后只傳大將軍，其餘人不得進入。」將袁紹、曹操擋在宮外。何進昂然進入，張讓、段珪兩人左右圍住何進，責備他毒殺國母董太后，不待何進尋路逃走，一刀將他砍為兩段。袁紹、曹操久等不見動靜只好，在宮外大呼，張讓便將何進的首級從牆上拋出來，袁紹厲聲大喊，五百人齊來響應，在青瑣門外放起火來，袁、曹兩人引兵入宮，只要見到宦官，不論年紀大小，一律殺絕，當日號為十常侍中的趙忠、程曠、夏惲、郭勝四人被剁為肉泥，宮中火焰沖天，而張讓、段珪、曹節、何覽四人將太后、太子等人刼走。袁紹又下令軍士，凡是宮中無鬚的男人，統統殺死，此時曹操一面救宮中之火，一面請何太后暫時管理大事，一面派人追趕張讓，尋回少帝。

張讓等人刼走了少帝與陳留王皇子協，忽聞後面喊聲大起，張讓眼見情況危急，就投河自殺了，少帝二人逃走，步行到五更天，只見一所莊院，莊主崔毅得知是天子，就扶二人入莊，跪進酒食。將瘦馬一匹牽給少帝乘坐，一羣人護擁著往京城而去，行不到數里，忽見一片旌旗塵土遮天，衆人大驚，少帝混身戰慄，口不能言，陳留王勒馬向前喝道：

「來人是誰？」

大隊人馬中閃出一人，却是董卓。

董卓回答說：

「我是西涼刺史董卓。」

陳留王驚問：

「你是來保駕？還是來刼駕？」

董卓順聲回答說：

「特來保駕！」

董卓下馬，行叩拜大禮，陳留王和董卓談話，一無錯失，而少帝則顯然怯懦，董便卓暗自立願，要廢立少帝，重立陳留王。此時董卓又招誘何進部下，兵權在握，威重一時。同年九月董卓卽廢少帝，立陳留王協，卽是獻帝。獻帝年方九歲，董卓卽自稱相國，上朝不拜，作威作福，又命李儒以毒酒毒殺少帝及何太后。每夜入宮，荒淫無道，又濫殺無辜，草菅人命，姦淫擄掠，無所不爲。一時有志之士見董卓暴虐無道，皆憤恨不平。當時有一名越騎校尉，名叫伍孚，見董卓如此過分，常在朝服內藏一把短刀，想要伺機殺死董卓。一日，伍孚至閣下迎接上朝的董卓，拔刀就刺，董卓不料有變，倉卒間急忙用兩手摳住伍孚，他的兒子呂布趕來，揪倒伍孚，董卓大怒，問：

「是誰指使你造反？」

伍孚瞪目大喝，說：

「你又不是我的國君！我也不是你的屬臣，豈能說是造反？你罪大惡極，是人就應當殺了你！我只遺憾不能把你五馬分屍！」

董卓大怒，命人將伍孚推出去用小刀凌遲，而伍孚至死罵不絕口！從此之後，董卓出入都帶甲士護衛，一刻也不離身！當時袁紹聽說董卓挾天子以自命，就派人送密書給王允，尋謀殺董卓的方法。有一天，王允遇見衆多舊臣，便請他們到家小酌。當晚，酒過三巡之後，王允忽然掩面大哭，衆官吃驚，驚問是何緣故，王允乃說：

「今天我邀約衆位，託言在舍下小酌，只是怕董卓起疑。董卓這賊欺主弄權，恐怕國家難保！想起從前高祖滅秦始皇，打敗項羽，才建立起漢家天下，大好江山，誰想到今天竟然敗於董卓之手？我念及此，才忍不住流下淚來。」

衆人感觸良多，也紛紛哭了起來，其中有一人偏偏撫掌大笑，說道：

「滿座百官，從晚上哭到天亮，從天亮哭到晚上，能哭得死董卓嗎？」

王允聞言一看，竟是驍騎校尉曹操！大怒說：

「你祖先吃的也是漢家俸祿，作的也是漢家職官，如今竟不想報國而反嘲笑在座諸君，你的居心何在！」

曹操正色說：

「我之所以笑，乃是笑衆位想不出一條計策去殺董卓；我雖然沒有什麼才能，然而立志斬斷董卓首級，懸在城門下，以示天下之人！」

王允一聽曹操的慷慨陳辭，遂辭退衆客，單獨與曹操密談，王允問道：

「孟德，你有什麼高見？」

曹操答道：

「最近我事奉董卓，在他手下做事，我的目的實在是想得一機會除去奸賊！如今，董卓對我好似頗爲信任，我時常有機會接近他。聽說司徒您有一口七星寶刀，希望能借給我曹操，進入相府，伺機刺殺，洩我心頭大恨！」

王允大喜，以爲曹操眞是有心之人，遂親自佈酒招待，席間曹操瀝酒發誓，王允遂把寶刀給了曹操。

第二天，曹操佩著寶刀，來到相府，遇人就問丞相在何處，有人回答說：「丞相在小閣中。」曹操入見，只見董卓踞坐在牀上，呂布侍立其後。董卓怪道：

「孟德，你何故遲來？」

曹操說：

「回丞相，操騎了一匹老馬，所以躭擱了時辰。」

董卓回頭對呂布說：

「前天西涼國人進獻了幾匹好馬，奉先，你去親自揀一匹送給孟德。」

呂布走後，曹操心中暗想，這可是天賜良機，於是自腰間拔出刀來，想要行刺，又恐怕董卓力氣大，不敢輕舉妄動。董卓體肥，不耐久坐，就倒下身去，面轉向牀裏，曹操又想：「這賊今天合該命終！」急忙把寶刀從刀鞘抽出，正要刺時，不料董卓從照衣鏡中看見曹操在背後拔刀，連忙回身喝止：

「孟德！你作什麼?!」

這時呂布已經牽馬來到閣外，曹操倉皇之中，立刻持刀跪下，說：

「我有一口寶刀，正要獻給恩相。」

董卓接過來一看，這把刀長七尺餘，刀柄的嵌飾十分精美華麗，刀刃又極其鋒利，心中又疑惑，又高興，遂命呂布拿去收了。董卓引曹操出閣看馬，曹操向董卓道謝，忙說：

「眞是良馬，希望恩相准我試騎一番！」

董卓便把鞍轡交給曹操，曹操牽馬走出相府後，立卽躍上馬背，加鞭快馳，竟往東南方飛奔而去！董卓大怒，才曉得他眞是來行刺的。

三、孫堅匿璽

在黃巾亂起的時候，吳郡富春地方有一位姓孫名堅的年輕人，是春秋時孫武子之後，十七歲時曾與父親到錢塘遊玩，看見海賊十餘人正搶掠商人財物，在岸上分贓。孫堅立刻奮力提刀上岸，揚聲大叫，作指揮狀，海賊誤以爲官兵駕到，於是拋下財物就逃。孫堅因此被推舉爲校尉。黃巾之亂大熾時，孫堅又聚集鄉中少年一千五百組成精兵上會稽縣助朱儁攻城，結果斬賊廿餘萬人。

等到曹操刺殺董卓失敗後，各路英雄好漢紛紛集合，商議進兵之策，力圖恢復漢室，孫堅也在羣中。這時，曹操宰牛殺馬，大宴諸侯。會中太守王匡進策，以爲既奉忠義之名，要討亂賊董卓，就當立盟主，以免羣龍無首。曹操乃推薦袁紹，起初袁紹再三推辭，而後在衆人堅持之下，袁紹登上了壇，與羣雄焚香歃血，以表同心。並說：

今日我等既立盟主，就當聽任差遣，不計強弱，同心協力，以利國家。

袁紹商居首位，環視四周，乃說道：

「我無德無才，今被羣賢推舉，定當奮力以赴，有功必賞，有罪必罰。國有國法，軍有軍紀，唯望諸君與我共同遵守，以維綱紀。如今，我等當分路部署，各負己責。舍弟袁術可任總督糧草，供應諸營所需，不使有缺。更需要一人為先鋒，前往汜水關挑戰，其餘諸人分據各要塞，以為援應。」

孫堅此時已任長沙太守，聞言便自告奮勇，說：

「我自願任先鋒的工作，前去誘敵。」

袁紹以為孫堅正是合適的人選。孫堅遂引本部軍馬殺往汜水關，孫堅手下有四將：程普，使一條鐵脊蛇矛；黃蓋，使鐵鞭；韓當，使一口大刀；祖茂，使雙刀。孫堅則身披銀鎧，閃閃發光，手持大刀，騎花鬃馬，在關上罵陣，董卓手下華雄的副將胡軫帶兵五千出關迎戰，被程普刺中咽喉，死於馬下。孫堅揮軍攻關，但關上擲下大小不等的石塊，隨著箭矢，如雨般地下來。孫堅不得已引兵回到梁東紮營，派人向袁術報捷，又要求支援糧食。在袁術的謀士中，有一人因此遊說袁術，認爲：孫堅就如江東的一頭猛虎，如果他攻下洛陽，殺了董卓，就如同除去了狼禍而又有虎患一樣！當今最好的打算，不如將糧食扣押，斷絕孫堅的支援，而後收鷸蚌相爭之利！袁術覺得這話說得甚是有理，於是不發糧食。在孫堅營中，因此軍心大亂。次日，華雄引兵下關，到孫堅寨前，已是半夜，華雄鼓譟直進，孫堅慌忙上馬應戰，雙方正鬪得不可開交時，華雄的謀士李肅令便教軍士放起火來，孫堅部下軍士只好到處竄逃，孫堅、祖茂兩人趕忙縱馬逃走，祖茂對孫堅說：

「主公，你頭上紅色的包巾太顯目了，容易被賊人辨認，請您脫下和我交換罷。」

孫堅就將紅色頭巾給祖茂戴，自己戴了祖茂的頭盔，分兩路逃走。華雄的部下只望著紅巾追趕，孫堅乃趁機從小路逃走。祖茂被華雄追趕得緊急，索性將紅巾掛在人家燒過的庭柱上，自己躲到樹林中。華雄的部下在月下，遠遠瞧見紅巾，遂從四周圍住，發箭射出，却不見動靜，上前去細看方知是中計，於是向前取了紅巾，這時祖茂從林中殺出，揮雙刀要劈華雄，華雄大喝一聲，將祖茂一刀砍下馬。到天破曉時，程普、黃蓋、韓當三人，便來尋孫堅，再收拾軍馬，紮營，孫堅則因爲祖茂爲救自己而死，十分感傷。

在袁紹營中，此時已知孫堅敗於華雄之手，便聚集衆諸侯商議，正商議時，忽然探子來報：華雄用長竿挑著孫堅頭巾，來寨前罵戰。袁紹便命驍將俞涉、潘鳳前去應戰，不想兩人交戰不及三回合，都被華雄殺下馬來，袁紹和衆人大驚失色，忽然階下有一人大呼而出，嚷著要去斬華雄頭，原來是丹鳳眼、臥蠶眉，面色如赤棗，聲響如洪鐘的關羽。袁紹便問：

「這位勇士，如今任何職？」

關羽回說任劉玄德的弓手，袁紹便心中不樂，以爲小小的弓手，何足以敵勇猛的華雄？此時曹操便說：

「這人儀表不俗，華雄那裏知道他只是一名弓手？」

而關羽也說：

「這次我去和華雄挑戰，如果失敗，願意請斬。」

曹操遂教人燙了一盅酒，要關羽飲了再上馬，關羽說：

「酒且斟好，我去一去就回！」

說著，走出營帳，手提大刀，飛身上馬。衆諸侯只聽得關外鼓聲大作，喊聲大揚，好似天地崩塌，羣山動搖，衆人大驚失色，正欲派人去探聽，只見關公提了華雄的頭，回到帳裏，把斬下的首級擲向地面，而曹操所熱的酒，此時尚溫，正合入口！

而在董卓處，董卓聽說上將華雄被殺，急忙召集李儒、呂布商議，一面派兵殺了袁紹叔父袁隗，又起兵二十萬要來攻袁紹。先將軍隊分作兩路，一路由李傕、郭汜引五萬兵，把住汜水關靜候；董卓自己率領十五萬人，和李儒、呂布、樊稠、張濟等人把守虎牢關，當軍馬已開到虎牢關上，袁紹命呂布領三萬大軍，先去關前紮營。袁紹手下的探子見到呂布已到關前，急忙來報，袁紹乃分王匡、喬瑁、孔融、張揚、公孫瓚等八路諸侯往虎牢關迎敵，曹操軍則往來救援。八路諸侯各自起兵，河內太守王匡引兵先到，呂布帶領三千鐵騎，飛奔而來，只見呂布頭帶三叉束髮紫金冠，身穿西川紅錦百花袍，外加獸面呑頭連環鎧；腰繫勒甲玲瓏獅蠻帶，弓箭隨身，手持畫戟，坐下是嘶聲作響的赤兎馬，果然是拜董卓為義父的「人中呂布，馬中赤兎」。然而呂布驍勇善戰，轉瞬間，王匡便被呂布一戟刺落馬下。八路諸侯，一齊上馬，呂布在高處望見，先來衝陣，張揚部將穆順出馬不敵，孔融部將武安國上陣又不敵，曹操建議說，

「呂布忒會作戰，當今我方可會合十八路諸侯共議良策，只要擒住呂布，董卓就容易對付！」

衆諸侯商議時，呂布又引兵來挑戰，八路諸侯軍一齊上陣，公孫瓚親自迎戰呂布，

不敵敗走，此時但聽得一聲大喝，張飛飛馬趕來，三叫：

「三姓家奴休逃！我張飛在此！」

呂布見了張飛，抖擻起精神，和張飛交手，連戰數十回合，不分勝負，關公見了，把馬一拍，便舞起八十二斤青龍偃月刀，來夾攻呂布，戰到三十合，又擊不倒呂布，玄德一看，遂即掣雙股劍，騎上黃鬃馬，也來助戰。這三個人圍住呂布，就像轉燈兒般地繞著，奮力厮殺，八路人馬看得都呆了！呂布招架不住，往玄德面上，虛刺一戟，玄德急忙閃身，呂布趁機倒拖畫戟，飛馬跑回，劉、關、張三人急急趕上，來到關下，只見關上西風飄動著的青羅傘蓋，三人知是董卓所在，想要進攻，而關上矢石如雨般射下，劉關張及八路諸侯不得已而退了回來。

在袁紹的營帳中，袁紹正下令孫堅進兵，孫堅帶著程普、黃蓋却來到袁術寨中，孫堅以杖擊地，說：

「董卓原來和我並無仇隙，而我爲了列位諸侯，奮不顧身，先行去挑戰，上爲國家，下則爲了將軍個人，而將軍你却聽信讒言，不發軍糧，以致我軍失敗，你這樣作，良心可安？」

正當孫堅嚴責袁術之時，忽然有人來報說：

「關上有一將，乘馬而來，要見孫將軍，」

孫堅一見，這人乃是董卓愛將李傕。李傕說：

「丞相敬佩的人，在諸侯之中，只有將軍一人，如今，特派我來和將軍結親，丞相有女，想要匹配給將軍。」

孫堅一聽，怒不可遏，罵道：

「董卓逆天無道，殘暴昏昧，我正想要殺他九族，以謝天下之人，如何能和逆賊結親！我不殺來使，饒你一命，你趁早離開，如果你還喋喋不休，我一定叫你粉身碎骨！」

李傕回去後，在董卓面前，直嚷孫堅無禮。董卓亦十分生氣，李儒乃建議董卓，不如領兵回洛陽，而把少帝遷往長安！因爲缺少錢糧，又聽信李儒的話，在洛陽遍捉富戶，有數千家之多，在他們頭上揷上「反臣逆黨」的大旗，推出斬首，而後奪取他們的財寶金器，又驅趕洛陽數百萬人民，前往長安，軍隊押著百姓，在途中倒地而死的人數，數也數不盡。董卓又放任軍士奪人糧食，侮辱婦女，一路上啼哭之聲，眞是驚天動地！臨行前，又在洛陽各城門放火，火燒居民房屋，以及宗廟、官府，南北兩宮，洛陽的建築，一時幾乎成了廢墟。董卓又差呂布去挖掘先皇及后妃的陵墓，奪取陪葬的寶器，軍士也趁機大掘官民墳塚，將金珠緞疋，載了幾千車，押了天子后妃，開往長安。

此時，董卓手下的一員大將趙岑，見董卓已棄洛陽而去，便獻了汜水關，孫堅乃驅兵先入，只見洛陽火焰冲天，黑煙鋪地，孫堅就救滅了火，令諸侯各於荒地上紮營，安頓人馬。這時，曹操來見袁紹，責問他何以不乘勢追趕董卓？袁紹託辭諸侯疲困，恐怕無法得逞。而衆諸侯也以爲不可妄動，曹操一聽大怒，遂自領兵萬餘，命夏侯惇、夏侯淵、曹仁、曹洪連夜追趕董卓。大軍一行到滎陽，董卓用李儒計，命呂布埋伏在滎陽城外山旁，以偷襲來兵。此時，呂布眼見曹操軍漸近，就將軍馬擺開，兩軍大戰起來，夏侯惇、夏侯淵抵擋不住，曹操只好棄軍自滎陽退回，在一荒山脚下埋鍋炊飯，這時，徐榮伏兵又殺到，曹操慌忙上馬逃走，徐榮搭上了箭，射中了曹操的肩膊。而後兩個軍士將曹操捉住，正在刻不容緩之際，曹洪騎馬衝來，揮刀將兩軍士砍死，在逃亡途中，夏侯惇，夏侯淵又領數十人前來營救，曹操終於能回到營中，乃決定聚集殘兵，回到河內。

在洛陽的衆諸侯，此時正分別在各處屯兵。孫堅救滅了宮中餘火，將營帳安紮在建章殿前；又命軍士掃除殿中瓦礫，凡是董卓所挖掘的陵寢，全部加以掩閉；

在太廟前，構築了簡單的三間殿屋，請衆諸侯立先人的神位，以太牢來祭祀先人。這一夜，星月交映下，孫堅按劍而坐，仰觀紫微星座，一片漫漫白氣籠罩著，低頭俯想人間的動亂，孫堅嘆息道：

「帝星不明，以致賊臣誤國，生靈塗炭，京城不保！」

說完了，眼淚便禁不住地流了下來。

孫堅正在傷感時，殿中有一軍士自井中得到一方玉璽，方圓四寸，上面刻著五龍，印旁缺一角，鑲以黃金，璽上有篆文八字，是：「受命於天，既壽永昌」，孫堅得到這方玉璽，並不知道來歷，程普便將這玉璽的來歷一一說明，並且說：

「今天主公得到這方玉璽，是天授與的，將來必能登上天子之位！此處不能久留，我軍還是速回江東，再行圖謀大事罷。」

兩人商議已定，便拔營離開洛陽，袁紹恨孫堅得玉璽而不交出，乃差人連夜送書給荊州刺史劉表，希望劉表在半路攔截孫堅。

此時，曹操見袁紹、孫堅等人各有異心，不能合力完成大事，遂自領兵，投往揚州。玄德和關、張兩人聽公孫瓚的建議，離開袁紹，爲防有變，乃拔營北行，到平原守地養軍。袁紹見衆人各自分散，也就領兵拔營，離開洛陽，投往關東。

在荆州，劉表因袁紹的要求，在半路擊敗孫堅，孫堅幸得程普、黃蓋、韓當三員大將相救得以脫險，而軍隊折了一半，孫堅等人便急忙奪路回到江東，劉孫兩人因此結爲死敵。稍後，袁術向劉表借軍糧，劉表不給，袁術遂挑撥孫堅伐劉表。孫堅也打算報仇雪恥。孫堅有四子：孫策，字伯符；孫權，字仲謀；孫翊，字叔弼；孫匡，字季佐。孫堅命黃蓋在江邊安排戰船，攜著孫策，殺向樊城，大勝；大勝之餘，又領兵要圍攻襄陽，此時劉表手下謀士蒯良獻計，要健將呂公領一百人上峴山，尋石子並執弓伏在草叢樹林中，又令五百人馬出陣誘敵，追兵到山下時，山上埋伏的百人便矢石俱發，然後城中軍士便出來接應，兩面夾殺。果然，當孫堅和呂公交手，呂公詐走，孫堅隨後趕入，忽然一聲鑼響，山上石子亂下，林中亂箭齊發，孫堅身中石箭，腦漿迸流，人馬都死在峴山之下。孫策只得把父親葬在曲阿附近，罷戰回江東，在江都安頓下，努力招賢納士，羅致人才，而由於孫策屈己待人，一些豪傑也都漸漸投附他，樂於爲他所用。

四、計獻貂蟬

董卓來到長安以後，放肆奢華，一日甚於一日。聽說孫堅已死，十分高興，以為除去了心腹大患。又得知孫策才十七歲，董卓更不以為意，從此愈加驕橫，自號「尚父」，出入所行都是天子之禮，有儀仗隨行。董氏宗族，不問年長年幼、無不封侯。又在離長安城二百五十里處，驅役百姓二十五萬人築郿塢，城郭高下厚薄，完全和長安相同，城內宮室倉庫之中，又屯積了足夠二十年食用的糧食，強選民間少年及美女八百人，令他們離家背井住在郿塢。而在郿塢堆積的金銀財寶，已到無法勝計的地步。董卓時而往來長安，公卿還得列隊在城門外送行！

有一天，董卓出城門，大列賓宴，百官送行的時候，忽然從北方招降來的降卒有數百人經過此地，董卓卽命人把他們抓到座前，或砍斷手足，或鑿出眼睛，或割掉舌頭，或用大鍋煮，哀叫的聲音震天動地，百官看了這一幕，無不膽顫心驚，站也站不住，坐也坐不穩，連手中的筷子也掉了下來，然而董卓却談笑自若。董卓的濫殺無辜，草菅人命也是到了不能令人忍受的地步。

司徒王允是個有心人，眼見董卓如此殘暴，總想設計除去他。一日，王允步入後園，在荼蘼架側仰天垂淚，忽然聽到有人在牡丹亭畔長吁短歎。王允悄悄地走過去一看，原來是府中的歌伎貂蟬。這貂蟬自幼選入府中，色伎俱佳，王允對待她就像親生女兒一樣。王允便問她是何緣故到了入夜時分還在園中長歎？貂蟬回答說：

「妾蒙大人教養，自小訓練歌舞、學習禮儀，雖是粉身碎骨，我也難報教養之恩。近來只見大人兩眉深鎖，想來必是國家大事困擾，今晚又見大人坐立難安，因此長嘆。大人如果用得著妾，妾絕不推辭。」

王允一聽，忽然靈機一動，用手杖擊地說：

「沒料到大漢天下却掌握在你的手中！來，貂蟬，隨我到畫閣中來！」

王允和貂蟬來到閣中，王允忽然跪下，貂蟬大驚，急忙扶起。王允說：

「如今董卓專權，百姓痛苦不堪，正待人援救。又聽說董卓卽將篡位，朝中文武百官，都無計可想。董卓有一位義子，名叫呂布，這人十分驍勇，幫著董卓爲非作歹，濫殺無辜，這兩人務必要除去，天下生靈方能安居。我看呂布和董卓兩人都是好色之徒，我想用連環計，先把你許嫁給呂布，然後把你獻給董卓，用來離間他們父子的感情。叫他父子反目，使呂布殺了董卓，然後再建立大漢社稷。你是否願意解救天下蒼生？」

貂蟬一聽，便回答王允說：

「妾願意藉此報答大人！大人可以儘快把我獻出，妾心中自有盤算！」

第二天，王允將家藏的幾顆夜明珠，命良工嵌造金冠一頂。叫人密送呂布，呂布便親自到王允府邸來道謝，王允請入後堂，殷勤勸酒，酒至半酣，二名著青衣的婢女引著貂蟬出來，呂布一見，驚爲天人，王允說道：

「這是小女貂蟬。允承蒙將軍錯愛，將軍對於我，就好像至親一樣，所以令小女前來和將軍相見。」

王允便命貂蟬把盞勸酒，貂蟬和呂布兩人，眉來眼去，呂布請貂蟬坐，貂蟬假意要進去，王允便勸止貂蟬，假稱將軍是至友，稍陪坐無妨。貂蟬便坐在呂布旁邊，呂布目不轉睛地看。又飲過數杯酒後，王允便問呂布，願不願意納貂蟬爲妾，呂布大喜過望，連聲道謝！王允許諾再過數天，定將貂蟬送入呂布府中。並說：

「允本來想留將軍在舍下過夜，但恐怕太師懷疑。」

過了幾天，在朝堂上，王允見呂布不在，伏地向董卓邀請到家中小宴，董卓同意前往。王允回到家中，在前廳大事佈置，以錦繡鋪地，內外各設幔帳，預備下了山珍海味。次日近中午時分，董卓來到，王允穿上朝服跪迎。在席間王允不住地讚美董卓，將他比爲伊尹、周公，董卓十分高興。天晚酒酣時，王允又請董卓進入後堂，王允捧著酒杯阿諛董卓理當繼漢室爲天子，董卓更樂，當堂上點上畫燭，王允便告訴董卓，要請家伎歌舞。王允放下簾櫳，笙簧聲起，貂蟬在簾外起舞。舞罷，貂蟬又轉入簾內，向董卓深深再拜，董卓一見，驚爲天人，稱賞不已。王允乃命貂蟬敬酒，董卓笑道：

「眞正美如天仙！」

王允就說：

「允想把這妓獻給大師，不知太師是否肯接納？」

董卓大喜，再三稱謝。王允就命人駕車，把貂蟬送入相府。回程時，車行到半途，只見呂布騎馬執戟而來，呂布一見王允，便一把揪住衣襟，厲聲問道：

「有人告訴我，你用車把貂蟬送入相府，是何緣故？你既然以貂蟬許我在先，怎麼又把貂蟬送給太師？你如何這般戲弄我?!」

王允連忙請呂布到家中，說道：

「將軍如何能怪我？昨天太師在上朝時對我說，要到舍間，有事相告，允因此準備，等候太師。酒席間，太師對我說：我聽說你的女兒，名喚貂蟬的已許配我兒奉先，我想看一看貂蟬。老夫一聽太師此言，不敢違命，便喚貂蟬出來見太師，太師說：

「今日是良辰，就是今天，我把這女帶回去，和奉先完婚罷。將軍，您想一想，我王允豈有不答應之理？」

呂布聽了這番解說，自覺魯莽，便向王允道歉，遂回府去了。到了次日，呂布到太師府中打聽，一點消息也沒有，呂布直入中堂，侍妾們對呂布說：太師和新人共寢，還未起身呢！呂布一聽，憤然大怒，就偷入董卓臥房，這時貂蟬已起身，見窗下池中有一人影，正是呂布，貂蟬隨即故蹙雙眉，作憂愁不樂之貌，又頻頻以香巾拭淚。當董卓起身用餐，呂布侍立在董卓身後，但見繡簾內，貂蟬微露半面，以目傳情，呂布眞是神魂飄蕩，董卓一見，心中猜忌呂布，便令呂布退出。

從此以後董卓爲色所迷，經常三、四十天不理政事。有一回，董卓患病在牀，貂蟬衣不解帶地細心看護，董卓心喜，而呂布卻常藉探病的機會前往董卓寢室和貂蟬相見。有一次董卓正假寐時，貂蟬以手指心，又以手指董卓，揮淚不止！呂布覺得十分心碎。正在眉目傳情時，董卓矇矓看見呂布目不轉睛地注視著貂蟬，就大怒罵呂布說：

「小子大膽！竟然敢戲弄我的愛姬！」

董卓把左右叫來，拉呂布出門，不許他再進入內室。呂布憤恨而歸。

董卓病癒後，入朝議事，呂布執戟相隨，見董卓與獻帝正談得起興，便溜回相府，尋找貂蟬，貂蟬要呂布到後花園談話，呂布遂提戟前往，在鳳儀亭旁等候。不久，見貂蟬分花拂柳而來，正如月宮中的仙子，貂蟬哭泣著對呂布說：

「妾雖非王司徒的親女，然王司徒待我如己出，妾自從見到將軍，又得父命許配將軍，於願已足！而不料太師起不良之心，將妾淫汚，妾憤恨而尙未自盡，就是等著和將軍一見！如今能見到將軍，表明心願，眞是死而無憾了。」

貂蟬說完，手攀池邊的曲欄，便要往荷花池中跳。呂布慌忙抱住，激動地說：

「我今生不能娶你爲妻，我就不是英雄！」

呂布摟住貂蟬，好言相勸，兩人偎偎倚倚，不忍分開。此時董卓在殿上，一回頭不見呂布，心中懷疑，連忙向獻帝告辭，驅車回府，一看，呂布所騎之馬就繫在門前，問門吏，得知呂布在後花園，急忙趕到後花園，正好瞧見呂布和貂蟬親熱地在鳳儀亭下談心，畫戟倚在一邊，董卓火冒三丈，大喝一聲，呂布回身就走，董卓搶了畫戟來追趕呂布。董卓肥胖，趕不上呂布，就擲戟刺向呂布，一刺不中，董卓再拾起戟來追趕，呂布已經走遠了。

董卓不得已，回到後堂，叫貂蟬來問話，貂蟬一見董卓，頓時淚流滿面，哭著說：

「妾在後花園看花，呂布突然來到，妾立刻迴避，不料呂布說：『我是太師之子，何必迴避？』提著戟趕妾到鳳儀亭。妾見其存心不良，要投荷花池自盡，卻被他抱住，正在生死之間，幸好太師及時趕來，救了我性命！」

董卓有些不相信，就假意問道：

「我就把你賜給呂布，怎麼樣？」

貂蟬大哭，說道：

「妾已身事貴人，如今竟要把妾賜給家奴，還不如死的好！」

貂蟬要拿壁間懸掛的寶劍自刎，董卓慌忙抱住她，表明自己不捨之意，董卓又安慰貂蟬，欲將貂蟬安置在郿塢。在百官送行之時，貂蟬在車上遙見呂布亦在衆人之中，立卽虛掩其面，假裝痛哭，呂布望著車騎揚起的塵土，嘆惜痛恨，正想用什麼法子才能得到貂蟬時，王允相邀到府中，對他說：

「太師竟然淫汚我的女兒，強奪將軍的妻子！我恐怕天下人笑的不是太師，而是我和將軍！我年已老邁，被天下人恥笑，也就罷了！可惜將軍啊，將軍你是蓋世英雄，怎能受此汚辱?!」

呂布被王允一激，怒氣冲天，他說：

「我誓當殺此老賊來洗雪我的恥辱！唉，只是念及父子之情，恐怕後人議論。」

王允一聽此言，微笑著說：

「將軍姓呂；太師姓董。當太師擲戟要追殺你的時候，又那裏念到父子之情了呢？」

呂布至此心意已定，便和同郡騎都尉李肅商議，請李肅往郿塢，假獻帝之旨宣董卓來朝。次日，董卓擺列儀隊進朝，李肅手執寶劍，扶車而行，到了北掖門，只見御車女十餘人一同進入，董卓遠遠地看見王允等人各執寶劍立在殿門口，大吃一驚，王允遂即大喊：

「反賊在此！壯士們在何處？」

自兩旁轉出一百多人，有的持戟，有的挺槊，向董卓刺來，不料董卓身披甲衣，刀槍不入，董卓大叫：「我兒救我！」呂布從車後厲聲說：「有王命要討賊！」一戟直刺董卓咽喉，李肅一刀已把董卓首級割下。

董卓死後，兵士從他的肚臍裏取出膏油來點燈，百姓經過董卓屍體的，無不取石投擲其頭，用足踐踏屍身！

五、移駕許都

董卓死後，他的心腹之將李傕、郭汜便逃往陝西，派人到長安上表求降，王允不同意，遂聚衆十餘萬人，分作四路，殺向長安來。王允令呂布領軍退敵，數天之後，董卓餘黨李蒙、王方等人又在城內響應，於是四路賊軍便擁入城中。呂布阻擋不住，便投奔袁術去了，賊兵殺了王允，便想就勢把獻帝殺了。因張濟、樊稠之諫，遂各自寫上職銜、強要天子賜官。獻帝只得聽從。李傕、郭汜逐漸掌握大權，不將天子及諸侯放在眼中。這時，青州黃巾又起，聚衆數十萬人，刼掠百姓，有人向李、郭二人推薦曹操，以爲非他不能破賊。李、郭二人遂命曹操和鮑信一同破賊，鮑信戰死，而曹操兵馬到處，賊軍無不投降，不過百多天，敵人就投降了三十餘萬。從此，曹操威名日振，朝廷誥封他爲鎭東將軍，曹操也刻意發展自己的勢力，努力地網羅人才，一時荀彧、程昱、典韋等人都爲曹操所用，曹操幕下有文士，有武將，勢力更加強大，其稱雄的野心也一日甚於一日。以後又得到勇士許褚、徐晃，謀士董昭，更如虎添翼，其威勢益發強勁。

自從曹操平了山東，表功朝廷，朝廷便加封他爲建德將軍費亭侯。這時，李傕自封爲大司馬，郭汜也自封爲大將軍，兩人橫行無忌，朝廷無人敢勸諫。於是太尉楊彪、大司馬朱儁，暗中上奏獻帝，說：

「如今曹操擁兵二十萬，謀臣和武將數十人；如能得到這人的幫助而剿除李、郭兩奸賊，國家和人民就可以安寧了！」

獻帝一聽，不免想起受迫的種種，於是哭著說：

「朕被那兩賊人欺凌很久了，如果能得曹操之力，把他們殺了，那就太好了！」

楊彪說：

「臣有一計策，可以使兩賊自相殘殺。然後再詔令曹操引軍進殺，掃清賊黨。」

獻帝立即問道：

「你是如何計劃的？」

楊彪回道：

「臣聽說郭汜的妻子生性妬忌，可派人往郭妻處，行反間之計，使郭、李兩人反目。」

於是，獻帝就暗中派人送密詔給楊彪，楊彪妻子藉機前往郭汜府，告訴郭妻說：

「聽說郭將軍和李司馬的夫人有染，事情經過，知道的人還不多，然而萬一被李司馬知道，恐怕就有大痲煩了！夫人，您要設法使他們斷絕來往才好！」

郭汜的妻子很驚訝地說：

「難怪他常常深夜不歸，却幹出了這麼無恥的勾當！如果不是夫人見告，我還被蒙在鼓裏，這一下，我得好好應付！」

楊彪的妻子告別回府，郭妻再三道謝，兩人始分手。幾天後，郭汜又要到李傕府去喝酒。郭妻乃說：

「李傕這人底細摸不清！如今兩雄對立，不知他會做出什麼事來，如果他酒後下毒，我要怎麼辦喲！」

郭妻再三勸阻，到了晚上，李傕見郭汜始終不來，就派人送酒菜到郭府。郭妻就暗中在酒菜中下毒，在郭汜將食用時，郭妻就說：

「自外面送來的東西，豈能不試試就吃的？」

郭妻就把酒菜先給狗嚐，狗立刻斃命。從此，郭汜心中對李傕就十分不滿，心存懷疑。有一日，李傕又力邀郭汜去家中飲酒。到深夜才散席。郭汜喝醉了，肚子偶然有點疼，郭妻就說：

「一定是李傕下毒了。」

郭妻趕緊把糞汁灌入郭汜口中，郭汜大吐，怒道：

「我和李傕兩人共圖大事！如今他竟無緣無故要置我於死地，如果我不先發動，恐怕有朝一日就要死在他手中了。」

於是郭汜暗整軍隊，要攻李傕。有人把消息告訴李傕，李傕大怒，說：

「郭汜竟敢如此膽大！」

李傕也就點齊兵馬，來殺郭汜，兩處合兵，有數萬之多，就在長安城下混戰，乘機擄掠百姓。

李傕姪李暹領著軍隊，用兩輛車，一輛載了天子，一輛載了皇后，並押了宮人內侍出後宰門，正遇郭汜軍隊來到，亂箭齊發，不知射死多少宮人內侍。李傕隨後殺來，郭汜軍稍退，車駕冒險出城，不由分說，李暹便將車駕擁到李傕營中。郭汜領兵入宮，到處搶擄嬪妃宮女，又放火大燒宮殿。次日，郭汜方知李傕刼了天子，便領軍來營前廝殺，天子和皇后都受到了驚恐。郭汜兵稍退後，李傕便將帝后移到郿塢，令李暹監視，斷絕內史，由於飲食不足，侍臣都有餓色。獻帝派人向李傕要五斛米，五副牛骨以便讓左右飽餐。李傕不允，反而拿腐肉、朽糧給天子，種種虐待，使獻帝既憤怒又傷心！

正在獻帝淚濕龍袖的時候，忽然有人來報，說：

「啓稟皇上，有一路軍馬，刀槍閃閃，鼓聲震天，要來救駕！」

獻帝一打聽，竟然是郭汜，心中不禁由喜而憂。只聽到郿塢外喊聲大起，原來是李傕引兵出迎郭汜，李傕揮鞭指郭汜大罵：

「我待你不薄，你如何要謀害我？」

「你乃反賊，我如何能不殺你！」郭汜回道。

李傕說：「我在此保駕，我如何是反賊？」

郭汜說：

「這明明是刼駕，如何是保駕？」

兩人言辭來往，針鋒相對，罵個不休。李傕不禁性起，便說：

「你我兩個不必多言！你我兩人不用軍士，拚它一場，贏的就把皇帝取走就是了！」

二人就在陣前廝殺起來。戰到十合，不分勝負。只見楊彪拍馬而來，大叫：

「兩位將軍請停一下，老夫特地邀請衆官，來和二位講和。」

李傕、郭汜一聽，遂各自領軍回營。楊彪和朱儁，會合朝廷官僚六十多人，先到郭汜營中勸和，郭汜竟把衆官員一起監禁起來。衆官說：

「我等好端端地來勸和，你如何這般對待？」

郭汜竟說：

「李傕能刼天子！難道我就不能刼公卿?!」

李傕、郭汜自此之後，一連五十多天，濫殺無辜，死者不知有多少。李傕的軍隊多是西涼人，獻帝乃派謀士皇甫酈前往西涼，揚言李傕謀反。西涼軍軍心漸漸渙散，又加上郭汜不時來攻，李傕從此軍勢漸衰。這時，張濟乘機上表請天子駕幸東都。獻帝往東都途中，又遇郭汜來刼駕，幸得徐晃保駕，前往弘農。

李傕、郭汜所到之處，大事刼掠百姓，殺老孺，強拉壯丁充軍，在戰場中，又把民兵趕在隊伍之前，稱爲：「敢死軍」，聲勢頗爲浩大。獻帝與皇后得徐晃、楊奉的保護，來到黃河邊，賊兵追趕得急，侍臣李樂找到一艘小船，急請天子渡河，這時天寒地凍，邊岸又高，無法下船，行軍校尉用絹包著帝后，把兩人放下小船。李樂和伏德在船頭保護，岸上有不得下船的，紛紛爭扯船纜，李樂不得不把他們砍死，一些爭先渡過的，都被李樂砍下手指，一時哭聲震天！獻帝已渡到對岸，左右侍從總共剩下十多人，楊奉找到一輛牛車，把獻帝載到大陽，晚上宿在瓦屋中，糧食已用盡，有野老進獻粟飯，帝后卻因粟飯粗糲，而無法下咽。這時李樂又自以爲保駕有功，專權妄行，任意在帝前罵人，故意送濁酒粗食給獻帝。董承、楊奉商議差人修洛陽宮院，打算送天子回東都，李樂又不從，竟然暗中派人結連李傕、郭汜一同刼駕！

李樂詐稱李傕、郭汜來追車駕，天子大驚。楊奉識透李樂詭計，遂令徐晃出戰，不過一回合，李樂便被徐晃砍於馬下。獻帝遂入洛陽，只見宮室燒盡，街道荒蕪，滿眼望去都是蒿草。帝后來到小宮，百官朝駕，都站立在荊棘之中。於是獻帝下令改元，改興平爲建安元年。這一年，又逢大饑荒，城中居民無以爲食，剝樹皮草根來吃，一些達官顯要也出城打柴，撿拾野菜，漢末氣運之壞，已經到了無以復加的地步。

這時，曹操正在山東，聽說車駕已經回到洛陽，便聚集謀士商量，荀彧進言說：

「從前晉文公接納周襄王，而各國諸侯尊爲盟主；漢高祖因爲義帝發喪，而深得天下民心。如今天子蒙塵，將軍可趁此時發動義兵，尊奉天子來爭取民心，這是成就大事業的方法。如果不把握機會，恐怕有人捷足先登了。」

曹操一聽荀彧的話，但覺心有戚戚焉，正要收拾起兵，忽然有使者帶來聖旨要徵召曹操，曹操當日便領兵西進。

原來獻帝在洛陽，百廢待擧之時，李傕、郭汜又領兵來攻。董承建議往山東避難，出發之時，百官無馬匹可騎，都隨馬步行。才出洛陽不遠，只見無數人馬殺將過來，帝后戰慄得話都講不出來，忽然一騎飛奔前來，報告說：

「曹將軍發動了山東的全數軍隊，應詔來保駕，聽說李傕、郭汜已經來攻，所以先派夏侯惇爲先鋒，領精兵五萬，前來護駕。」

不多久，曹洪等人也來見駕。獻帝便命夏侯惇分兩路迎戰賊兵，盡力攻擊，這一次戰役，李傕、郭汜大敗，死了萬餘人。第二天，曹操領大隊人馬來到洛陽。李傕、郭汜得知曹操領軍來到，打算速戰速決，李傕軍馬先來挑戰，曹操便命許褚、曹仁領三百鐵騎衝進李傕營中，衝入衝出三遍之後，方才佈陣。李暹、李別兩人上陣，還未開罵，便被許褚砍下人頭。許褚回到營中，曹操極爲高興，撫著他的背，說：

「仲康，你眞是我的樊噲啊。」

又命夏侯惇領兵從左出，曹仁領兵自右出，自己親自上陣，領兵由中間衝入敵陣，鼓聲一響，三軍並進，賊兵抵擋不住，大敗而走。曹操親自擧著寶劍，領軍連夜追殺，殺戮極多，李傕和郭汜自知不敵，又無處可容身，便逃亡山中落草當強盜去了。

曹操立了大功，自不免得意。獻帝宣召入宮議事，曹操出見使者，只見那人眉清目秀，精神充足，原是董昭，字公仁。兩人相談投機，曹操便問起董昭有關朝廷的大事。董昭說道：

「如今將軍與義兵以除亂賊，又能入朝輔助天子，這就是五霸的功業。但是，諸將人多，意見也紛歧，未必服從將軍。如今留在洛陽，恐怕有許多不便的地方，不如移駕前往許都，方是上策。雖然朝廷一再遷動，並非好事，天子又在新近才回到洛陽，國內不論遠近無不關心東都的動態。如今又行遷都，恐怕還有反對者的意見。然而，一個人要做不尋常的事，方能建立不尋常的功業啊！這一點還望將軍仔細考慮。」

曹操聽了董昭的話，心中大喜。便用董昭的說辭，告訴大臣，因爲京師缺乏糧食，不得不駕幸許都。許都靠近魯陽，轉運糧食十分方便。曹操便和謀士密議遷都的事情。

次日，曹操見獻帝，說明移駕許都的理由，獻帝不敢不聽從。羣臣因畏懼曹操勢力，縱有異議，也不敢提出。遂擇日出發。曹操領軍護送，百官都步行隨從。行不到幾里，前面有一高陵，忽然李傕的舊將楊奉、韓暹領兵攔路，徐晃在前，大叫：

「曹操想要刼駕往何處！」

曹操出馬，一見徐晃威風凜凜，便令許褚應戰，兩人刀斧交鋒，戰了五十多合，不分勝敗，曹操鳴金收軍，對謀士表明愛才的心意，遂由滿寵去將徐晃說服，投降了曹操，曹操得到許褚、徐晃兩人，眞是如虎添翼。楊奉、韓暹失去徐晃，勢孤力單，只好領著軍隊投靠袁術去了。

曹操收軍回營，厚待功臣謀士。迎鑾駕到許都後，大興土木，蓋造宮殿屋宇，立社稷宗廟，又修城郭府庫，封董承等十三人爲列侯，賞功罰罪，一任曹操決定，曹操自封爲大將武平侯，從此之後，大權就落到曹操手中，朝廷大事，先稟曹操，然後才能奏天子！

六、血字密詔

曹操坐大後，處心積慮地要對付劉備、呂布。曹操謀士荀彧以爲許都新定，不可輕易用兵，不如用「二虎競食之計」讓劉備與呂布兩人自相吞併，互相殘殺。不妨奏請天子詔令授劉備爲徐州牧，暗中敎劉備殺了呂布，不論事成不成，二虎爲患，終去一虎。

曹操果然封密書一封，派使者送到劉備處，劉備却不願殺前來投靠的呂布，反在呂布來訪時，將密書給呂布看，並對呂布表明曹操欲令二人不和的用心。使者回去見曹操，報知劉備不殺呂布的事，荀彧又獻「驅虎吞狼之計」：暗中派人往袁術處，告訴袁術劉備上密表，要去攻打南郡，袁術必然怒攻劉備，而後，由曹操詔令劉備討伐袁術，兩邊相併，呂布定會起疑心。曹操果然依計而行。

就在劉備領兵往伐袁術的時候，負守城之責的張飛因酒誤事，失了徐州，竟被呂布所佔據。劉備不得已，輾轉投奔曹操。這時孫策，也極力鞏固自己的地位，盡量拉攏人才，得到周瑜和太史慈兩人的鼎力相助。

當時，袁術在淮南，地廣糧多，又得到孫策所質押的玉璽，不免自大起來，想要稱帝。袁術大會屬下，和他們商議道：

「從前漢高祖不過是一個南昌亭長，也能擁有天下；至今已四百年了，氣數也已衰竭了。我家四世三公，都是天下人崇敬的英雄。我應當順應天人，登天子之位，你們衆人以爲如何？」

袁術的部下默然不語，主簿閻象進諫說：

「主公萬萬不可！從前周的祖先積德累功，一直到文王，三分天下有其二，還以臣禮事殷紂。主公家世雖然顯貴，然及不上文王；漢家如今雖勢力不振，也不像殷紂般的暴亂。這事絕對不能去做……」

袁術不聽，反而大怒說：

「我袁姓原來出於陳氏，陳乃是舜的後代，如今我又有傳國的玉璽，如果不順天應人爲天子，恐怕違背了天意。我已經決定了！你們不用多說，誰喋喋不休就斬誰！」

於是袁術建號仲氏，設立臺省等官，出入乘天子坐的龍鳳輦，又建立南北郊的封禪大禮，立馮方之女爲后，以子爲東宮。組織軍隊分七路去征伐徐州。呂布用陳登之計痛擊袁軍，袁術率軍退回淮南，派人往江東，向孫策借軍糧。孫策怒道：

「你賴我玉璽不還，私自僭封帝號，背叛漢家天子，實在大逆不道，我正要領軍討伐，如何還能借糧與你，幫助你這反賊麼？」

袁術大怒。孫策從此，派兵守住江口，以防袁術的軍隊來襲，有一天，曹操使者忽然前來，封孫策爲會稽太守，令他起兵征討袁術。孫策用長史張昭的建議，勸曹操南征，兩軍夾攻袁術。曹操遂興兵南征，令曹仁守許都，領馬步兵十七萬，糧食輜重千餘車，和孫策、劉備、呂布一起討伐袁術。出發時，曹操傳令各營的將領，說：

「三日內如果不能合力攻下壽春，都要以軍法論斬！」

曹操親自來到壽春城下，監督軍士搬土運石，填壕塞塹。城上箭下如雨，部隊中有兩員副將畏懼退縮，曹操親自持劍將兩人斬死，自己又下馬運土填坑，於是大小將士無不士氣高昂，曹操的部下爭先登上城牆，開關落鎖，大軍擁入，焚燒僞造的宮室殿宇，壽春城中被搶掠一空。這時，忽然使者來報曹操，說是張繡依附劉表，就要來攻許都。曹操乃命孫策跨江布陣，抵制劉表。自己班師回許都，來抵制張繡，令玄德和呂布結爲兄弟，勿再相攻，呂布領兵徐州，而曹操又暗中告訴玄德，說：

「我令你軍屯紮在小沛，這是掘坑待虎之計。你但與陳珪父子商議，我自作你軍的外援。」

呂布回到徐州後，每當賓客宴會之際，陳珪父子必然當面阿諛呂布，陳宮懷疑陳珪父子的動機不善，然而呂布不信。一日，陳宮俘得一人，正是玄德的使者，陳宮自使者懷中搜得玄德給曹操的一封密書，呂布一看，劉備所寫乃是：

「奉丞相命要對付呂布，備豈敢不日夜用心？只是士卒太少，不敢輕舉妄動。丞相如發動大軍，備自願作軍前鋒。備正嚴整軍隊，等候丞相之命。」

呂布一見，旣驚又怒，遂將使者斬死，又派陳宮、臧覇等人，先取下山東兗州諸郡，令高順、張遼來沛城攻玄德。關、張兩人守城不出戰，曹操此時聽荀攸計來助玄德，先命夏侯淵、夏侯惇等人領軍五萬先行。然而又被呂布大軍截殺，呂布領軍乘勢攻入城門，玄德一見情勢已急，只得棄妻小不顧，走出西門，匹馬逃難。

玄德在逃難的途中，背後有一人趕到，原來是孫乾。孫乾建議玄德投奔曹操，玄德無奈，只好尋小路往許都，在途中斷糧，曾往村中討食物吃，村中人聽說是劉豫州，紛紛進獻食物。玄德出城，遇到曹操所領大軍，正欲用計來攻打徐州。玄德便暫隨曹軍行動。曹軍連攻了幾個月，呂布因誤信陳珪、陳登父子，不聽陳宮之言，而被裏應外合，兩面夾攻，失去徐州，引軍向東逃走，直奔下邳。呂布在下邳，自恃糧食足備，又有泗水之險，以故安心坐守，不聽陳宮「以逸擊勞」之諫，又顧念妻小，以至失去先機，聲威不振，屬下離心，只好終日飲酒解悶，所仗恃之赤兎馬又被侯成盜走，獻與曹操，曹操一方面招降下邳城中諸將官，一方面竭力攻城時，呂布被手下宋憲、魏續綁住，生擒活捉，獻與曹操，曹操令人將呂布縊死，然後梟首示衆。

曹操下邳戰後，大犒三軍，拔寨還師，路過徐州時，徐州百姓在路邊焚香迎送，請求留下劉備劉玄德爲州牧。曹操表示且待面奏聖上，再作決定。大軍回到許昌，封賞出征有功人士，曹操把玄德留在自宅。次日上朝時，曹操引玄德見獻帝。獻帝問起玄德家世，玄德乃說：

「臣是中山靖王的後裔，孝景皇帝的玄孫，祖父名雄，父親名弘。」

獻帝命人將宗族世譜取來查看，又令宗正卿宣讀。論起輩分，玄德乃是獻帝之叔。獻帝大喜，請玄德入偏殿，以叔侄禮相待。封玄德為左將軍宜城亭侯，自此，人稱玄德為劉皇叔。

曹操回府後，謀士程昱便勸說曹操：

「如今丞相威名一日遠甚一日，何不乘此時機稱霸天下？」

曹操弄權已久，早想獨霸，然而顧及朝廷將相仍多，不敢輕舉妄動，遂請天子田獵，試探眾人的反應。於是揀選良馬，名鷹，俊犬，弓矢，先聚兵城外，然後入宮請天子田獵。獻帝覺得不妥，然而曹操說：

「古時候帝王春、夏、秋、冬四季，出郊示武藝，令天下人臣服。如今四海之內並不平靖，正好借田獵來顯示武藝。」

獻帝不敢不從。玄德和關、張三人各彎弓挿箭，領數十人隨駕出許昌；曹操騎著駿馬，領十萬大衆，和天子在許田行獵，曹操和天子並行，只有一馬頭之隔。四周都是曹操的心腹，文武百官，任誰也不敢近前。

獻帝說：

「朕想看皇叔的射藝。」

玄德領命上馬，草中有一兎，玄德發箭，正好射中。獻帝不禁喝采。大隊人馬轉過土坡，忽然從荆棘中趕出一隻大鹿，獻帝連射三箭不中，回顧曹操說：

「你射了它吧。」

曹操就把獻帝的寶雕弓、金鈚箭取了過來，扣滿一射，正中鹿背，鹿倒在草中，羣臣見了金鈚箭，以爲是天子射中，都雀躍著呼萬歲。然而曹操縱馬直出，在天子之前接受喝采，衆人都大驚失色。關、張兩人見曹操欺君罔上，尤其憤怒不已。

獻帝回到宮中，流著淚對伏皇后說：

「朕自卽位以來，奸雄並起，先是董卓，後是李傕、郭汜！常人所不曾受過的苦，我和你兩人都受過了！以後得到曹操，以爲可以分擔國家大任，不料他專橫弄權，作威作福，到了如此地步。朕每一次見他，都覺芒刺在背。今天在圍場上，站在我面前接受呼賀，尤其無禮！唉！早晚有陰謀，到時，你我不知葬身何處！」

伏皇后說：

「滿朝文武百官，難道竟無一人來解除國難嗎？」

話未說完，有一人從門外走來，原來是伏皇后之父伏完，伏完說：

「許田射鹿，曹操專橫，任誰也看得清楚！滿朝官員，不是曹賊宗族，就是他門下！如今，如果不是國戚，恐怕未必肯盡忠討賊。車騎將軍國舅董承應該是可以託付重任的！」

獻帝唯恐事機洩漏，便咬破了指尖，用血寫道：

「朕聽說人倫之常，父爲子先；尊卑之異，君爲臣重。近日曹操欺君弄權，結黨營私，敗壞朝綱，私行封賞，完全無視於朕之存在！朕日夜憂心，恐怕天下的局面將要大亂。卿是國中的大臣，是朕的骨肉之親。應當念及高帝創業的艱難，結合忠義兩全的烈士，殄滅奸黨，使國家得到安寧。今破指洒血，將這密詔交付，望卿再四計劃，不要辜負了朕心。建安四年春三月詔。」

而後，獻帝穿上錦袍，令伏皇后將密詔縫在玉帶的襯裏內，自己將帶繫在腰上，令內史宣召董承入宮，獻帝將錦袍玉帶賜給了董承，又囑咐董承回去細看。董承會意，穿上錦袍，繫上玉帶，便行辭出，早已有人向曹操報告，曹操便來到宮內等候，董承無法閃避，只得站在路側行禮。曹操便說：

「衣帶解來我看！」

董承心中猜想衣帶中有詔書，唯恐曹操看破，遲疑著不解。曹操便命左右強將玉帶解下，看了半晌，笑道：

「果然是條好玉帶！再把錦袍脫下我瞧瞧！」

董承不敢不從，曹操親手提起錦衣，對著日光仔細翻看，自己穿在身上，繫上了玉帶，對左右說：

「長短如何？」

左右連道贊好！曹操便說：

「國舅，這套袍帶就轉送我了吧？怎麼樣？」

董承求道：

「這錦袍玉帶乃是天子所賜，我不敢轉贈，丞相，容我另外定製一套，再奉獻給丞相。」

曹操說：

「國舅接受這衣帶，其中是否有什麼陰謀？」

董承大驚，說道：

「我董承如何敢如此做，丞相如果眞想要這袍帶，就請留下罷。」

曹操聽董承如此說，便說道：

「天子賜你的錦衣玉帶，我那裏眞想要？不過和你開開玩笑罷了！」

就把袍帶脫下，還給了董承。董承回到家中，深夜時分，獨自坐在書院中，反覆仔細地將錦袍看了很久，並不見有什麼異樣的地方。隨即又拿起玉帶檢看，縫綴得十分整齊，不覺有什麼破綻。董承看了很久，覺得很疲倦，正想伏在桌上小睡一番，忽然燈花落在玉帶上，燒著紫錦的襯裏，破了一箇小洞，董承一驚，只見紫錦之內，微露素色的絹布，隱然有血跡，一看乃是天子手寫的血字密詔。董承看畢，不禁涕淚交流，一夜不能安睡。第二天清晨，董承又到書院中，將詔書再三觀看，沈思如何消滅曹操之計。由於一夜不能安眠，此時竟不知不覺睡著了。以致侍郎王子服尋來竟渾然不覺。王子服與董承一向友好，此刻見董承伏几而睡，袖底壓著素絹，微露「朕」字，子服便取來一看，看了之後，子服默然良久，便將密詔藏在袖中，說：

「國舅呀！你好自在！虧你還睡得著！」

董承驚覺，不見詔書，魂不附體，手脚慌亂。子服說：

「你竟要殺曹公！我要去檢舉你！」

董承流淚，求告說：

「兄台如果眞如此作，那麼漢室的命運就太可悲了！」

王子服這才說出自己原不過是開開玩笑，祖宗世世代代作漢朝官，豈能不忠心王室？董承大喜，又尋來吳碩、吳子蘭、西涼太守馬騰，五人取酒歃血爲盟，誓死效忠漢室。席間馬騰建議去求豫州牧劉玄德，以爲玄德也是有心之人。董承恐曹操懷疑，在次日黑夜方直接來到玄德住處，將衣帶詔令給玄德看，玄德看了以後，眞是既悲且憤，董承希望即刻能覓得十人，共同計謀討伐曹賊，然而玄德以爲事不可急，當緩慢謹愼，從容計議。董承就回府去了。

此後玄德言行更加小心，爲防曹操猜忌以致壞了大事，便整日在後園種菜，親自澆灌，韜光隱晦，以圖大計。關、張兩人並不諒解，以爲玄德竟學那小人之事。

有一天，關、張兩人不在府中，玄德正在後園澆菜，許褚、張遼兩人領了數十人來到園中，言明丞相有請。玄德隨兩人來到相府見曹操，曹操笑著說：

「你在家做得好大事！」

嚇得玄德面如土色，曹操隨即牽著玄德手來到後園，曹操說：

「玄德，學老農也挺不容易啊？」

玄德的一顆心這時才放了下來。原來曹操只見園中青梅已經結成，打算請玄德在園中煮酒嚐鮮。二人對坐，開懷暢飲。酒喝到半酣，曹操忽然問起玄德，可知當世之英雄？玄德謙辭，但在曹操堅持之下，玄德只好說：

「淮南袁術，兵糧足備，可以算得上是英雄了。」

曹操却笑道：

「塚中的枯骨！我早晚要捉到他！」

玄德說：

「河北的袁紹，四代之中，身居高位者有三人。在他的門下又有許多官吏。如今他盤據了冀州之地，部下能幹的人十分多，可以算得上是英雄了。」

曹操說：

「袁紹外強中乾，實在是個貪利膽小之徒，又缺少謀略，一味愛惜生命，算什麼英雄？」

玄德又說：

「有一個人，人稱八駿，聲威震動九州，名叫劉景升的，應當可以說是英雄了。」

曹操不以爲然，他說：

「劉表這人徒得虛名，毫無實力，絕不是英雄。」

玄德說：

「有一個人血氣方剛，是江東地方的領袖，孫伯符是眞正的英雄。」

曹操說：

「孫策不過是仗賴著他父親的聲名，不是英雄。」

於是玄德問道：

「益州的劉季玉可以算得上是英雄麼？」

曹操說：

「劉璋雖然是宗室，然而不過像是一隻守門狗，那裏配稱得上英雄？」

玄德搜索枯腸，已想不出有作爲的人物，遂向曹操說：

「像張繡、張魯、韓遂這班人怎麼樣？」

曹操鼓掌大笑道：

「這羣碌碌無用的小人，何足以掛齒？」

玄德說：

「除了這些人以外，我實在也想不出了。」

曹操說：

「所謂英雄，是胸中懷大志，腹中有良謀，有包藏宇宙的機心，吞吐天地的志向的人哪。」

玄德深覺曹操所言不差，就問道：

「當今之世，丞相以爲何人能當得上英雄兩字呢？」

曹操以手指玄德，然後再指向自己說：

「當今之世的英雄人物，不過只有使君你和我兩人罷了！」

玄德一聽，大吃一驚，手中所拿著的筷子，竟然落到地下。席散後回到府中，玄德對關、張兩人說起此事後，玄德說道：

「我之所以學老農種菜，正是希望曹操知道我並無大志；不料還是被他指我爲英雄。」

這事以後，玄德借著帶兵往徐州伐袁術的機會，急忙遠離曹操，另謀發展。在伐徐州之時，玄德得到關張兩人，以及朱靈之助，殺得袁術軍尸橫偏野，血流成河，逃亡的士卒，多得不能盡數，袁術就在這一役後的逃亡途中吐血而死，這年正是建安四年六月。

七、擊鼓罵曹

建安四年六月，玄德得了徐州後，爲防曹操來攻，遂用陳登計，與袁紹商議合力興兵攻打曹操。令手下書記陳琳草擬檄文，陳琳，字孔璋，一向有文名，此時馳騁其文才，洋洋洒洒，細數曹操罪行，指責曹操放縱跋扈，殘害忠良，貪殘酷烈，無德無行，更是篡逆脅主的暴臣。陳琳在檄文中並呼籲說：此時便是忠臣肝腦塗地之秋，烈士成名立功之會，如果有人得到曹操首級，封五千戶侯，賞錢五千萬。而若曹操手下來降，也一律寬赦。袁紹看畢陳琳所寫的檄文，不覺大喜，遂令人在各處關津隘口張掛。檄文傳到許都，曹操一見，毛骨悚然，出了一身冷汗，急忙招聚衆謀士商量迎敵之策。

曹操先命前將軍劉岱，後將軍王忠，領兵五萬，虛張聲勢，打著丞相旗號去徐州攻打劉備。曹操自領兵二十萬，進黎陽去抵拒袁紹。然而劉岱、王忠尚未交戰，便被玄德降服。反而回到曹營爲劉備關說，曹操大怒，欲斬劉、王兩人，孔融說道：

「劉岱、王忠原來就不是劉備對手，如今殺了他們，於事無補，反而失去將士之心，丞相，還是放過他們罷。」

曹操乃免去兩人死罪，然而降官減祿，作爲懲罰。曹操又想要帶兵去伐劉備，孔融道：

「如今天氣正值嚴冬，天寒地裂，動兵不易，不如等到來年春天，再動兵罷。在這段期間，丞相不如派人先招安張繡、劉表，然後再打算進兵徐州。」

曹操覺得孔融言之有理，於是派遣劉曄去遊說張繡，張繡便隨著劉曄、賈詡來到許都投降，在階下行跪拜禮，曹操連忙扶起，牽著張繡的手說：

「過去的一切，不要記掛在心。」

曹操便封他做揚武將軍，封賈詡爲執金吾使。曹操又命張繡寫信招安劉表，但賈詡說：

「劉景升專喜歡結交名流，最好是派遣一名有名望的文士去遊說，劉景升才可能降從。」

曹操便問荀攸何人合適，荀攸推薦孔融，但孔融說：

「丞相想要得一位有文名之人，作爲使者，我的朋友禰衡，字正平，這人的才情勝我十倍，其能力也足以輔佐天子，不僅僅只能担任一位通訊的使者，我應當把他推薦給天子。」

於是孔融上表奏請獻帝任用，獻帝將奏摺看畢，便敎曹操去請禰衡，禰衡來到，作揖完了，而曹操並未請他坐下。衡禰便仰天歎道：

「普天之下，竟然沒有一個有見識能力的人嗎？」

曹操說：

「我手下有幾十個人，個個都是當代英雄，怎麼能說天下沒有一個可用的人？」

禰衡問：

「誰算得上當代英雄？」

曹操說：

「在我手下的荀彧，荀攸、郭嘉、程昱，機深智遠，就是漢初的蕭何、陳平也及不上。張遼、許褚、樂進、李典諸人，勇不可敵，雖是岑彭、馬武也比不過。呂虔、滿寵，能辦事；于禁、徐晃，會帶兵；夏侯惇是天下的奇才；曹子孝，是運道最好的大將，你如何能說當今之世沒有有見識能力的人？」

禰衡笑著說：

「丞相這話就說錯了。你所說的這班人，我全認識。荀或這個人可以派他去弔喪探病；荀攸可以差他去看守墳墓；程昱可以做做關門閉戶的瑣事；郭嘉這人只配捧著白紙念念詞賦；張遼或許可以差他打打戰鼓；而許褚的本領只在牧牛放馬；樂進還能拿著狀子談談詔令；李典却只能送送書信公文；呂虔專會磨刀鑄劍；滿寵不過善於喝喝老酒；于禁力大，可以負版築牆，作作守禦工事；徐晃最適合殺狗宰豬；如果夏侯惇可以稱作「完體將軍」（因爲夏侯惇瞎了一隻眼睛），曹子孝就是「要錢太守」。其餘諸人更是一羣衣架！飯包！酒桶！肉袋！」

曹操一聽，怒火三丈，反問禰衡：

「你又有什麼本領？」

禰衡從容回答道：

「我禰衡，天文地理，無一不通，三教九流，無一不曉，上可以輔佐國君，使國君的成就在堯舜之上；下可以修養品德，和先賢孔、顏等人並比。豈能和你這種俗物談什麼道理？」

這時張遼在場，想要拿劍斬禰衡。曹操便說：

「我正少一個擊鼓的小吏，早晚上下朝及祭祀時，可以讓他擊擊鼓，禰衡正好担任這鼓吏！」

禰衡聽了，也不作聲，應聲而去。張遼說：

「這人出言不遜，何不把他殺了？」

曹操說：

「這人一向有虛名，遠近的人都知道，如果今天我把他殺了，天下人必以爲我不能容納他，他自以爲了不起，所以我故意叫他擔任鼓吏來折辱他。」

幾天後，曹操來到大廳上，大宴賓客，命鼓吏擊鼓。禰衡穿著破舊的衣服入場，擊「漁陽三撾」，音節十分動聽，其間好似傳出金石相撞擊的聲音。坐客聽了，沒有不慷慨流涕，意氣奮發的。當時擊鼓的習慣，一定要穿新衣，此時曹操左右便喝道：

「爲什麽不換新衣！」

禰衡當衆脫下舊衣，裸體而立，渾身上下，不著一物。坐客大驚，人人用手掩面不敢看，禰衡乃才慢慢地穿上褲子，臉色始終不變。

曹操覺得十分尷尬，乃叱罵禰衡，說：

「廳堂之上，竟然這般失禮！」

禰衡說：

「什麼才是無禮？欺壓國君，僭越弄權，才是無禮，我不過露出父母所給予我的清白之身罷了。」

曹操說：

「你是清白的人，誰又是汚濁的？」

禰衡說：

「你不能明辨人的賢、愚，這是眼濁；一向不讀詩書，這是口濁；不接納忠告，這是耳濁；不明白古今勢變，這是身濁；排擠其他諸侯，這是腹濁；常常想著篡位弒君，這是心濁！我禰衡是天下名士，而你竟然令我爲鼓吏，就好像春秋時陽貨輕視仲尼，戰國年間臧倉詆毀孟子。你想要成就王霸之業，而竟如此輕視人麼？」

這時孔融也在座，深恐曹操性起，要殺禰衡，趕緊爲禰衡脫罪，求曹操不要計較，

曹操指著禰衡忿忿地說：

「現在我命令你到荊州去作使者，如果劉表因此投降，我便用你作公卿。」

禰衡不肯去。曹操便教人準備三匹馬，兩個人挾持禰衡出東門，又讓手下文武百官，在東門外整酒送行，荀彧對其他人說：

「如果禰衡來，你們不可以起身。」

當禰衡來到城東，下馬看見衆人端坐著，並沒有一個起身爲禮。禰衡就放聲大哭。

荀彧問他：

「你爲何而哭？」

禰衡說：

「我在棺柩之中，看到了這麼多死人，怎能不哭？」

衆人不料禰衡竟如此嘲笑他們，就說：

「我們這羣人是死屍，你就是無頭狂鬼！」

禰衡說：

「我是堂堂的漢朝大臣，不肯阿附曹操那傢伙，如何無頭？」

衆人大怒，想要殺他，荀彧急忙制止，說道：

「唉，像這種鼠雀們的小人物，何勞諸位的寶刀？」

禰衡說：

「如果我是鼠雀，我還有人性，你們這羣不知廉恥的人不過是螺蟲罷了。」

衆人心中憤恨不已，也就不歡而散了。禰衡來到荆州，見到了劉表，表面上是稱讚劉表，其實句句含著譏諷，劉表知道曹操要借他的手殺禰衡，使自己得一個殺害賢良的惡名，雖然禰衡戲謔自己，卻不肯殺禰衡，令他到江夏去見黃祖。禰衡見了黃祖，兩人對飲，已有十分酒意。黃祖便問禰衡：

「你在許都還有什麼親戚？」

禰衡說：

「大兒孔文擧，小兒楊德祖。除這兩人外，別無親人了。」

黃祖問他：

「你看我是何等人物？」

禰衡說：

「你就像那廟中的土神，雖然受人貢奉祭祀，可是從不靈驗。」

禰衡責他是行屍走肉。黃祖大怒，就把禰衡殺了，禰衡至死，還罵不絕口。

曹操聽說禰衡已死，譏諷地說：

「區區腐儒，口才犀利，反而害了自己！」

曹操一無憐惜之心！又不見劉表來降，便想用兵問罪，荀彧加以勸阻，認爲袁紹、劉備方是最大的心腹之害。建安五年，元旦朝賀時，曹操的態度愈加驕橫。董承與王子服等人無計策可以滅曹操，反而因家奴慶童密告，曹操在董承房中搜出衣帶詔並義狀，曹操嘲笑著說：

「鼠輩們竟敢如此！」

便命人將董承全家監禁起來，回府之後，和衆謀士商議，要廢獻帝，更立新君。程昱勸道：

「丞相之所以能夠威震四方，號令天下，正是因爲打着漢家的旗號！如今諸侯並未完全順服，如果不加考慮，廢立獻帝，恐怕諸侯假借這事發動戰爭！」

曹操只好打消廢立的念頭。只將董承等五個人，曾在義狀上簽名的，全家老小，一律處斬，死者共七百多人！城中官民眼見，沒有不流下淚的。曹操殺了董承等人，怒氣未消，又帶劍入宮，要來殺董貴妃。這時董妃懷孕已五個月。曹操對獻帝怒道：

「董承謀反，陛下你是知道，還是不知道？」

獻帝說：

「董卓已經正法了呀。」

曹操大聲地說：

「不是董卓，是董承。」

獻帝戰慄道：

「朕實在不知此事。」

曹操便說：

「你忘了割破指頭寫的密詔嗎！」

獻帝無法回答。曹操便命武士捉拿董妃，獻帝哀求道：

「董妃已經懷了五個月的身孕了，還望丞相可憐。」

伏皇后也求曹操：

「就把董妃貶在冷宮，等到分娩之後，再殺也不遲。」

曹操憤憤地說：

「留下逆種，將來為母報仇嗎？」

於是曹操令武士將董妃牽出宮中，在宮外勒死！這時正是建安五年正月。

八、挂印封金

董妃死後，曹操便對全體宮監說：

「今後如果有外戚宗族，不奉我的命令就進入宮中的，以死論罪！太監們守禦不嚴的也一律處死。」

曹操又撥心腹之人三千充作御林軍，來監視進出宮中的人。曹操對程昱說：

「如今董妃已死，但馬騰、劉備還在，不能不除去。如今劉備在徐州，氣侯雖不夠強大，然而劉備是人中之人，不能不及早除去。」

曹操於是興起二十萬大軍，分五路兵進攻徐州。玄德和孫乾商議，派人向袁紹求救，然而袁紹不願發兵。玄德很是憂慮，這時張飛獻計，要乘曹軍遠來疲乏，先行刼寨，可以攻破曹軍。可是曹操早已料到，卽刻分兵九隊，只留一隊虛紮營寨，其餘八隊分作八面埋伏。在玄德，則分兩隊兵進發，留下孫乾守小沛。

張飛自以爲得計，領輕騎突入曹營，只見零零落落，人馬不多，說時遲，那時快，只見四邊火光大起！喊聲冲天，張飛知道中計，急忙衝出，然而八處軍馬一齊殺來，張飛的手下盡皆投降，張飛突圍而走，只有數十騎隨從。當玄德領軍來刼寨時，也遭遇到同樣命運，只見曹軍漫山遍野，截住去路，玄德不得已，只得匹馬單騎，落荒而逃，去投靠袁紹。袁紹親自引領衆官在鄴郢三十里外迎接玄德，對玄德十分禮遇。

曹操攻下了小沛，隨卽進兵攻徐州，守徐州的陳登棄守。曹操便入了徐州，打算要攻取下邳。下邳是由關羽把守，玄德妻小俱在城中。曹操因深愛關羽關雲長的武藝人才，想要得雲長來幫助自己，於是派張遼去遊說。程昱獻計說：

「雲長不是等閒之將，非智取不能降服。如今可差劉備手下的降兵逃回城中作爲內應，引關公出城，假裝失敗，引誘他到無路可退的地方，然後以精兵截住歸路，在這種情況下，遊說雲長，方能成功。」

曹操覺得程昱說得很對。第二天便差夏侯惇領兵五千來罵戰，關羽大怒，領三千兵出城，夏侯惇邊戰邊退，約二十里路，關羽唯恐下邳有變，想要退回，這時左邊有徐晃，右邊有許褚的軍隊攔截，關羽奪路就走，然而兩邊伏兵排下弓箭手，箭如飛蝗，關羽無法通過。一直戰到黑夜，關羽無路可退，退到一座土山，曹兵把土山團團圍住。關羽居高臨下，只見下邳城中火光沖天，原來是那詐降的兵卒偷開城門，曹操自領大軍殺入城中，令軍士舉火來煽動關羽的心。關羽一見下邳失火，想起玄德家小還在城中，心中驚惶萬分，連夜幾次衝下山來，但都教亂箭逼回。捱到天亮，正想再往下衝，只見一人騎馬上山，原來是張遼。張遼對雲長說：

「玄德如今不知身在何處，翼德也生死不明。昨夜曹公已經攻下下邳，軍民都不受傷害，並且差人保護玄德家眷，不許任何人驚擾。我特地來把這情形向你報告。」

關公怒道：

「你這是來游說我投降曹操嗎？我今天雖身處絕境，然而視死如歸。你儘管離開，我就要下山迎戰。」

張遼大笑，說道：

「兄臺這番話說出來，豈不要教天下之人恥笑？」

關公說：

「我乃秉持忠義而死，天下人如何能笑我？」

張遼從容答道：

「如今你若赴死，身犯三罪：當初劉使君和你結義之時，誓同生死，如今劉使君剛失敗，你就戰死，倘若有一天使君復出，想要得你的幫助，而你已不在人間，這豈不是違背了當年的盟約？這是一。劉使君把家眷都託付予你，如果你一戰而死，兩位夫人倚靠何人？這是二。你武藝超羣，又通文史，而不打算幫助使君共同輔佐漢室，只想赴湯蹈火，逞個人一時的意氣，怎麼稱得上『忠義』？這是三。」

關公一聽，似乎言之成理，便沉吟道：

「你說我有三罪，依你的看法，我該如何？」

張遼說：

「如今四面都是曹操的軍隊，你若不降，則必死無疑。然而徒死無益，不如暫時投靠曹操，一面打聽劉使君的行蹤。知道他的住處，然後你再去投靠。這方法你覺得如何？」

關羽道：

「在我同意之先，我有三個要求。第一：我曾和皇叔立下誓言要共同匡扶漢室。如今我只投靠漢帝，不降曹操。第二：兩位嫂嫂，請支給皇叔的俸祿，閒雜人等不許搔擾。第三：只要我得知皇叔去向，不管千里萬里，我也要去相隨。這三個條件如果全依我，我就休戰，如果不依我，我寧可戰死。」

張遼報知曹操，曹操不得不同意。關羽入城見了兩位皇嫂之後，領了數十騎來見曹操，曹操自出軍門來迎接。曹操設宴款待關羽，次日便還師許昌。在旅途中曹操有意要紊亂君臣之禮，使關羽和兩位皇嫂共處一室，然而關羽秉燭站在戶外，一直到天亮，臉上毫無倦色。曹操準備了綾羅綢緞和金銀器皿送給關公，關羽都送給二位嫂嫂收存。曹操送了十個美女給關羽，關羽只教她們伏侍兩位嫂子。有一日，曹操見關羽所穿綠錦戰袍已經破舊，就量身爲關公作了一襲新的戰袍。關羽接受了，然而穿在裏層，外層仍罩上舊的戰袍。曹操以爲關羽太節儉了。

關羽說：

「我並非節儉。舊袍是皇叔贈我，我穿了就如同見了兄面。」

曹操口中雖贊關羽是義士，然而心中十分不悅。曹操又賜紗錦所作的錦袋，給關公護髯。有一日早朝時，獻帝見關羽胸前垂著一個紗錦囊，就令關羽解開錦袋，只見關羽的鬚髯已經長過胸腹，獻帝不禁贊道：

「眞是美髯公啊！」

自此以後，衆人都稱關羽爲美髯公。曹操又見關羽馬瘦，便將得自呂布的赤兔馬贈與關羽。關羽拜謝。曹操不高興地說：

「我屢次送你美女金帛，你從未下拜。如今我送你一匹馬，你反而拜謝，這是什麼緣故？」

關羽說：

「我知道這匹馬日行千里。今天我有幸得到它，一旦得知兄長下落，我就可以早一天見到面了。」

曹操愕然，覺得十分後悔。對於關羽的常懷去心，也始終不能釋懷。

却說玄德在袁紹處，因關公、張飛不知下落，妻小又落在曹操之手，而日夜煩惱，這時已是春分時候，袁紹先遣大將顏艮作先鋒，興兵攻伐曹操。兩軍交戰，不過三數回合，顏艮便殺了曹操的部將宋宗憲，又擊退徐晃。這時關公上陣，鳳目圓睜，蠶眉直豎，倒提靑龍刀，上了赤兔馬，直奔顏艮，一刀就把顏艮刺倒馬下，割了顏良首級，提刀出陣入陣，直似進入無人之境。曹操大喜。顏良部下逃回軍營的，在半路遇見袁紹，報告說被赤面長髯，使大刀的勇將破了戰陣，斬了顏良，袁紹驚問此人是誰？袁紹的謀士沮便說：

「這必定是劉玄德的結義弟關雲長！」

原來曹操令關公破袁紹兵是一石兩鳥之計：令關公去破敵，一則引起袁紹對劉備的猜忌，殺了劉備，如劉備死了，而關公無所投靠，便只得安心待在曹操手下。果然，袁紹大怒，要斬玄德，玄德從容的說赤面長髯之人，不一定就是雲長。天下容貌相同的人多得很，袁紹方才釋懷。袁紹手下大將文醜，要爲顏良報仇，自請上陣，文醜驍勇，張遼、徐晃合力迎戰，而張遼被文醜一箭射中頭盔，張遼仍奮力作戰，又被文醜射中面頰。徐晃自料敵不過，撥馬就逃，這時雲長提刀飛馬殺將過來，交戰不到三回合，文醜就被雲長的大刀斬下馬來。袁紹得知文醜被關公殺死，大怒罵劉備道：

「大耳賊竟敢佯裝不知！」

就要殺玄德，玄德說：

「容我先說幾句話再領死不遲。如今曹操令雲長來攻，正是因爲知道我在公處，使雲長殺了顏良、文醜，正要激起公之怒氣，好借公手殺了我。」

袁紹一想，這話有理，便喝退左右，仍請玄德上座。玄德也再派心腹之人去見雲長，告知助袁伐曹之意。關羽在得知玄德在袁紹處後，隨即告知二位嫂子，來到相府，要向曹操辭別，這時曹操早已得知事情經過，便在門口懸上廻避牌，關羽只得怏怏而回，命舊日隨從的人收拾車馬，留下所有原賜之物，分毫不可帶走。次日又去相府辭行，又不見曹操，關羽一連去了幾天，都不得見。於是上了辭呈，領了舊日隨從，騎上赤兔馬，手提青龍刀，護送著車仗，逕自走出北門。這時有人向曹操報告，說是關羽封金挂印，只帶著原來從人和隨身行李，出北門去了。曹操大驚！對張遼說：

「雲長不忘故主，來去明白，眞是人中之英雄。如今挂印封金，正足以證明財帛不足以打動他的心，爵祿不足以改變他的志向，這人我深爲敬佩。料想他去得不遠，我做個人情給他，你先去請住他，待我替他送行，更以路費征袍相送、作爲日後的紀念。」

於是曹操領著張遼、許褚、徐晃、于禁、李典等人飛奔而去，張遼大叫：

「雲長且慢！」

曹操見關羽在橋上，橫刀立馬並不下馬，表示自己曾幾次至相府辭別，均不得見，並且挂印封金，還與曹操，如今得知故主在河北，所以不得不急去。曹操令一將托上黃金一盤，要送給雲長，雲長不收，曹操又要將錦袍一襲，賜給雲長，曹操說：

「我也算是天下的一個盟主，我要取信天下，如何能食言？雲長是天下義士，我只恨福薄，不能將你留下。如今送上一襲錦袍，只是略表寸心而已。」

雲長聞言，不得不領情，又恐怕有變故，不敢下馬，乃用青龍刀尖挑錦袍披在身上，勒馬回頭向曹操道謝，然後便急忙追車仗，往北而去了。以後雲長過五關，斬六將，終得與玄德、張飛相見，在此途中，雲長得了勇士周倉、義子關平；玄德得了驍將趙雲，在汝南古城殺牛宰馬，拜謝天地，徧勞諸軍，兄弟重聚，欣慰無比，一連飲了數日。

九、坐領江東

玄德之所以能自袁紹處來到汝南，全得力於孫乾所獻的脫身之計，因此自玄德逃離之後，袁紹大怒，欲起兵伐玄德，然郭圖進言道：

「劉備不值得擔心，曹操方是勁敵，是不能不除去的人。如今劉表佔據了荊州，然勢力不強。在江東，孫伯符威鎮三江，地連六郡，謀臣武士極多，可以派人和他連合，一起攻打曹操。」

袁紹就派人去見孫策。孫策自從進駐江東，兵精糧足，到了建安四年，襲取廬江，擊敗劉勳；遣虞翻招降豫章，豫章太守華歆投降，自此之後聲勢大振！孫策遣使上表奏捷，求任大司馬的官，曹操不許，因此孫策懷恨在心，便時常有攻打許都之心。當時吳郡太守許貢深知孫策的用心，便暗中派人送書給曹操，信中稱：

「孫策這人十分驍勇，和項羽相似。朝廷應當表示獎勵籠絡之意，不可使他獨自在江東發展，以免後患無窮。」

然而送信的使者要渡江時，被在江邊防守的將士捉住，送到孫策處，孫策一見此信，勃然大怒，便將使者殺了，又假意請許貢來商量大事，待許貢一來，命武士將他絞死。許貢有家客三人，想爲許貢報仇，一直沒有機會。有一天，孫策領軍在丹徒的西山上狩獵，爲了趕一隻大鹿，孫策縱馬來到樹林中，只見三個人持槍帶弓站著，孫策正要舉轡離開，忽然一個人挺槍就往孫策左腿刺來，孫策大驚，急忙取佩劍從馬上砍下，一人早已搭弓射箭，這時箭發，正中孫策面頰，孫策就把臉上的箭拔出，回射那射箭的人，那放箭的人應聲倒地。餘下的兩個人舉槍向孫策亂搠，大叫：

「我們是許貢的家客，要爲主人報仇。」

這時孫策手中已無器械，只有弓一張，便以弓拒敵，且拒且退，二人死戰不退，孫策身中數槍，馬也受了傷。正在危急時，程普帶了數人來援救，把許貢家客剁成了肉泥。孫策血流滿面，受傷很重，便以刀割袍，把傷處包裹起來，急忙回吳郡養病。

孫策受傷回郡以後，派人請華佗醫治，不料華佗往中原去了，華佗的徒弟說：

「箭頭有藥，毒已深入骨中了，必須靜養三、四月，方能痊癒，最怕怒氣衝激，這傷就難治了。」

而孫策這人，性子最急，恨不得早一天痊癒。休息了二十多天，只聽張紘說郭嘉不服，以爲自己「輕而無備，性急少謀」，便不等傷好，就要出兵。孫策正與張昭談話，有使者傳來袁紹打算連結東吳一起攻曹操的消息，孫策心情激動，想立即起兵。不料傷口迸裂，昏倒於地。過了一會兒，神志稍醒，便對夫人說：

「唉，恐怕我不能好了！把張昭和權弟召來吧。」

當張昭、孫權來到臥榻前，孫策囑咐道：

「如今天下正亂，以吳越的軍容，又加上有地利之便，實在大有可爲。子布啊，你要好好地輔助仲謀！」

於是，孫策又命人將印綬取來，交給孫權，說：

「說到領著江東大軍，在戰場上和敵人周旋，來爭奪天下，這點你比不上我；至於擧用賢能的人，使他們盡心盡力來保衞疆土，這點我卻不如你，希望你體念父兄創下基業不易，好好地持守住。」

孫權聽了大哭，跪著接受印綬。孫策又交代母親，倘如內政有疑難，可以問張昭；在戰爭攻伐上有困難，就可以請周瑜解決。孫策又勉勵諸弟，要他們同心輔佐孫權，不可有異心，如有異心，死後不得入葬祖墳。最後，孫策又交代妻子喬夫人轉告周瑜盡心盡力輔佐孫權，方不負自己一向的器重。

孫策死時才二十六歲，孫權哭倒牀前，張昭立刻諫道：

「眼前並不是將軍哀痛的時候，如今要一面治理喪事，一面接管軍國大事。」孫權至此才停止哭泣。張昭請孫權出堂，受文武百官的進賀。孫權長得方頤大口，碧眼紫髯，形貌奇偉，骨格非同凡人。這時孫權接掌了江東之事，周瑜自巴丘領兵回吳，來見孫權，向孫權道：

「自古有話說：得人心的人國必昌隆，失人心的人國必滅亡。方今之計，必定要尋訪高明有遠見的人來輔助，然後江東方能安定。我願意推薦一個能士給將軍。這人姓魯，名肅，字子敬。胸懷大略，又懂兵法，平生又十分慷慨仗義，善於擊劍射馬，主公，您不妨去徵召他。」

孫權大喜，隨卽請周瑜前去聘請。魯肅因周瑜的舉薦，就來見孫權，孫權十分敬重他，和他談論天下大事，整日不覺厭倦。有一天，孫權下朝後獨留魯肅一起飲酒，到了晚上，兩人抵足而眠，夜半，孫權對魯肅說：

「如今漢室危在旦夕，四方紛擾不安，我秉承著父兄的餘業，想要效法齊桓公、晉文公，你有什麼辦法嗎？」

魯肅從容應道：

「從前漢高祖打算尊事義帝而不能，是因爲項羽爲害的原故。如今的曹操，就好比是項羽，將軍又如何能和齊桓、晉文一樣？我估計漢室無法重振，曹操勢大，短時間內也無法剷除。如今，只有鼎足而居，暫時在江東發展，來等待天下情勢的變化。不過，也不妨乘著北方多事之時，先剿滅黃祖、進伐劉表，據守長江以東的地方，然後建號稱帝，進一步打算天下大事，這也就是高祖建立功業的步驟！」

孫權大喜，披衣起身，向魯肅道謝，次日，厚賜魯肅，魯肅又推薦一人見孫權，這人博學多才，事母至孝，姓諸葛，名瑾，字子瑜。諸葛瑾勸孫權和袁紹斷絕，姑且順從曹操，以等待機會，孫權依言而行。這時孫權又得到顧雍，這人嚴厲公正大，孫權任用他爲丞相，從此之後，孫權威震江東，深得民衆的擁戴。

在北方的袁紹試圖連絡江東的軍隊齊伐曹操不成之後，大怒之餘，遂率領冀、青、幽、并等處人馬七十餘萬，要來攻打許昌。曹操派張遼、許褚應戰，二軍棋逢敵手，不分高下。袁紹部下審配見曹軍來衝陣，便下令放箭，兩下萬箭並發，中軍內弓箭手也一齊射出亂箭，曹軍不敵，退至官渡。又令軍士在曹營前築起土山，令弓箭手在土上山扼住咽喉要路，又不時自上往下放箭，曹操不得不集合謀士商量對策，劉曄乃建議造發石車數百輛，發石車作成後，當袁軍射箭時，兵士一齊拽動發石車，一時砲石飛空，往上亂打，敵軍的弓箭手死者遍地皆是，袁軍稱呼發石車爲霹靂車，至此不敢再登高發箭。審配又設計用鐵鍬掘地道，直透曹營，號稱「掘子軍」，此時劉曄又建議曹操遶營掘深坑，當袁軍掘地道掘到坑邊，不能掘入曹營，徒然浪費軍力。

以後，曹操苦守官渡，軍糧一天比一天少，軍力也疲憊不堪，只得用荀彧計，令軍士死守，又派輕騎數千人，半路截取袁軍糧食，並放火焚燒。同時在袁紹手下，審配與謀士許攸不和，當曹操軍糧告竭，急派使者往許昌運糧時，使者行不到三十里，就被許攸截下，搜到催糧的書信，許攸去見袁紹，進言曹操將立刻起兵，建議兩路分擊曹營及許昌。然而袁紹以爲曹操用詭計誘敵，反而懷疑許攸。許攸因此靠了曹操，曹操大喜，來不及穿上鞋子，赤足前去迎接，曹操乃問許攸要如何才能破袁紹之兵？許攸說：

「我曾教袁紹以輕騎部隊進攻許都，用首尾相攻之法。」

曹操大驚，說：

「呀！如果袁紹用你的計策，我就一敗塗地了！」

許攸說：

「如今丞相營中的軍糧還有多少？」

曹操說：

「可以維持一年。」

許攸笑道：

「恐怕未必罷。」

曹操就說：

「還有半年的軍糧。」

許攸拂袖即起，快步走出軍帳，說道：

「我投靠你，原是出自一片誠心，而你却這等欺瞞，豈是我當初的打算？」

曹操立即起身挽留，說道：

「子遠，子遠，你別生氣，容我老實對你說，軍中的糧食只能支持三個月了。」

許攸笑著說：

「人說曹操是奸雄，果然如此！」

曹操也笑著說：

「難道不曾聽說過：「兵不厭詐」這句話？」

於是附耳低言，說道：

「軍中只剩下這個月的糧食了。」

許攸大聲地說：

「休要瞞我，糧食已用完啦！」

曹操愕然，問道：

「你如何知道的？」

許攸方才把如何捉得使者，搜出書信的事和盤托出。於是曹操牽著手對許攸說：

「子遠，既然你顧念往日交情來到我營中，希望你能教我如何擊破袁紹的軍隊。」

許攸這才獻上烏巢燒糧之策。當烏巢糧草盡被曹軍燒盡之後，袁紹營中，一時軍心惶惶，又逢曹操用計，分散袁軍軍力，然後，八路兵馬齊衝袁紹軍營，袁軍至此大敗，袁紹甚至來不及披甲，單衣上馬，領著長子袁譚，急忙渡河逃往冀州。

曹操又急攻冀州，袁紹、袁譚再整人馬與曹操大戰，曹操用程昱「十面埋伏」之計，袁軍大亂。袁紹聚集了三子一甥，趕忙殺開血路，逃到倉亭，袁紹兵敗，怒火攻心，不禁昏倒。而曹操正在犒勞軍士之際，聽說劉備、關、張、趙雲等人領數萬之兵打算偷襲許都，又不得不親自領兵往汝南來迎擊劉備。當曹操來到，玄德鼓譟而出，曹操出馬，在旗下以鞭指罵說：

「我以貴賓之禮來接待你，你怎麼這般忘恩負義?!」

玄德說：

「你名爲漢相，其實是國賊！我乃是漢室宗親，如今奉天子密詔來討伐反賊！」

然而當兩軍交鋒時，趙雲、雲長敵不過許褚及夏侯惇，劉辟已棄城逃走，張飛去救襄郡，也被圍住，不得已玄德只好隨著趙雲落荒而逃，這時孫乾進言玄德：劉表所領荊州，兵強糧足，又是漢家宗親，不如去投靠他。玄德覺得言之有理，於是便領著眾人往荊州去投靠劉表去了。曹操得知玄德動向，原打算攻打荊州，但程昱諫道：

「如今袁紹尚未除去，而貿然攻打荊襄，倘若袁紹從北起兵來夾攻，勝負就難說了，不如回兵許都，養精蓄銳，等待來年春暖，然後引兵破袁紹，再取荊襄。」曹操深覺程昱說得對，於是班師回朝，這時已是建安八年的歲末了。

十、躍馬檀溪

次年正月，曹操又商議著要攻打袁紹，先差夏侯惇、滿寵鎭守汝南，以抵拒劉表；留下曹仁、荀彧守許都；又親自統領大軍前往官渡屯紮。此時袁紹身體稍好，一聽曹兵要攻打冀州的消息，便急著要自領大軍迎敵。袁尚自告奮勇，要提兵前去迎戰，不待袁紹集合青州袁譚、幽州袁熙及幷州高幹四路軍，便鳴起戰鼓，去對抗曹軍，然而交戰不過三回合，就大敗而退。袁紹一聽這消息，吐血數斗，昏倒在地，病勢又更加嚴重了起來，待審配、逢紀來到榻前，袁尚生母劉夫人便問袁尚是否可以繼位？袁紹點頭，審配便在榻前寫了遺囑，袁紹翻身大叫，吐血而死！袁紹死後，審配、逢紀便依遺囑立袁尚爲大司馬將軍，領冀、青、幽、幷四州牧。這時袁紹長子袁譚不服，乃屯兵城外，不肯入冀州，恐被殺害，時時懷著爭冀州之心。

建安八年春三月，曹操分路攻打袁譚、袁熙、袁尚、高幹，四軍大敗，曹操又引兵追趕直到冀州，袁譚、袁尚入城堅守。曹操連日攻打不下。這時郭嘉進言，說：

「袁紹不立嫡長子而立幼子，已造成兄弟之間的不和，兩人各自發展勢力，不是短時間的事了。如今袁尚、袁譚兩人，情事危急時就彼此結合，情事稍緩，就彼此相爭。如今我方不如舉兵南下，攻打荊州，征討劉表，靜觀袁氏兄弟間的變化，然而再全力進攻冀州。」

曹操覺得郭嘉的話說得有理，乃引大軍向荊州進兵。以鬆懈袁氏兄弟的防備。在冀州，袁尚、袁譚得知曹軍退兵，互相慶賀，然而過了不久，兩人又各懷鬼胎，彼此對付，甚至兩人親自交鋒。曹操就趁兩人鬩牆之時，奪得冀州，自領冀州牧。又殺了袁譚。袁尚逃往幽州投靠袁熙，曹操又分三路進攻幽州，一面命李典、樂進攻幷州。袁尚、袁熙自知難敵，便逃往烏桓，幽州刺史遂投降曹操。而高幹也中計，被曹操誘殺，曹操遂平定了幷州。定幷州後，便打算攻打烏桓，正逢袁熙、袁尚會合冒頓軍數萬人前來，兩軍大戰，二袁不敵，便逃往遼東，遼東太守公孫康用公孫恭的建議：如果曹兵來攻遼東，則留下二袁相助；如果曹軍按兵不動，則殺二袁以結交曹操。在曹操卻用了郭嘉計不擧兵，公孫康便計誘二袁，殺了兩人，砍下二袁之頭，用木匣盛好，送往易州，來見曹操，曹操大大重賞來使。

曹操領兵返回冀州，程昱等人認爲北方已經平定，眼前的當務之急，便是攻下江南劉表，曹操覺得十分有理。一面領著袁紹的降兵五、六十萬回許都，一面聚集謀士商議，如何南征劉表。而荀彧以爲大軍北征而回，疲憊已極，在半年之間，實在需要養精蓄銳，方能南下攻伐劉表，進而打擊孫權。曹操認爲很對，遂分兵屯田，等待來春興師。

玄德自到荆州投靠劉表後，劉表相待十分優厚，玄德也頗爲劉表建立了不少軍功。趙雲、張飛、關羽也隨處不離，時時爲玄德盡力。因而引致了蔡夫人的不滿，蔡夫人在夜晚時，屢次提醒劉表，要如何如何來防備劉備。劉表聽得多了，就對玄德說：

「賢弟長久留在荆州，恐怕荒廢了你的武藝，襄陽附近的新野，是有餘糧的好地方，賢弟就領著本部兵馬前去屯紮，好嗎？」

因此，玄德次日就辭別劉表，前往新野，玄德自到新野後，政治一新，軍安民樂。就在建安十二年春，甘夫人生下劉禪，乳名阿斗。這時曹操正要統兵北征，玄德往荆州遊說劉表，希望劉表利用曹操北征，許都空虛的機會，領荆、襄的軍隊乘機攻伐。然而劉表畏忌蔡夫人，始終不敢有所行動。這年冬天的某一日，玄德和劉表在後堂喝酒，喝到微醺時，劉表忽然潸潸然流下淚來，玄德便問他到底什麼緣故，劉表說：

「前妻陳氏所生的長子劉琦，人雖有才，然而性情懦弱，看起來不能成大事；後妻蔡氏所生的幼子劉琮，人頗聰明，我打算廢長立幼，又恐怕有礙禮法，心中眞是難以決定。」

玄德正色說：

「自古以來，兄弟鬩牆，就是因爲廢除嫡長子改立幼子的緣故，這樣最易導致混亂。如今蔡氏一族，把持軍務，實在可以慢慢削弱他們的權勢！千萬不能因溺愛幼子而廢立長子。」

劉表聽後，默然不語。這時玄德和劉表的談話，正被屏風後的蔡夫人聽到，蔡氏心中對劉備眞是十分痛恨。玄德如厠，因爲自己大腿骨的肉又鬆弛了起來，不覺流下淚來，入席之後，劉表覺得奇怪，玄德說：

「往常我總是東征西討，身不離馬鞍，腿骨的肉十分結實，如今久不騎馬，腿骨的肉都鬆了，我想到日復一日，年歲也老大了，功業却未建立，所以傷心啊。」

劉表就提到從前玄德和曹操在許昌煮酒論英雄的事，他說：

「當時賢弟擧盡天下英雄，而曹操只說：『天下英雄，惟玄德與我兩人罷了！』以曹操如此權勢，還不敢居先，賢弟何需發愁功業不能建立？」

玄德因著酒興，失口回答說：

「我如果有發展的基礎，則天下平庸之輩，實在不値得一顧。」

劉表聽後，不發一言，玄德猛地酒醒，只道自己失言，只好假託酒醉，趕忙回館休息。劉表心中十分不樂，加上蔡夫人在屛風後聽到這番對話，鼓動劉表要除去玄德，劉表十分爲難。這時蔡氏就密詔其弟蔡瑁前來，商量這事，打算先斬後奏，派人到館舍中殺了玄德，再行稟告劉表，這事卻被伊籍知道了，三更時分，急忙去見玄德，告訴他蔡瑁的陰謀，於是玄德連夜逃回新野。

暗殺不成之後，蔡瑁又與蔡夫人商議，在襄陽大會衆官，打算設法在襄陽將玄德處死。玄德帶著趙雲，和馬步兵三百人前去赴會。蔡瑁出城迎接，態度十分謙謹，入館舍之後，趙雲便披甲挂劍，行坐不離玄德左右。

當九郡四十二州官員都到齊後，蔡瑁便對蒯越說：

「劉備實在是當今最大的心腹之害，不能不儘早除掉。劉荊州已經給我密令，要除去劉備。如今東門峴山大路，由吾弟蔡和領軍把守，南門是由蔡中把守。北門由蔡勳把守，只有西門不必把守，因爲前有檀溪阻隔，就是有數萬人保護，也不容易逃脫！」

當天殺牛宰羊，大開宴席，各人坐定後，蔡瑁使人強請趙雲坐另一席，軍士戒備森嚴，把外面收拾得和鐵桶似的，將玄德帶來的三百軍士遣回館舍，只等到酒酣之時，就要下手。

伊籍對於蔡瑁的陰謀十分清楚，在席中，故意把盞斟酒，到玄德面前，暗示他「更衣」，玄德會意，立刻起身如廁。伊籍來到，急忙告訴玄德蔡瑁要加害的情形：

「城外東、南、北三處，都有軍馬把關，只有西門可走，玄德，快逃要緊！」

玄德大驚，飛身上馬，不顧隨行的人，望西門直奔，門吏問話，玄德也不回答，加鞭快跑。門吏飛報蔡瑁，蔡瑁發覺玄德眞不見了，急忙領五百人追趕。玄德撞出西門，跑了數里，前面橫了一條大溪，攔住去路，只見那溪澗闊數丈，流往襄江，水勢很急。玄德回身，又見追兵來到，心想：這次死定了！玄德心慌之餘，奮不顧身，縱馬下溪，走了幾步，馬的前蹄又陷在泥中，衣袍完全浸濕，玄德就加鞭大叫，那馬忽然從水中湧身而起，一躍三丈之高，飛上西岸，玄德只覺騰雲駕霧，似醉如痴，就來到了對岸。蔡瑁等人趕到岸邊，只見玄德已飛馬越過檀溪，驚詫之下，也無可奈何。

玄德越過檀溪後，策馬往南而行，這時日已西沉，玄德來到一座莊院前，清幽的琴韻不時傳出，玄德因此得見莊主司馬徽，人稱水鏡先生，玄德把襄陽事件告訴了水鏡，又自嘆命途多蹇。水鏡以爲不然，認爲是玄德左右沒有一個得力的人。玄德說：

「我雖是個無才之人，然而在我手下，能文之士有孫乾、糜竺、簡雍等人；能武之士有關、張、趙雲等人，他們都對我忠心耿耿，盡力輔助我。」

水鏡笑道：

「關、張和趙雲，確實是能敵萬人的勇將，然而未必懂得如何用兵；至於孫乾、糜竺，只是白面書生罷了，算不上是運籌帷幄之才。」

這下玄德才悟到在自己左右，少了能知兵法的人，於是向水鏡打聽那些人是天下奇才？水鏡說：

「伏龍、鳳雛兩人，若能得到其中的一個人的幫助，就能安定天下了。」

玄德就問誰是伏龍，誰是鳳雛？水鏡不答，只撫掌大笑，說：

「好！好！」

當晚玄德聽到有人來訪水鏡，來者號元直，但不知是何人。第二天玄德又問起誰是伏龍，誰是鳳雛？水鏡又避不作答，只笑道：

「好！好！」

這時趙雲、關羽、張飛等人都尋到莊上，衆人便辭別水鏡，將要回新野，在途中，玄德見到一人，身穿葛巾布袍，長歌而來，歌辭中似有欲投明主之意，於是玄德下馬相見，邀請同城，待爲上賓，這人姓單名福，玄德拜他爲軍師。

到了這時，曹操養兵已近半年，便時時有先攻荆州的打算，命曹仁、李典諸人在樊城屯紮，監視荆、襄，曹操又以爲劉備在新野招兵買馬，積貯糧食，志不在小。曹仁輕敵，自請領兵五千，要來新野厮殺。單福用計將曹仁打得落花流水，大敗而逃！曹仁又想來劫營，又被單福識破。當曹仁、李典出戰時，樊城就被關公奪下了。

當劉備領兵進入樊城，樊城縣令劉沁請玄德到家，設宴相待，劉沁甥寇封長得器宇軒昂，侍立在後，玄德一見，十分喜愛，遂不顧關公勸阻，收寇封為義子，改名劉封。

曹仁和李典兵敗回到許都，向曹操請罪，告訴曹操原是單福為劉備軍師，設謀定計，以致軍敗。曹操便問：

「單福是何許人？」

程昱答道：

「這人乃是潁川人徐庶，字元直，單福只是他的假名。」

曹操問程昱說：

「這人比你的才學如何？」

程昱應道：

「十倍於我！」

曹操說：

「可惜呀！可惜。這麼好的人才為劉備所用，並且羽翼已成了呀！」

程昱說：

「雖然如此，丞相要請他來並不難。我聽說徐庶是個孝子，只要老母吩咐，徐庶絕不敢不聽。」

曹操大喜，派人把徐母騙到許昌，命她寫信招回徐庶，徐母憤然不從，並取石硯擲打曹操，後來，程昱騙來徐母筆跡，倣其字體，寫了一封家書，寄給徐庶。

在新野城，徐庶讀畢來信，沒想到是假信，淚如泉湧，便向玄德告別，玄德也大哭！兩人對泣，從入夜至到天明。臨行之前，徐庶表白心跡，說明自己雖爲曹操所迫，絕不爲曹操所用。玄德送別徐庶時，在林畔看著徐庶乘馬和隨行的人匆匆過去，玄德哭著說：

「元直這一次離開後，我要怎麼辦哪？」

欲凝淚遠望，却被樹林隔斷視線，於是玄德以鞭指著前面的樹林說：

「我要砍盡這些林木！因爲它們隔斷了我的視線，使我見不到元直，不能以目送行。」

玄德正在哀怨惆悵，忽然徐庶拍馬而回，玄德心中大喜，以爲徐庶改變了心意。徐庶說：

「我心緒煩亂，忘了一件事。在襄陽城外二十里的隆中，有一位奇才，使君可以親自去求他相助！如果能得到他的輔佐，就無異像文王得到呂尙，高祖得到張良了。」

玄德說：

「這人比起先生的才略怎麼樣？」

徐庶說：

「啊！以我和他相比，好似駑馬配麒麟，寒鴉比鳳凰，這人實在是天下獨步的經天緯地之才。他複姓諸葛，名亮，字孔明，原是瑯琊人，和弟弟諸葛均正在南陽耕讀，他的居處稱作臥龍岡，人都稱他爲『臥龍先生』。您如果能得到他，那何需煩惱天下不能平定？他正是伏龍，和鳳雛龎統齊名。」

徐庶在馬上推薦了孔明後，便告別玄德，策馬遠去了。這處玄德似醉方醒，如夢初覺，便領著衆將回到新野，預備了豐厚的禮物，要同關、張兩人前去南陽請孔明下山相助。

十一、三顧茅廬

當玄德同關、張兩人，並一些隨從來到隆中，只見山畔有數人荷著鋤頭，正在種田，口中唱著歌，歌辭說：

「蒼天如圓蓋，陸地如棋局。世人黑白分，往來爭榮辱。榮者自安安，辱者定碌碌。南陽有隱居，高眠臥不足。」

玄德覺得歌辭深刻，不像農夫所作，便問農夫，歌辭是誰作的？有一位農夫回答說：

「歌辭乃是臥龍先生作的。」

玄德又問臥龍的住處，農夫說：

「這山以南一帶的高岡，就是臥龍岡，岡前樹林內的茅屋，就是諸葛先生的住處了。」

玄德便領著從人往前行，來到莊前下馬，親自叩柴門，有一位童子前來應門，玄德說：

「漢左將軍宣城亭侯領豫州州牧皇叔劉備，特來拜見先生。」

童子說：

「我記不得許多名字！」

玄德說：

「你只說劉備來訪就成了！」

童子說：

「先生今早就出門了。」

玄德說：

「先生往何處去了？」

童子說：

「蹤跡不定，也不知道他往何處去了。」

玄德問：

「先生幾時回來？」

童子說：

「歸期也不一定，或者三五天，或者十幾天。」

玄德心中十分惆悵。張飛不耐，便說：

「既然見不著，我們就回去算啦。」

玄德要再等片刻。雲長說：

「不如先回去，再派人來打聽。」

玄德便囑咐童子，待諸葛先生回來時，告訴他劉備曾來拜訪。於是上了馬，回頭觀看隆中景色，眞是山不高而秀雅，水不深而澄清，地不廣而平坦，林不大而花盛，猿鶴相親，松篁交翠。正在賞覽之時，忽然有一人從山間小路走來，這人容貌軒昂，丰姿俊爽，玄德心想，這大概就是臥龍先生了，急忙下馬行禮，問道：

「先生是否臥龍先生！」

那人回答道：

「我是博陵人崔州平，孔明是我的好友，我不是孔明。」

原來孔明和博陵崔州平、潁川石廣元、汝南孟公威和徐元直四人是密友。玄德和崔州平兩人便在林間石上坐下，州平問玄德道：

「將軍何故要見孔明？」

玄德說：

「如今天下正亂，四方戰事不住地發生，我想見孔明，就是要請敎他安邦定國的方法。」

州平就說：

「將軍以定亂爲個人的抱負，確是出於一番仁心。然而自古以來，治亂無常，就以本朝爲例，自從高祖起義，推翻秦二世，平定天下，天下由亂入治，至哀、平之世，二百多年太平日子已久，王莽遂行篡逆，這是由治而亂，以後光武中興，重整基業，又由亂而入治，如今又已二百多年，戰爭紛紛發生，也不過就是由治而亂罷了。情勢所趨，不見得能藉少數人的力量而使之平靜。將軍想要得孔明來斡旋天地，補綴乾坤，恐怕不容易達到目的，只是徒然浪費心力罷了！」

玄德說：

「先生所說的，眞是一番高論，然而我是漢家後胄，如何能不盡心？」

玄德還想邀州平回到縣中，州平表示無意求名，便長揖而去。張飛等候已久，十分急躁，便說：

「孔明見不著，却遇到了這個腐儒，白白浪費了許多時間！」

三人只好回到新野。玄德常常派人去探聽臥龍回來了沒有，有一天，使者回說臥龍已經回家，玄德就令人備馬，張飛說：

「看起來也不過是個鄉下人，何必哥哥親自去？派個人叫來就成了。」

玄德叱罵張飛無禮，上馬再訪孔明，關、張兩人照例跟隨。這時正值深冬，天氣十分寒冷，彤雲密布，北風吹得正猛烈，張飛說：

「天寒地凍，尙且不適合打戰，竟要來拜訪這個沒有用的人？不如早些回新野避風雪。」

玄德聽了覺得不高興，表示自己正想使孔明知道自己的誠意。走近酒店，聽見店中有兩人擊桌而歌，歌聲激昂慷慨，玄德就進去問道：

「臥龍先生在這裏嗎？兩位之中誰是臥龍先生？」

原來兩人是臥龍的朋友潁川石廣元及汝南孟公威。玄德只好告辭上馬。向臥龍岡走去，來到莊前下馬，扣門問童子說：

「先生今天是否在莊上？」

童子回答道：

「此刻正在莊上讀書呢。」

玄德大喜，就跟著童子進門，來到中門，只見門中對聯寫作：

「淡泊以明志，寧靜而致遠。」

玄德正看著對聯，又聽到吟詠之聲傳來，從門邊看入，只見一個少年，在草堂上擁爐抱膝唱著歌。玄德等他歌畢，就上前施禮，說道：

「我長久以來，便想結識先生。今天冒雪而來，能夠見著，眞是萬幸。」

那少年慌忙答禮，問道：

「將軍莫非是劉豫州？想見家兄？」

玄德驚訝地說：

「難道先生又不是臥龍先生？」

少年回答說：

「我乃臥龍之弟諸葛均，兄弟三人，長兄諸葛瑾正在江東孫仲謀處。孔明乃二家兄。」

玄德悵然若失，便問孔明去向，諸葛均說：

「家兄昨天被崔州平邀約出去閒遊，或在江湖之上駕小舟，或者往山中訪僧道，或者在村落中尋朋友，或者在洞府內下棋奏琴，我並不知道兩人去向。」

玄德覺得自己正是福薄緣淺，心想我到此處，豈能不留下片言隻字，便借紙筆寫了一封短信，留給孔明，表達自己仰慕的赤忱。只見張飛忍耐不住，一直嚷著風雪這麼大，不如早回去。玄德心中十分不快。

玄德回新野之後，經過了一段時日的忙碌之後，便命人選擇了佳期，自己齋戒沐浴，打算再往臥龍岡去見孔明。關、張兩人不悅，希望玄德打消去意，關公以爲玄德兩次前訪，執禮太過，張飛却說：

「哥哥，你錯啦，想來這個臥龍，也不過是一個村夫，那裏是什麼大賢？這趟用不著哥哥去，我來對付，他如果不肯來，我只用一條麻繩綁來就得了！」

玄德怒叱張飛無禮，且說道：

「這次你不用去，我自和雲長兩人去便了。」

張飛却又說道：

「兩位哥哥都去，小弟如何能落後？」

於是玄德再三叮嚀張飛，千萬不可失禮。三人上馬便往隆中出發，在不到草廬約半里的地方，玄德就下馬步行。走了一程，正遇到諸葛均，玄德急忙施禮，問道：

「令兄是否在莊上？」

諸葛均說：

「昨晚方回莊，此刻正在莊上。」

說罷，便飄然自去了。玄德覺得十分僥倖，這次必能見到孔明，而張飛却不滿諸葛均不曾引見。三人來到莊前叩門，童子出來應門，玄德說：

「有勞仙童轉告，說劉備特來拜見先生。」

童子說：

「今天先生在家，但是現在正在草堂小睡。」

玄德說：

「既如此，就先不要通報罷。」

玄德吩咐關、張兩人只在門口等著，自己慢慢走入，只見孔明仰臥在草堂几席之上。玄德從容不迫，便在階下拱手站立。

過了半個時辰，孔明猶未醒來。關、張兩人在門口等得不耐煩，便進來見玄德，只見孔明高臥不起，玄德正侍立階下。張飛大怒，對雲長說：

「這先生太傲慢！等我到屋後去放一把火，看他起是不起！」

雲長再三勸阻，張飛乃強行捺住怒氣。玄德仍命二人在門外等候，二人望向堂上，只見孔明翻身將起，卻又朝裏睡著了。童子欲通報，玄德攔阻不肯。因此，玄德又立了一個時辰，孔明方才醒來，吟道：「大夢誰先覺？平生我自知。」便問童子，是否有俗客來訪，童子回報說：

「劉皇叔在此站立等候很久了。」

孔明趕緊起身，整衣出迎，玄德見孔明身長八尺，面如冠玉，頭戴綸巾，身披鶴氅，飄飄然好似神仙。便行下拜，對孔明說：

「備是漢室末冑，涿郡的愚夫，早已聽說先生大名，兩次晉謁，不得見面，今天有幸能見到先生。」

孔明謙遜一番，兩人分賓主坐下。玄德立即表明自己渴慕孔明，欲得孔明相助的赤忱。孔明笑著說：

「我希望聽聽將軍的打算。」

於是玄德移坐促席，慷慨陳言，表明自己欲伸大義，輔佐漢室，又希望孔明念及天下蒼生，能敎誨開導自己。孔明方才說：

「自從董卓弄權以後，天下豪傑紛紛起義。曹操的勢力不及袁紹，而能繼袁紹而起，完全是仰仗人謀的緣故。如今曹操已擁有百萬之軍，挾天子以令諸侯，無法和他爭鋒。孫權佔據江東，已有三代，佔地利之便，又得江東百姓的擁護，一時無法打算和他相爭。而荆州這地方，原是兵家用武之地，是上天要助將軍取得的，不應該放棄？益州有天險，土地又肥沃，從前高祖就因爲據有此地而成就了帝業，然而劉璋昏昧柔弱，不能善持這民殷國富的情勢。至於將軍，信義之名名聞四海，又能求賢若渴，又有英雄相輔佐，如果又能擁有荆、益兩州，依恃地利，對內修理政事，對外安撫西戎南越，和孫權連絡，一待天下有變，領著荆州之兵，攻向許都，則可以成大業，而可以興漢室！如今曹操居北佔天時，孫權居南佔地利，而將軍可佔人和，先取荆州，後取西川，和曹、孫成鼎足而居之形勢，然後才能打算進攻中原。」

玄德聽後，離席拱手向孔明道謝，他說：

「先生這一番話，眞令我茅塞頓開，好似撥雲霧而見青天，然而荊州的劉表、益州的劉璋，都是漢室宗親，我如何能忍心去搶奪？」

孔明表示劉表已不久人世，劉璋並非能立業者，荊、益兩州日後定歸玄德。玄德頓首拜謝，力請孔明出山相助，孔明不肯，玄德就流下了眼淚，說道：

「先生不出，要把天下的蒼生怎麼辦？」

玄德眼淚沾濕了袍袖，連衣服前襟也都被淚沾濕了，孔明感覺玄德的心意眞是十分誠摯，才說：

「既蒙將軍不棄，我盡力効勞就是了！」

玄德大喜，命關、張入見，又送上金帛禮物，孔明堅持不受。衆人在莊中住了一晚，次日，孔明囑咐諸葛均說：

「我受了劉皇叔三顧之恩，不能不出山相助！你要在此好好耕讀，不要讓田畝荒蕪！待我功成之日，我立即歸隱。」

玄德便和孔明、關、張諸人，辭了諸葛均，同回新野。玄德以師禮待孔明，食同桌、寢同榻，終日談論天下的大事。

十二、火燒新野

在許都，曹操自免除三公之職後，自己以丞相兼三公，重用了毛玠、崔琰、司馬懿三人。這司馬懿，字仲達，河內人，原是潁川太守司馬儁的後代，父親是京兆尹司馬防，司馬懿之弟司馬朗也在曹操手下任主簿之職。此時曹操，又打算向南征討，夏侯惇爲此進言說：

「近來劉備在新野，每天訓練士卒，勢力日趨擴大，應當早早對付。」

於是曹操命夏侯惇爲都督，令于禁、李典兩人爲副將，領兵十萬，直抵博望紮營，打算進窺新野的動靜。荀彧及徐庶都勸夏侯惇不可輕敵，但夏侯惇眼高於頂，根本不把劉備看在眼中。

在玄德這方，自從得到孔明之後，不免和關張兩人疏遠，兩人始終不高興，認爲孔明無甚才學。當夏侯惇屯兵博望，玄德心中發愁，孔明遂教玄德招募民兵三千人，自教禦敵之法。有一天，探子來報夏侯惇領兵來犯的消息，張飛一聽說，便對雲長說：

「叫那孔明前去迎戰，不就成了？」

玄德正色說：

「翼德，在戰場上，智賴孔明，勇還得靠二弟，如何可以推諉？」

三人遂去請孔明商議。孔明唯恐關、張兩人不肯聽命行事遂向玄德要了劍印。孔明聚集衆將聽令，張飛對雲長說：

「我們姑且去聽聽看，看他怎生調度？」

只見孔明傳令軍中諸將，說道：

「博望的左邊有豫山，右邊有安林，兩處可埋伏軍馬。雲長領一千軍在豫山埋伏，等敵軍來到，放過他，千萬不要攻擊；因爲對方的輜重糧草，定在隊伍之後。只要一見南面火起就立刻放火燒糧草。翼德領一千軍在安林埋伏軍馬，一見南面火起，便向博望城舊日屯貯糧草處放火焚燒。關平、劉封引五百兵在博望坡後兩邊等候，到初更時分，敵軍來犯，就可以開始放火。」

孔明又命趙雲自樊城趕回，擔任前鋒，和敵軍交手，只要輸，不要贏。雲長等人尚未心服孔明，這時雲長便說：

「我們都要迎敵，不知軍師你作些什麼事。」

孔明說：

「我只需坐守這城。」

張飛大笑，說：

「我們都去厮殺，你却在家裏坐著，眞好自在！」

孔明說：

「劍印在此，膽敢抗命的人處死！」

玄德從中關說：

「雲長、翼德，豈不聽說『運籌幃幄之中，決勝千里之外』兩句話？」

張飛冷笑而去，雲長對張飛說：

「我們且看這孔明使的計成不成？應不應？如果不靈，那時再來問他也不遲。」

除關、張二人外，諸將也都疑惑不定，不知孔明有否勝算？孔明又對玄德說：

「今天主公就領兵在博望山下屯住，等待敵軍來攻時，主公就棄營而起，只要看到火起，立即回軍廝殺。」

又命孫乾、簡雍準備慶功宴席，同時安排「功勞簿」，待戰爭結束時計算軍功。孔明的部署，就連玄德也頗為疑惑。

這時夏侯惇和于禁引兵已到博望，一半精兵作前隊，一半軍士保護糧草。夏侯惇來到博望，一見諸葛亮所佈的陣式，不禁仰天大笑，因而輕敵之心更甚往日。戰爭的進行一如孔明所料，當夏侯惇所領曹軍來到狹窄的南道，孔明就用火攻，燒盡糧草輜重，殺得曹軍屍橫遍野、血流成河。

孔明收軍回營，關、張兩人下馬拜伏，至此才眞正對初出茅廬就立戰功的孔明感佩莫名。孔明回到縣中，就對玄德說：

「這次夏侯惇失敗，曹操必定自領大軍前來。新野是個小縣，已不能久居，我聽說劉景升近日病情十分嚴重，不如乘此機會攻打荊州，作為安身之地，一方面也能因此抵拒曹操。」

然而玄德卻覺得十分為難，只覺自身蒙受了劉表大恩，這種背義之事，是寧死也不願作的！孔明只好另作商議。

在許昌，夏侯惇兵敗逃回，自縛而見曹操，伏地請死，曹操責備夏侯惇說：

「你自幼熟讀兵法，竟然不知道在狹處需防火攻?!」

夏侯惇認罪，並對曹操表示李典、于禁在戰爭曾經談及此，於是曹操重賞兩人。這時已是建安十三年秋七月，曹操傳令起大兵五十萬，又令許褚爲折衝將軍，引三千兵爲先鋒，前去對付劉備、孫權，掃平江南。

當曹操起兵來攻時，玄德正在劉表處，劉表病重，自知不久人世，便請玄德前來交代後事。玄德一聽曹操自統大軍來伐，便急忙趕回新野去了。劉表病中得知曹兵進犯，吃驚不小，便打算把長子劉琦立爲荊州之主。蔡夫人聞言大怒，一面使蔡瑁、張允把住外門，不許劉琦探病，劉琦不得已仍回江夏，而劉表病危，望劉琦不到，到了八月戊申日，大叫數聲而死。蔡夫人便假擬遺囑，令次子劉琮爲荊州之主。蔡氏宗族分領荊州之兵守荊州，蔡夫人和劉琮往襄陽駐紮以防劉琦、劉備。劉表死，也不訃告劉琦和玄德。劉琮剛抵襄陽，曹操便領大軍往襄陽來，這時傅巽進言，認爲不如把荊、襄九郡獻給曹操，以免三面受敵。於是劉琮便寫了降書，命人送給曹操，曹操假意要命他永遠鎮守荊、襄兩州。

劉琮投降曹操之事，傳到玄德耳中，玄德大哭。正值伊籍奉劉琦命來報哀，伊籍以爲玄德不如以弔喪爲名，前赴襄陽誘劉琮出迎，奪了荊州。孔明也以爲伊籍所言極是，然而玄德垂淚說：

「吾兄在臨終時託孤給我，如今我若捉住了他的兒子又強佔他的土地，他日若在九泉之下，我有何面目去見他呢？」

玄德以爲不如前往樊城暫避。正在商議間，探馬飛報，曹兵已到博望了。玄德慌忙請伊籍回江夏整頓軍馬，一面和孔明商議如何拒敵。孔明說：

「不如早到樊城去！新野住不得了！」

遂令差人在城四門張榜，曉諭百姓無論男女老幼，願意隨行的卽日前往樊城。一面差孫乾往河邊調撥船隻，以備百姓乘坐。先敎雲長領一千軍去白河上頭埋伏，孔明吩咐道：

「每個人都帶著布袋，袋中多裝沙土，堵住白河之水。明天三更時分，只要聽見下流人喊馬嘶的聲音，就趕緊把布袋取走，讓水冲下，而你們也順著水殺將下來。」

孔明又喚張飛領一千人去博陵渡口埋伏，吩咐道：

「此處水流得最慢，曹軍被大水冲淹，一定是從此逃脫，你們可以乘機砍殺。」

孔明又喚趙雲，說道：

「你領兵三千，分成四隊，埋伏在城的東、西、南、北四門，一方面在城內人家的屋頂上多藏一些硫磺焰硝引火的東西。曹軍入城，一定要找民房屯住，明日黃昏後，定有大風，只要風一起，就令西、南、北三門埋伏的士卒將火箭射入城中。當城中火勢大作，就在城外吶喊助陣，只留下東門放曹軍逃走，而你自率東門之士卒從後攻擊。天明和關、張二將軍會合，收軍回到樊城。」

孔明再令糜芳、劉封兩人，帶兩千人，一半持紅旗，一半持青旗，在新野城外三十里鵲尾坡前屯紮，孔明說：

「只要一看到曹軍到，紅旗軍走在左邊，青旗軍走在右邊，曹軍心疑，一定不敢追趕。你們兩千人就趕緊分頭埋伏，只要一見城中火起，就出來追殺敗兵，然後到白河上流接應。」

孔明安排已定，乃與玄德一同登高瞭望。

曹仁、曹洪領十萬軍爲前隊，許褚引三千鐵甲軍開路，浩浩蕩蕩，殺向新野來，來到鵲尾坡，只見坡前一隊人馬，打著或青、或紅的旗，許褚催軍向前，青紅旗各分左右，許褚趕緊報告曹仁。曹仁以爲是疑兵，就加速進軍。許褚回到坡前，提兵殺入時，已不見一人。此時日已向西，只聽得山上大吹大擂，抬頭一看，玄德和孔明正對坐飲酒，許褚大怒，想要領軍上山，山上擂木砲石又打將下來。折騰半日天色已晚，曹仁領兵來，遂令士卒奪新野城。當軍士來到城下時，只見四門大開，曹軍進到城中，發覺城中連一人都沒有，竟是一座空城。曹洪便命部下安歇，明日再進兵。到初更以後，狂風大起，守門軍士飛報失火。曹仁不疑有他，以爲是軍士燒飯引起。接著，西、南、北三門都起了火，曹仁急令衆將上馬，這時滿城火起，只見上下通紅一片。曹仁聽說東門不曾起火，便率衆急忙奔出東門，軍士自相踐踏，死者無數。曹仁等人方才脫出火圈，只聽背後一片喊聲，趙雲領軍來攻。曹仁大敗，奪路而逃，到四更時分，人馬困乏至極，軍士個個焦頭爛額，奔到白河邊，只見河水不深，於是人馬盡都下水，人聲馬鳴傳至上游，雲長急令軍士把布袋移開，這時水勢滔天，往下流衝去，曹軍死者不勝其數！曹仁領著殘軍往水勢慢處奪路而走，來到博陵渡口，又遇上了張飛，截住曹軍就殺。曹軍紛紛逃走。接著張飛、玄德、孔明等人沿河來到上流，一起渡河，往樊城去，過了河，孔明便令人將船筏放火燒毀。

曹操得知戰敗的消息，就下令三軍在新野下寨，一眼望去，漫山徧野都是曹軍，曹操命軍士一面搜山，一面填塞白河。又命大軍分作八路，一齊要去攻打樊城。此時孔明以爲應當急取襄陽，玄德因有百姓相隨，行動遲緩，一路上扶老携幼，連男帶女，滾滾渡河，兩岸哭聲不停。來到襄陽東門，只見城上遍挿旌旗，壕邊密布鹿角。玄德勒馬大叫：

「劉琮賢姪，我只是想救救百姓，並無他意，請快開門。」

然而劉琮害怕，不敢出應，蔡瑁、張允不得劉琮同意，來到城樓令軍士射下亂箭，城外百姓，無不望著城樓而哭。城中忽然有一將名叫魏延，領著數百人上了城牆，殺了守門將士，開了城門，放下弔橋，急喚玄德進城。這時蔡瑁的手下文聘與魏延交戰不休，玄德向孔明表示本打算保民，如今反而害民，因此不願進入襄陽。孔明以爲江陵是荆州要地，不如先往江陵。這時襄陽百姓有乘亂逃出的，隨著玄德，玄德同行的軍民已有十餘萬人，大小車輛數千輛，挑擔背負者也不計其數。

玄德始終不忍放棄百姓，擁著百姓緩緩而行，孔明對玄德表示：追兵不久卽來，請雲長趕緊往江夏向劉琦求救，命張飛斷絕後路，趙雲保護老小。每日行走十餘里。這時曹操在樊城，使人渡江至襄陽，召劉琮相見。劉琮不敢去見曹操，而蔡瑁、張允卻催促劉琮即刻去見曹操。王威暗中獻計，對劉琮說：

「將軍既已投降，玄德又已離開，曹操必定鬆懈。希望將軍能整奮奇兵，乘機攻打，如果能把曹操制服，那麼中原雖廣，將都一一臣服於將軍，這難得的時機，希望將軍不要放過。」

劉琮不但不聽，又把王威的話告訴了蔡瑁。蔡瑁和張允去拜見曹操，辭色十分諂佞。曹操想命劉琮爲青州刺史，即令上路。劉琮大驚，心中十分不願。再三推辭而曹操不准，劉琮只得和蔡夫人同往青州，在途中，曹操命人把劉琮母子殺了。襄陽便落入了曹操的手中。

曹操取得襄陽後，日夜趕路，要追上劉備。劉備領著衆人馬，一程一程地挨著向江陵進發，來到當陽縣的景山，玄德停住屯紮。約四更時分，忽然聽到西北喊聲震天，玄德派了二千人去迎戰，曹軍士氣高昂，玄德正在危迫之際，幸好張飛趕來，殺開一條血路，往東而走，到天明時分，方才歇下，看看隨行的人只不過百餘其餘百姓老小都不知下落！趙雲在亂中因不見玄德家小，急忙單騎去尋，幸而尋得，衝破重圍而出。不料又在陣外遇到鍾縉、鍾紳兄弟攔住厮殺，殺了一陣才碰見張飛趕來相救，趙雲終於得和玄德相見。

張飛待趙雲離去後，手持蛇矛站在長坂橋上，圓睜環眼，倒豎虎鬚，向西立視曹軍。並在橋後樹林中命所隨行的二十餘騎砍下樹枝，拴在馬尾上，在樹林內往來奔馳，揚起塵土，使曹軍起疑，以爲有埋伏之軍。此時曹操部將曹仁、李典、夏侯惇、夏侯淵、張遼、許褚等見張飛怒目橫矛站在橋上，又恐怕是孔明之計，都不敢進前。因此暫時阻擋了曹軍的進攻。玄德等人即從小路往沔陽進發。曹操大軍又火速進兵，追趕而來，正在緊急之時，關公領着由江夏所借得的一萬軍馬，從半路殺出來，曹軍不敵向後退軍。雲長回軍保護玄德等人到漢津，劉琦也率江南水軍前來援助。三支兵馬會合在一起，商議如何破曹，孔明對玄德及劉琦說：

「夏口有地勢之險，又有錢糧，可以據守，請主公先往夏口，公子自回江夏整頓戰船，收拾軍器，共同來抵擋曹操。如果大家齊歸江夏，則勢力反而孤單了。」

劉琦却想先請玄德赴江夏，當軍馬整頓好時，再回夏口，於是留下雲長領五千軍守夏口，玄德、孔明、劉琦三人回到江夏。這時，曹操恐怕由水路先被玄德奪了江陵，先趕往江陵，守荆州的鄧義、劉先自料不能抵擋曹操，就投降了曹操，於是曹操又得了荆州。

十三、結連東吳

曹操入荆州城以後，大事安定，乃和衆將商議，說：

「如今劉備已經前往江夏，恐怕他會連結東吳，發展勢力，這該如何處理？」

荀攸回答說：

「將軍不妨大振兵威，遣使者送檄文到江東，請孫權到江夏會獵，一塊兒來對付劉備。只要孫權臣服，那麼大事也就定了！」

曹操覺得荀攸說得有理，於是一面發檄文到東吳，一面計算馬步水軍八十三萬，對外號稱一百萬，水陸並進，船、騎並行，沿江而下，隊伍迤邐，約有三百里長。

這時江東的孫權屯兵在柴桑，早已聽說曹操大軍取得了襄陽，如今又日夜趕路，要往江陵攻打江南。於是乃聚集謀士商議如何應敵。魯肅說：

「荆州地勢險要，又與我國國土相鄰接，不僅利於攻守，而且土地肥沃，居民一向安居樂業。如果我們能先據有荆州，必定能成就帝王之業！如今劉表已逝，劉備新近大敗。我願意承命前往江夏弔喪，藉此遊說劉備，要他安撫劉表衆將，同心一意來擊破曹操，如果劉備同意，就不需顧慮曹軍來進犯了！」

孫權乃命魯肅前往江夏弔喪。

當魯肅來到江夏時，玄德正與孔明、劉琦共商對策。孔明以爲曹操勢力大，一時無法抵禦，不如結連東吳，以爲援助，使曹、孫相爭，而從中牟利。玄德恐怕江東人物極多，不肯輕易相容。孔明遂道：

「如今曹操領著百萬之衆，盤據江、漢，聲勢浩大，江東如何能不派人來探虛實？如果有人來此，我願隨著他到江東，憑著三寸不爛之舌，游說孫權，使他和曹操對壘，互相呑併。如果南軍勝，我方就和他們共誅曹軍，奪取荆州之地，如果北軍勝，則我方乘勝可以取得江南。」

這時，有人來報告江東孫權差魯肅來弔喪。孔明笑著說：

「大事成了！」

孔明乃叮嚀玄德，若是魯肅問起曹操動靜，只要推說不知，魯肅如堅持要問，就請他問諸葛亮。

魯肅見禮畢，果眞如孔明所料，追問曹軍的虛實，而玄德也推說不知虛實。魯肅說：

「聽說皇叔用諸葛孔明之計，兩場大小火燒得曹操魂亡膽落，怎麼能說不知曹軍虛實了。」

於是玄德說，只有諸葛亮清楚曹軍動向。魯肅乃來見孔明。孔明表示對於曹操奸計，完全洞悉，只是力量薄弱，不足以對付。魯肅就問：

「皇叔今後準備留在江夏嗎？」

孔明說：

「劉使君和蒼梧太守吳巨交情不錯，準備去投靠他。」

魯肅說：

「吳巨兵少糧缺，尙且不能自保，如何能去投靠這種人？」

孔明表示不過是暫時的打算。魯肅就說：

「孫將軍虎踞六郡，兵精糧足，又十分敬重賢者，江東英雄，早已歸附。如今爲你們打算，不如派遣心腹之人前去東吳輸誠，和東吳結連，方足以成大事。」

孔明說：

「劉使君和孫將軍向無交情，只怕到了東吳，徒然浪費口舌。而且也找不出什麼心腹之人！」

魯肅說：

「先生令兄諸葛瑾就在孫將軍手下爲參謀，何不先生自任使者，和我同往江東見孫將軍，共圖大事呢？」

孔明假意推託，玄德也佯裝不許，而魯肅堅邀，孔明方說：

「事情也十分緊急了，我就奉命走一趟罷。」

魯肅遂別了玄德，和孔明登舟，前往柴桑。

兩人在前往柴桑的途中，魯肅一再告誡孔明，千萬不要在孫權面前說曹操兵多將廣。兩人上了岸，魯肅便請孔明到舘舍中暫歇，自己前去見孫權，孫權就把曹操的檄文給魯肅看，檄文上說：

「孤近日來奉帝命討伐有罪之人，大軍南向，劉琮束手投降；荆、襄之民亦望風而歸順。如今統領百萬雄師，上將千人，想和將軍在江夏會獵面商，共同討伐劉備，分其地土，永結盟好！」

魯肅看完後便問孫權作何打算？孫權表示還未決定。這時張昭對孫權說：

「曹操擁有百萬大軍，借天子之名四處征討，如果要抵抗，恐怕力有所不及。主公所仰仗的天險，就是一條長江，如今曹操既然得到了荊州，可以說和我方同樣地得了地利之便。情勢使然，根本無法和曹操爲敵，不如投降，方能保全江東。」

張昭說完了話，孫權低頭不語。過了一會兒，孫權到後堂去更衣，魯肅跟隨在後，孫權知道魯肅有話要說，便執著魯肅的手說：

「子敬，你打算怎麼辦？」

魯肅說：

「張昭等人的想法，適足以延誤將軍。衆人都能投降，只有將軍不能投降！」

孫權就問魯肅爲什麼不能投降的理由，魯肅說：

「像張昭和我這班人投降曹操，曹操大可以打發我們回到鄉黨，賜個官做，也許還能做上州郡之長！將軍若要投降曹操，曹操要怎樣安排將軍呢？了不起封個俸餉，給幾個隨從，豈能有機會南面而王？衆人主張投降，是各自爲自己打算，而不曾爲將軍打算啊！」

孫權感嘆地說：

「衆人之見，實在令我深深失望，如今子敬所說，正和我的想法相同。然而目前曹軍大兵已壓境，恐怕很難抵擋得了。」

魯肅便向孫權推薦諸葛亮。次日，魯肅引見孔明前，又囑咐孔明說：

「如今去見將軍，萬萬不可說曹操兵多。」

孔明笑著答應。魯肅和孔明來到孫權處，只見張昭、顧雍等一班文武大臣，早已整衣端坐。張昭心想，這人器宇軒昂，不是等閒人物，恐怕是前來游說的說客，便先發言挑戰，張昭說：

「劉豫州三顧茅廬，始請出先生相助，想要席捲荆、襄，如今何以被曹操先佔？劉豫州在未得先生之時，尚割據城池，如今得先生，反而棄新野、走樊城、敗當陽、奔夏口，一無容身之地？」

孔明回答說：

「我主劉豫州躬行仁義，所以不忍奪同宗的基業。劉琮懦弱，暗自投降，方使曹操如此猖獗。豫州在未得我輔助之時，軍敗於汝南，寄跡劉表，兵不滿千，將止關、張、趙雲而已。此後，博望燒屯，白河用水，使夏侯惇、曹仁輩心驚膽裂，亮也盡了一己之棉力。當陽兵敗，全由於數十萬赴義之民相隨，一日只行十里之故。寡不敵衆，也是兵家常事。至於說到國家大計，社稷安危，端賴主謀，不是由徒口誇辯，虛譽欺人的人所能擔當的！」

張昭聽罷，啞口無言。虞翻、步騭、薛綜、陸績、嚴峻等紛紛發難。這時有一人自外進入，厲聲說道：

「孔明乃當代奇才，你們以脣舌相難，豈是待客之道？曹操大軍就要臨境，不思對付之法，而還在這徒鬪口舌嗎！」

這人正是黃蓋，字公覆。黃蓋對孔明說：

「金石之論，應當和我主談論，不需和這班人大肆辯論。」

於是孔明、魯肅、黃蓋一起去見孫權，孫權問孔明曹軍虛實。孔明回答道：

「馬步水軍，大約有一百萬。曹操在袞州時已有青州軍二十萬，平了袁紹又得五、六十萬，中原新招的兵卒有三、四十萬，如今又得荊州之兵二、三十萬，大約不在一百五十萬之下。曹軍有百萬之多，恐怕嚇著江東之士吧？」

魯肅在旁，聽到孔明這麼說，不禁顏色大變，以目向孔明示意，孔明只是故作不見。孫權說：

「曹操部下戰將還有多少？」

孔明說：

「足智多謀之士，能征慣將之將，何止一、兩千？」

孫權說：

「如今曹操攻下了荆、楚，還有什麼進一步的打算嗎？」

孔明說：

「眼前曹軍沿江紮營，準備戰船，不攻取江東還能攻取那裏呢？」

孫權表示自己正處於戰與不戰兩難的情況，孔明乃分析道：

「前不久天下大亂時，將軍起兵江東，劉豫州收服漢南，和曹操共爭天下。如今曹操陸續除去心腹之害，擴充領土，新近又得荆州，威勢眞是震驚了天下。在這種情勢下，縱有英雄，也毫無用武之地，所以劉豫州投奔江夏。但願將軍量力而爲！如果能以吳越大軍和曹軍對抗，不如早早表明立場，和曹操絕裂；如果吳越之軍不能和曹軍對敵，何不就聽從謀士們的意見，按兵束甲，以臣禮事曹操？」

孫權聽了這話，不覺勃然變色，對孔明說：

「曹操平生最痛惡的，就是呂布、劉表、袁紹、袁術、劉備和我！如今呂布等人都被剿滅，只有豫州和我還活著。我自然不能以全吳之地，受曹操的控制。我已經有所決定了：和劉豫州聯合起來，共同抵擋曹操。然而劉豫州新近敗於曹操，還有能力來對抗曹操麼？」

孔明說：

「豫州雖然新敗，然而關雲長手下還有精兵萬餘人，劉琦的江夏戰士，也在萬人之上。曹軍遠來疲憊，又和豫州交戰，輕騎部隊一日夜行軍三百里，這種情勢實在是如一支強弓射出，到了末了，力道已失，甚至不能穿過一片薄絲。而且北方人不熟悉水戰，荊州地方的百姓，暫時投靠曹操，也是迫於情勢的緣故。如今將軍眞能和豫州同心協力，一定能攻破曹軍，曹軍如果被攻而逃回，那麼荆、吳勢力增大，鼎足三分的情勢也就確定了。成敗的關鍵，實在就在今天啊！希望將軍好好考慮，再作決定。」

孫權雖然決定要和玄德聯合攻曹，心中仍是猶疑，便和周瑜商量。周瑜見了檄文，乃笑對孫權說：

「老賊以爲我江東無人，竟敢如此侮辱我們！」

這時張昭說道：

「曹操挾天子之名而征討四方，動輒以朝廷爲藉口，近日又得荆州，威勢更大。我江東唯一可資抵禦的，就只有一條長江。而如今曹操的戰艦就不止千百，水陸並進，如何抵擋得住？不如先投降，再作打算。」

周瑜以爲張昭的意見眞是迂儒之見，江東自開國以來已經三代，如何能說放棄就放棄？便對孫權道：

「曹操雖然託名爲漢相，其實就是漢賊！將軍神武雄才，又有父兄留下的基業，據有江東肥饒之地，兵精糧足，正應當橫行天下，爲國家除去殘暴之賊，如何能投降？並且這次曹兵東來，多犯兵家之忌：北方尚未安定，馬騰、韓遂是其後患，而曹操却一意南征，此其一。北軍不熟悉水性，曹操又捨陸戰而用水戰，想和東吳爭衡，此其二。這時正值嚴冬，天氣酷冷，馬無糧草，不利戰爭，此其三。趕著一羣北方人，遠涉江河，多半水土不服，多生疾病，此其四。如今曹操，在這種情況下要和東吳交戰，必然會招致失敗！將軍要捉拿曹操，眼前就是最好的時機！我願意請領精兵數千，進駐夏口，爲將軍擊潰曹操！」

孫權聽了霎然而起，說：

「我和老賊勢不兩立！」

孫權拔出佩劍砍下面前奏案的一角，對羣臣說：

「諸官如果還有人進言要投降曹操者，就和這奏案一樣！」

於是就把佩劍賜給周瑜，封他爲大都督，封程普爲副都督，魯肅爲贊軍校尉，準備大舉破曹。

十四、蔣幹中計

當周瑜駐兵夏口時，曹操派使者送信來，封面上寫着：「漢大丞相付周都督開拆」，周瑜一看大怒，將來信撕碎，並且將來使殺了，又派人把首級送回給曹操，一面派甘寧爲前鋒、韓當、蔣欽分別爲左、右翼，周瑜自己領兵援應。

曹操得知周瑜毀書斬使，勃然大怒，便叫蔡瑁、張允領著荆州降將爲前軍，曹操自爲後軍，催督戰船，到達三江口。這時正逢甘寧率東吳船隻前來，甘寧令萬餘兵士齊發弓箭，曹軍不能抵擋。曹軍大半來自北方，不善水戰，在江面上，戰船擺動，早就立不住脚，這時蔣欽和韓當又衝入曹軍中，曹軍中箭的和被砲轟擊的，不計其數。曹軍敗退，曹操就責問蔡瑁張允，何以衆不能擊寡？蔡瑁談到北方人不善水戰這一點，於是，曹操便命人先立水寨，令蔡、張兩人，每日操練水軍，而兩旁岸上旱寨長達三百餘里。

周瑜得勝當夜，登高觀望，只見西邊火光照得水面通紅，左右告訴他說是北軍軍營透出的燈火。周瑜亦十分心驚。第二天，周瑜親自坐了一條小船前去窺探水寨的動靜，得知蔡瑁、張允兩人諳習水戰，此時正在調敎北方來的士卒如何打水戰，乃尋思如何能先除去蔡、張兩人。

而在曹操營中，有人報告周瑜探營，曹操自覺挫了銳氣，正在發怒要如何用計破周瑜，帳下一人表示願憑三寸不爛之舌去江東游說曹操一看，原來是幕賓蔣幹。曹操十分高興，便派遣蔣幹到周瑜營中。這時周瑜正在軍帳中商議兵事，聽說蔣幹來到營中，便笑著對其他人說：

「說客到啦！」

周瑜就對衆將密語一番，衆人應命而去。於是周瑜整整衣冠，領著數百從人，都穿上了錦衣，戴上花帽，來接見蔣幹。蔣幹領著一個青衣小童，昂然而入，向周瑜說：

「公瑾，別來可好？」

周瑜先發制人，立即說：

「子翼辛苦了！這趟跋山涉水，爲的就是作曹操的說客嗎？」

蔣幹愕然，趕忙分辯：

「我和你久不相見，特來敍舊，怎麼懷疑我是說客？你對待老朋友竟是如此，我還是回去的好。」

周瑜笑著挽著蔣幹手臂，說：

「我只怕你爲曹操來遊說，既然只是來敍舊，那再好也沒有了！何必急著要走？」

周瑜便請蔣幹入帳，傳令下去，請江東豪傑，都來和蔣幹相見。不一會兒，文官武將，各各穿著錦衣來到，營中小將們也披上了錦鎧，分兩行進入。周瑜便命他們坐在兩旁，大張筵席，飲酒奏樂，周瑜特地告訴衆官，說：

「這位是我的同窗好友，雖然從江北來到此地，却不是曹家說客，你們不用擔心。」

說罷，又把佩劍解下，交給太史慈，吩咐太史慈說：

「如今請你佩上這把劍，作監酒官。今天的宴會，我們只敍朋友之情，如有誰提起曹操和東吳軍旅，就立即斬首。」

蔣幹一時驚愕不已，不敢多發一言，周瑜又說：

「我自從領軍，向來滴酒不嚐，今天見了老朋友，心中又無顧忌，應當好好開懷痛飲。」

說罷，大笑暢飲，輪番敬酒，吆喝之聲不絕於耳，一時觥籌交錯。周瑜飲到半酣，便携著蔣幹的手，兩人來到軍營之外，左右軍士，全都披甲執戈肅立著，周瑜問道：

「子翼，我手下的軍士，軍容還雄壯罷？」

蔣幹說：

「眞是熊虎之士！」

周瑜又引蔣幹到軍帳之後，只見堆積如山的都是糧草，周瑜說：

「我方的糧食還充足吧？」

蔣幹說：

「兵精糧足，眞是名不虛傳！」

周瑜佯醉，執起蔣幹之手說道：

「大丈夫處世，如果遇到知己之主，表面上有君臣之別，實際上親如骨肉，言必行，計必從，共禍福。縱然來了如蘇秦、張儀、陸賈、酈生般的說客，口似懸河，舌如利刃，又那能說動我呢？」

周瑜說罷大笑，蔣幹一時面如土色。周瑜又帶著蔣幹回到營中，指著諸將說：

「這些位都是江東的英傑，今天這次集會，眞可以稱作『羣英會』啊！」

滿座歡笑。到了深夜，蔣幹向周瑜表示，已經不能再喝了，周瑜乃命撤席，佯作大醉狀，要求蔣幹抵足而眠，周瑜吐得滿地狼藉不堪，蔣幹睡也睡不著，伏枕靜聽，只見軍中擊鼓報二更的聲音，這時周瑜鼾聲如雷，看似沉睡。蔣幹便起身，看見桌上放著一卷文書，偷偷一看，都是來往的書信，其中一封寫著：「蔡瑁、張允謹封」，蔣幹大驚！信上大略說著：

「我們投降曹賊，並不是貪圖榮華享受，而是迫於情勢！如今已經把北軍騙得困在水寨中，只要一有機會，便將曹賊的首級割下，獻到軍中。隨時都會派人來傳遞消息，請都督放心……。」

蔣幹心想，原來蔡瑁、張允這兩個傢伙連結東吳……。便把這封信暗藏在衣袖內，正想再翻看其他書信時，床上睡著的周瑜翻身向外，蔣幹急忙就寢，只聽見周瑜口中含糊地說：

「子翼，幾天之內，我敎你看看曹賊的頭！」

蔣幹勉強虛應著。周瑜又說：

「子翼且慢……敎你看看曹賊……。」

蔣幹心下生疑，不知周瑜是睡是醒，便問周瑜話，可是周瑜又睡著了。

蔣幹伏在牀上，已是四更時分，只聽到有人入帳，輕喚道：

「都督醒了嗎？」

周瑜好似夢中忽然被人喚醒，故意問來人說：

「牀上睡著的是誰。」

來人囘道說：

「都督請蔣幹同寢，難道忘了嗎？」

周瑜十分懊悔地說：

「我平日向來不曾喝醉，昨天竟然醉得毫無知覺，不曉得自己有沒有失口說什麼醉話？」

來人對周瑜說：

「江北有人來，要見都督。」

周瑜喝道：

「小聲點！」

便喚蔣幹，而蔣幹只管裝睡。周瑜悄悄出營，蔣幹沉住氣，仔細聽營外的談話聲，只聽到有人聲說：

「張、蔡兩都督說：『急切之間，還無法下手。』」

後面的話，由於聲音太低，聽不真切。不多久，周瑜回到營帳中，又喚「子翼」，蔣幹只是不應，蒙頭假睡。周瑜也解衣就寢。蔣幹心中想道：周瑜是個精明人，天亮找不到信，一定會懷疑我，……。睡到五更，再也忍耐不住，想要逃走，便喚周瑜，周瑜却不應，蔣幹就趕緊起身，穿戴整齊，潛出營帳，叫醒了小童，要出軍門守門，軍士問道：

「先生要去那裏？」

蔣幹說：

「我留在這裏恐怕會躭誤都督辦事，所以先行告別。」

軍士也不阻擋。

蔣幹飛船回去見曹操，曹操便問他事情辦得如何？蔣幹表示無法打動周瑜，曹操一聽，面帶怒氣，蔣幹趨上說：

「雖然不能打動周瑜來降，但爲丞相探聽到一件事，請丞相屏退左右。」

曹操便讓左右侍從離開。蔣幹取出書信，將自己所見所聞，說給曹操聽。曹操大怒說：

「這兩個賊人竟敢如此無禮！」

立刻差人把蔡瑁、張允兩人叫來，張、蔡兩人來到營中，曹操說：

「我想要你們兩人卽刻率兵出征。」

蔡瑁說：

「丞相，軍士還不熟悉水戰，不能輕易說要出兵啊。」

曹操怒道：

「等軍隊練熟，我的頭就要獻給周瑜了！」

蔡、張兩人不知曹操的話有何用意，驚惶之餘，不能回答，曹操便喝令武士推出去，在營外就地斬首，當軍士把兩人首級獻上時，曹操忽然醒悟：

「唉呀！我中計了！」

心中頗為懊惱，然而又不肯認錯，反對衆將說：

「這兩人怠慢軍法，所以我要把他們就地正法！」

衆將心中感慨不已，於是曹操在衆將之內選了毛玠、于禁兩人為水軍都督，來代替蔡、張兩人的職務。

十五、赤壁鏖戰

周瑜自從計退蔣幹之後，在營中聚集衆將，請孔明前來議事，周瑜問孔明道：

「曹軍不久就要來攻，水陸並進，先生以爲我方應當用那一種兵器來禦敵？」

孔明回說，在大江之上，當然用弓箭最好。周瑜一向對孔明十分畏忌，總以爲如孔明之多謀，對東吳而言，是最大的威脅，因此想要借機爲難他，周瑜說：

「先生之見，正合我意，但是如今軍中缺少箭矢，能否煩請先生監造十萬枝箭來應敵？這是公事，請先生千萬不要推辭。」

孔明說：

「旣然是都督的吩咐，自當盡力去作。請問十萬枝箭，幾時要用？」

周瑜說：

「十天之內，能辦完麼？」

孔明說：

「曹操大軍即日來攻，如果要等十天之久，恐怕誤了大事。」

周瑜一聽，心中十分詫異，十萬枝箭竟然難不倒孔明，於是又問孔明道：

「那麼幾天之內，可以辦完？」

孔明說：

「只要三天，就可把十萬枝箭送到都督處。」

周瑜便說：

「軍中無戲言！」

孔明表示絕無問題，三日之內如果辦不好，甘願接受重罰，周瑜大喜。孔明說：

「今天趕造已來不及，從明天起算，第三天請都督差五百軍士到江邊來搬箭。」

孔明說完，就告辭離去，稍後，魯肅得知這件事，十分為孔明擔憂，急忙趕著去見孔明，孔明說：

「公瑾之意，原是要害我！三天之內如何能造出十萬枝箭來？子敬啊，你得要救一救我！」

魯肅便責備孔明，說他是自取其禍，十天之內不能辦成的事，而自己招攬，說是三天之內就能完成。孔明又說：

「希望您能借我二十隻船，每一條船上要三十位軍士，船上用青布爲幔，各束草千餘把，分置在船的兩邊，我自有妙用，第三天包管有十萬枝箭。只是，這件事不好教公瑾知道，如果被他知道，這計就使不成了。」

魯肅答應孔明秘密行事，私下就撥了快船二十隻，一切孔明所教準備之事，都已準備妥當，就等著孔明調用。然而，第一天不見孔明動靜，第二天也是。到了第三天清晨四更時分，孔明才密請魯肅來到船中，說是請魯肅一塊兒去取箭。魯肅只見空船，心中疑惑，但孔明要他不需過問。魯肅只見孔明命人把二十隻船，用長索連在一起，直往北岸馳去。這天晚上的天氣，大霧漫天，長江之中，霧起得更濃，甚至對面來人，也看不眞切。孔明催促船隻快行。到了五更時，船已經接近曹操水寨，孔明就教船隻頭西尾東，一字排開，在船上擂鼓吶喊。魯肅大驚，說：

「這還了得，如果曹兵出營來攻擊我們，要怎麼辦？」

孔明笑著表示，重霧之中，曹兵一定不敢出，他對魯肅說：

「我們只顧飲酒取樂，等霧散了就回去。」

這時，在曹營中聽到擂鼓吶喊的聲音，毛玠、于禁兩人慌忙飛報曹操。曹操心想，重霧迷漫，敵軍恐有埋伏，所以命令手下撥水軍弓箭手發射亂箭。又差人到旱寨去傳張遼、徐晃，各帶弓箭手三千，火速趕到江邊助陣。這時一萬多人，儘向江中放箭，一時箭如雨發，孔明教把人把船頭掉轉，頭東尾西，逼近水寨，好讓箭射得到船上，一面更加擂鼓吶喊。等到太陽升起，霧漸漸散了時，孔明急令船隻回航，二十隻船兩邊束草上，排滿了箭。孔明下令船上軍士齊聲喊道：

「謝丞相的箭!!」

等到曹軍寨內有人把經過通報曹操時，這裏船輕水急，已經駛離了二十餘里，追趕不及了，曹操懊悔不已。

孔明在船中對魯肅說：

「每條船上大約有五、六千支箭，不費江東半分力氣，就得到十萬支箭，明天用它來回射曹軍，豈不甚好？」

魯肅十分佩服，然而他不明白何以孔明知道今日晨間有大霧，孔明解釋說：

「身爲大將而不通天文，不識地理，不曉得天氣的變化，不明白佈陣、地勢、人情的，就是庸才！我在三天之前就算定了今天有大霧，所以敢在公瑾面前誇下海口，以三天爲限，用計取得這十萬支箭啊！」

魯肅眞是佩服得五體投地，船到岸邊，周瑜已差五百人在江邊等候，軍士計算的結果，共得了十五、六萬支箭，周瑜自魯肅處得聞孔明草船借箭的經過，心中也不由得嘆服三分。

事後，孔明入寨去見周瑜，周瑜出營帳來迎接，至此，才眞正表示了佩服之意。周瑜邀孔明入營帳中共飲。周瑜說：

「昨日孫將軍派使者來催促我進兵，我未有奇計，願先生教我。」

孔明謙讓，說自己不過是個碌碌庸才，會有什麼妙計？周瑜說：

「我昨天探營仔細觀察了曹操水寨，看起來十分嚴整，而有秩序，如不用奇計，恐怕攻不下，我想得一計，不知可用否，請先生爲我作一決定。」

孔明立卽說：

「都督且不要說，我們兩人各自把所想之計寫在手掌之內，看看是同還是不同？」

周瑜很高興，覺得這方法不錯，遂敎人取筆硯來，先暗自寫了，待送給孔明看，孔明也暗自寫下，兩個人移近坐榻，把手掌攤開，互相觀看，不禁開懷大笑。原來周瑜掌中，是一個「火」字，孔明掌中也是一個「火」字。周瑜便當孔明說：

「旣然我們兩人所見相同，那麼這計策應當可行，這計策你我要保密，千萬別泄漏才好！」

兩人飲酒罷，便各自分散，在周瑜手下，並無一人知道這事。

當瑜、亮兩人用計之時，曹操正爲了平白折了十五六萬支箭而在生氣。荀攸進言說：

「如今江東有諸葛亮和周瑜兩人用計，急切之間，很難攻得破，不如差人到東吳詐降，作爲內應，暗傳消息，使我方能掌握東吳動態。」

曹操表示此計甚好，但是未必有合適的人選，荀攸乃推薦蔡瑁的堂弟蔡中和蔡和，兩人正在曹營任副將之職。荀攸以爲蔡瑁被曹操所殺，蔡中、蔡和若去東吳詐降，東吳定然不致起疑。

當夜，曹操便傳令兩人入軍帳，囑咐兩人如何如何行事，事後必有重賞。次日，蔡中、蔡和便領著五百軍士駕了數隻船，順風往南岸來。在南岸營寨中，周瑜正在處理進兵之事，忽然使者來報，江北有船來到江口，稱是蔡瑁之弟蔡中、蔡和，特來投降。周瑜接見兩人，表情愉悅，重賞兩人，令兩人和甘寧同爲部隊的前鋒，兩人拜謝，以爲周瑜中了計。然而周瑜吩咐甘寧說：

「這兩人投降不帶家小，恐怕是詐降，替曹操當奸細。如今我想將計就計，敎他通報消息。你好好招呼他們，一邊提防兩人，到發兵的那一天，却要殺他們兩個來祭旗！」

當天晚上，周瑜坐在軍帳中，忽然見到黃蓋暗中來見，周瑜問他：

「公覆，你何以深夜來見，是有什麼指敎嗎？」

黃蓋說：

「彼衆我寡，在這種情況下要用火攻！」

周瑜微驚，忙問：

「是誰敎你的計策？」

黃蓋表示正是自己想出來的，周瑜乃說：

「我的意思也是如此，所以故意留下兩個詐降的蔡氏兄弟，令他誤傳消息。但是遺憾的是沒有一個人爲我到曹營去詐降。」

黃蓋表示自己願意詐降，而周瑜說：

「不受些苦，恐怕對方不信。」

黃蓋以為自己深受孫氏厚愛，此次雖然肝腦塗地，也不反悔。周瑜起身拜謝，說道：

「公覆如肯行這苦肉之計，那眞是江東人民之福！」

黃蓋辭出時，向周瑜表示了自己堅定的信念。

第二天，周瑜鳴鼓大會諸將，孔明也在座。周瑜說：

「如今曹操領著百萬大軍，連綿三百里長，非短時間內可破，如今命令諸將各領三個月糧草，準備禦敵，……。」

話還未說完，黃蓋搶著發言，說道：

「莫說三個月，就是支三十個月的糧草，也不濟於事。如果能攻得破，在這個月內就能攻破曹軍，如果這個月內攻不破，恐怕最好依張子布的話，棄甲倒戈臣事曹操。」

周瑜勃然變色，怒道：

「我奉主公之命，領軍破曹，誰敢再談投降的一定斬首示衆！如今兩軍相敵，你竟敢說出這番擾亂軍心的話，不把你殺了，教我怎麼管理部下！」

周瑜喝令左右把黃蓋綁起，推出斬首，黃蓋也生氣地說：

「我自從追隨破虜將軍孫堅，縱橫東南，馳騁沙場，已經三代，當我建功逞威之時，那時那有你來？」

周瑜喝令速斬，這時羣臣紛紛爲黃蓋求情，說黃蓋是東吳老將，而眼前大敵在望，當同心協力對付曹軍，殺了黃蓋，也無好處。周瑜見衆官苦苦哀求，乃命左右將黃蓋打了一百大板，衆人又紛紛爲黃蓋求饒，周瑜推翻案桌，叱退衆官，又喝令士兵把黃蓋衣服剝了，又打了五十下，衆官又苦苦哀求，周瑜仍然罵聲不絕，走回營帳中。

衆官把黃蓋扶起，只見黃蓋被打得皮開肉綻、鮮血迸流，扶回本寨，途中昏倒幾次。黃蓋回到寨中，衆將紛紛來慰問，黃蓋只是長吁短嘆。衆將離開之後，參謀闞澤也來探訪，黃蓋請他入內，闞澤懷疑周瑜用苦肉計，黃蓋向與闞澤交好，因此對闞澤的懷疑並不否認，反而從容表明自己的心意，黃蓋說：

「我雖受苦，但心中一無怨恨。只是遺憾軍中並無一人是我心腹，爲我預先向曹操獻上詐降書！」

闞澤欣然表示爲國同心之意，願意在黃蓋之先，往曹營見機行事。

闞澤當夜就扮作漁翁，駕了小船，往北岸航去。來到曹營，軍士把他帶去見曹操，曹操懷疑他是奸細。闞澤說自己與黃蓋情逾骨肉，特來呈獻降書，曹操總是不信，闞澤說：

「人說曹丞相求賢若渴，而今天我見到的情形正是相反！唉！黃公覆啊，你眞是打錯了算盤了！」

曹操便要投降書看，闞澤把信呈上。曹操在几案上把信翻看了十多次，忽然拍案張目大怒道：

「黃蓋用苦肉計，讓你假傳降書，在我營中臥底，你竟敢來戲侮我麼?!」

曹操便要敎左右把闞澤推出去斬了。闞澤面不改色，仰天大笑，從容而言：

「我豈是笑你曹操？我是笑公覆沒有識人之明！」

曹操說：

「我自幼就熟讀兵書，你這條計，休想瞞我！你如果是眞心要獻書投降，何不明約時間？」

闞澤聽罷，更是仰天大笑，對曹操說：

「你眞是不識機謀，不明道理，豈不曾聽人說：『背主作竊，不可定期！』的話？豈有預先約定何時來降之事？」

曹操這才改容，取酒接待，表示慰勉之意，說：

「如果你和黃公覆建得大功，他日的封賞一定在其他人之上。」

這時，曹操又得蔡中、蔡和密書，寫道黃蓋被杖責之事，曹操愈加相信，乃命闞澤回南，相機行事。數日之後，曹操又得蔡中、蔡和密報，說是甘寧也願為內應，曹操心中有些疑惑。闞澤也自寫信，遣人密送曹操，說是黃蓋目前未得機會，如果要北來，船頭會挿青牙旗作為標幟。曹操心中舉棋不定，七上八下地，乃聚集衆謀士商議，希望能得一內應前往江左。蔣幹因為前次游說周瑜未能成功，這次自願前往，將功贖罪。曹操同意，便派蔣幹即日上船。

在南岸，周瑜聽得蔣幹又到，不禁大喜，對魯肅說：

「成功與否，就在這人身上。」

周瑜又吩咐魯肅請龐統來，向他請教如何破曹軍的方法，龐統道：

「要破曹軍，必需用火攻！但是江面遼濶，如果只有一艘船著火，其餘的船便能四散逃逸。必需使『連環計』，教北軍船隻釘成一處，使這計才能成功。」

周瑜深深佩服龐統之見。又請人去接蔣幹，蔣幹不見周瑜親自來接，心中也頗爲忐忑。一到營中，周瑜就變色責備道：

「子翼，你爲了什麼如此欺騙我？我顧念往日交情，請你開懷痛飲，並且留你共眠，欲吐心事，你爲何盜了我的私信，又不辭而別？你這番來，一定不懷好意！我原想和你一刀兩斷，馬上送你回去，但又想到舊日交情，這一兩天我就要破曹軍，把你留在營中，恐怕你又要刺探軍情，這樣罷！左右侍從！把子翼送到西山廟中休息兩天——等我擊敗曹軍再送你過江也不遲！」

蔣幹要發言，但周瑜不容他開口，起身回營帳中去了。蔣幹來到西山，想到此行任務又不能完成，內心十分憂悶，眞是寢食難安。到了半夜，星露滿天，獨自一人出庵散步，只聽到不遠處傳來讀書的聲音，蔣幹信步走去，見山旁有草屋數間，燈光自小窗中射出，蔣幹悄聲走近，自窗中望入，只見一人在燈前掛劍，口中吟誦著孫吳兵法。蔣幹好奇心起，叩門請見。那人開門迎客，蔣幹一見那人，只覺得儀表非凡，心想這必定不是等閒人物。兩人道過姓名，蔣幹十分驚喜，說道：

「莫非是鳳雛先生？」

龐統說「正是。」蔣幹便問何以會置身在這荒僻之地，龐統表示完全是因爲周瑜恃才傲物，不能容人，所以隱居在此。蔣幹便力慫龐統投靠曹操，龐統說：

「我早就想離開江東了，今天既然有你引見我，我就和你同路走罷，不過行動要快，慢了恐怕周瑜知道，就不好辦了。」

於是兩人連夜下山，到江邊尋著原來的船隻，飛棹航往江北。

在曹營，曹操早已得知鳳雛先生要來，親自出帳迎入，分賓主坐定。曹操說：

「周瑜年幼，又恃才欺衆，不懂用兵。操早已聽得先生大名，希望先生能教導我。」

龐統說：

「我平日就知道丞相整軍十分嚴整，我想看一看佈軍的情形。」

曹操就敎人備馬，兩人上馬先看了旱寨，龐統說：

「安營傍山依林，出入有門，進退有序，就是孫吳、穰苴復生，恐怕也不能過此！」

兩人又去看水寨，只見南分二十四座內，艨艟戰艦環列，好似城郭，中藏小船，往來似有巷道，秩序十分井然。龐統就說：

「丞相用兵如此，眞是名不虛傳。」

曹操大喜。請龐統回到營帳中，兩人論陣說兵，高談濶論，龐統應答如流，曹操佩服得五體投地。便問龐統，北方之軍水土不服，多生嘔吐之病，甚而致死，該如何處理。龐統就說：

「丞相教練水軍之法固然好，然而在大江之中，潮起潮落，風浪不停，北兵不慣坐船，又受到風浪顚波，自然嘔吐生病，無法作戰。不如把大船小船，或三十隻成一排，或五十隻成一排，首尾用鐵環連鎖起來，上舖濶板，這樣一來，休說是人在其上行走，連馬匹也能在上奔跑。乘坐這樣連環而成的船隊，任他風浪潮水，水軍又怕什麼？」

曹操一聽，覺得十分有理，乃下席向龐統道謝，曹操說：

「唉！不用先生良謀，我如何能破東吳水軍？」

曹操乃命軍中鐵匠，連夜打造連環大釘，鎖住船隻，諸將得知龐統之計，大家都十分慶幸。龐統又對曹操說：

「當我在江東時，江東豪傑之中，有許多人怨恨周瑜，我願意憑三寸不爛之舌，把他們游說來降丞相。使周瑜孤立無援，而只要周瑜一敗，劉備就不用煩惱了。」

曹操聞言，再三叮嚀，務必盡力，龐統遂拜別曹操，自回江東去了，這時已是建安十二年冬十一月時份。

某一日，天氣晴朗，長江江面風平浪靜，曹操上馬先巡視沿江的旱寨，然後乘坐大船一隻，在船中央建起「帥」字旗號，巡視兩邊水寨，曹操頗覺滿意，又下令軍中置酒設樂，在晚上會見諸將。到了薄暮時刻，天色漸漸暗了下來，只見月上東山，光采皎潔照耀得四周如白日一樣，月色下的長江恰似一匹白練。曹操居中，左右文武百官依次而坐。曹操見南屏山山色如畫，向東望可以見到柴桑，向西，則能看到夏口，南邊是樊山，北面可以望得著烏林，四顧空濶，斯情斯景曹操心中頗有感觸。喝酒喝到半夜，曹操想到自己行年五十有四，江南還未平定，耳中傳來離樹的鴉鳴聲，曹操甚有醉意，乃取槊置於船頭，把酒向江中澆奠，滿飲三杯，橫槊對諸將說：

「我就是憑著這支槊破黃巾、擒呂布、滅袁紹、深入塞北，直抵遼東，縱橫天下的！憑了這支槊，頗不辜負了我大丈夫的志向。如今美景當前，心中甚爲感動，我爲諸君唱歌，請你們應和罷：

對酒當歌，人生幾何？譬如朝露，去日苦多！慨當以慷，憂思難忘，何以解憂，唯有杜康。青青子衿，悠悠我心。但爲君故，沉吟至今。呦呦鹿鳴，食野之苹。我有嘉賓，鼓瑟吹笙。皎皎明月，何時可掇？憂從中來，不可斷絕。越陌度阡，枉用相存，契濶談讌，心念舊恩。月明星稀，烏鵲南飛，遶樹三匝，無枝可依。山不厭高，水不厭深。周公吐哺，天下歸心。」

曹操歌罷，衆人和之，一時之間，彼此十分契合。

次日，水軍都督毛玠、于禁來到營帳中，向曹操說：

「大小船隻，都已配搭連鎖妥當，旌旗武器也一一準備好，請丞相調遣，近日卽可起兵。」

曹操來到水軍中央大戰船上坐定，召集諸將，分派任務，命水旱二軍，都用五色旗號，水軍部份，由毛玠、于禁居中，旗用黃色；張命在前，用紅旗；呂虔統後軍，用黑旗；文聘率左軍，用青旗；呂通率右軍用白旗。陸軍部份，徐晃爲前軍，掌紅旗；李典主後軍，用黑旗；樂進統左軍，用青旗；夏侯淵統右軍，用白旗；夏侯惇、曹洪接應水陸西路，許褚、張遼往來監戰，其餘驍將，也各有各的任務。曹操令畢，水軍寨中擂鼓三通——各隊戰船，分門而出，這日西北風突起，各船拽滿風帆，向前列進，衝波擊浪，而渡江如履平地。北軍在船上踴躍施勇，刺槍使刀，身手靈活，勇不可當。曹操心中大喜，以爲必勝，乃命衆船收帆，依序回案。

這時程昱來進言，他對曹操說：

「船都連鎖在一起，固然十分平穩，但若對方用火攻，却難以廻避，這一點，丞相不能不防備！」

曹操大笑說：

「凡有火攻，必得藉助風力，如今天氣嚴寒，正值隆多，只有西風、北風，何來東風、南風？我方在長江之北，東吳軍在南岸，如果用火攻，豈不是要倒燒自己的軍隊？」

衆人都佩服曹操之見，紛紛擾擾之間，袁紹手下的舊將焦觸和張南兩人自願乘船，直止北江口，去奪東吳軍的鼓旗。曹操便撥下二十隻船，精銳軍士五百人，人人手持長槍或硬弩。第二日，焦、張兩人便領著哨船，穿寨而出，往江南進發。

在南岸的周瑜，早已聽到喧震的鼓聲，登高觀望，只見有小船衝波而來，周瑜便問軍中有誰敢先行退敵，韓當、周泰兩人齊聲答應，於是便各領哨船五艘，分左右而出。韓當、周泰兩人接近小船時，焦觸便命軍士射出亂箭，然韓當一手用盾牌護胸，一手挺長槍和焦觸交鋒，不過刺出一槍，焦觸已倒下，周泰飛身一躍，直躍上張南船上，手起刀落，把張南砍落水中。焦觸、張南之死，愈令曹操相信連環之妙。

當周瑜在山頂看隔江戰船時，正想問衆將用何計來破江北密如蘆葦的戰船，話未及出口，只見曹寨中被風吹折的黃旗飄向江中。周瑜還兀自得意時，忽然狂風大作，江中驚濤拍岸，一陣風過，旗角在周瑜臉上拂過，周瑜猛然想起，萬事皆備，只欠東風，不覺昏眩過去。

周瑜臥倒帳中，孔明前來探視，周瑜便將心事告知孔明，孔明說：

「我雖無才德，但是曾經得到異人的指點，對天象頗有了解，請都督在南屏山建台，我爲都督借三日三夜東風如何？」

周瑜大喜，心病霍然而解，便傳令軍士在南屏山築壇，名爲七星壇，孔明在十一月二十日吉時，齋戒沐浴，來到壇前，仰天禱告。

當孔明在七星壇上祭風的時候，程普、魯肅等一班軍官，只在帳中等候，只要東南風一到，便要發兵。黃蓋也已準備了火船二十隻——船頭密布大釘，船內裝滿了蘆葦乾柴，灌上魚油，上又鋪上一層硫黃、焰硝等引火之物，用青布油單遮蓋起來，船頭插上青龍牙旗，衆人在帳中聽候，只等周瑜發下號令。都督營帳周圍盡是東吳軍馬，圍得水洩不通。這時，探子也來報告周瑜，孫權船隻離寨八十五里，以為支援。衆兵衆將，一個個磨拳擦掌，準備厮殺。

將近三更時分，忽然風聲大響，旗旛四處轉動，周瑜出帳觀看，只見旗脚竟飄向西北，霎時間東南風大起。周瑜下令集合衆將，先教甘寧帶了蔡中等沿南岸走；他對甘寧說：

「只要打著北軍的旗號，直向烏林走去，就到達曹操屯糧的地方。然後深入軍中，以火為號，留下蔡和一人在帳中，我自有用處。」

周瑜又吩咐太史慈說：

「你領三千兵，直奔往黃州地界，截斷曹操退路以及自合淝來的援軍，遇著曹兵就放火，只要看到紅旗，便是吳侯來援應。」

這兩支人馬路途最遠，所以最早出發。周瑜又教呂蒙領三千兵去烏林援應，叫甘寧焚燒曹操的柵寨。又喚凌統領三千兵直援去彝陵的邊界，只要一看烏林火起，便領軍前去。周瑜又喚董襲領三千兵直取漢陽，從漢川殺奔曹營，看白旗援應。然後再喚潘璋領三千兵，打著白旗往漢陽援應董襲。

六隊軍馬各自分路去了。周瑜乃令黃蓋安排火船，使小卒送信約曹操，言明今夜投降。一面又撥四隻戰船，隨著黃蓋船後援應；又將軍隊分成四隊，各有大將統領，這四隊各領戰船三百艘，前面又擺列火船二十艘，周瑜和程普在大艨艟上督戰，只留魯肅、闞澤及衆謀士守寨。

在南屏山，孫權早已準備妥當，只待黃昏出動。玄德在夏口迎接孔明，孔明回營後，立卽調兵遣將，吩咐趙雲領三千人馬渡江，攻取烏林小路，揀樹木蘆葦多的地方埋伏，當夜半四更曹操敗走時，等他軍馬來到，就在半中間放起火來。孔明說：

「烏林還有兩條路，一條通南郡，一條通荆州。你只要埋伏在往荆州的路上，因爲曹操大軍必然敗回許昌。」

趙雲領命而去，孔明又派張飛領三千兵渡江，截斷彝陵這條路，去葫蘆谷埋伏，當曹軍來此埋鍋造飯之時，就在山邊放起火來。孔明又命糜竺、糜芳、劉封三人，各駕船隻繞江剿擒敗軍，奪取器械。之後，孔明又請劉琦回到武昌，囑咐他不可輕離城郭，在安排妥當之後，孔明對玄德說：

「主公，可在樊口屯兵，憑高而望，坐看今夜周郎大逞威風！」

這時，雲長也在座，孔明全然不加理會，雲長終於忍耐不住，高聲說道：

「我關某自從跟隨兄長征戰以來，向未落後，今日遭逢大敵，却不見軍師有什麼任務派給我，這麼作到底有什麼理由？」

孔明笑道：

「雲長勿怪我。我本想麻煩你把守一個最重要的隘口，但是怎奈何有些不便處，所以不敢派你去。」

雲長不解，便問孔明到底有什麼不便？孔明說：

「過去曹操對待你十分優厚，你心中不時想要回報，這一次曹兵失敗，必定經過華容道逃走，如果由雲長你來把關，到時必然會放他過去。」

雲長說：

「軍師好多心！當日曹操雖然重待過我，而在當時，我已殺了顏良、文醜，解了白馬之圍，報過他了。今日如果撞見他，豈能輕易放過他？假如我放了他，我自願接受軍法制裁！」

於是孔明便下了軍令狀，再三叮嚀：「將軍休得容情」，雲長領了將令，帶著關平、周倉和五百校刀手，往華容道埋伏去了。

卻說曹操在大寨中，和衆將商議，只等黃蓋消息。當日東南風吹得很急，程昱入寨提醒曹操要預先提防，然曹操一笑置之，以爲多至陽生，那會起東南風？忽然軍士來報，說有黃蓋密書，曹操趕緊喚入，黃蓋書中說：

「周瑜關防很緊，所以無法脫身。今日正遇鄱陽湖有新運到的糧食，因此想趁機殺幾名江東名將，獻首級來降，只在今晚三更，船上插青龍牙旗的，就是來降的糧船。」

曹操大喜，遂和衆將來到水寨中大船上，等候黃蓋船到。

這一夜，天色向晚的時分，周瑜把蔡和殺了，用血祭旗，便下令開船。黃蓋在第三隻火船上，披上護胸，手提利刃，旗上大書「先鋒黃蓋」四字，往赤壁進發。這時，東風大作，波浪洶湧，曹操在中軍遙望對岸，只見月色照耀在江水之上，如萬道金蛇，翻波戲浪，曹操迎風大笑，十分得意。忽然有軍士報告說，江南隱隱有一簇帆幔，順風而來，曹操登高而望，船首都插著青龍牙旗，其中一面最大的，上書「先鋒黃蓋」四個大字，曹操笑道：

「公覆來降，眞是天助我也！」

來船逐漸接近，程昱觀察許久，對曹操說：

「來船有詐，千萬別讓它們接近水寨！」

曹操便問如何知道的？程昱說：

「糧食堆積在船中，船必定十分穩重，如今來船，看來十分輕浮，今夜東南風急，如果有什麼詐謀，要如何抵擋哪？」

曹操省悟過來，忙問，誰能去制止？文聘認爲自己頗識水性，自願前往，十數隻巡船，便隨著文聘船航出，文聘立在船頭大叫：

「丞相有旨！來降的船隻休近水寨，在江心停住！」

衆軍齊聲大喝：「把篷卸下！」

話還未說完，弓弦聲響，文聘被射中左臂，倒在船中，船上大亂，各自奔回。這時雙方只隔二里水面，黃蓋用刀一招，前船一起發火，火趁風威，風助火勢，船如箭發，煙焰蔽天。二十隻小船，紛紛撞入水寨，曹寨中的船隻一時盡都着了火，又被鐵環鎖住，無處逃避。隔岸又發砲，四下火船又前來攻擊，但見三江面上，火逐風飛，漫天徹地，一派通紅。

曹操趕緊逃上岸，由張遼和十數人保護，黃蓋在後追趕，張遼一箭射中黃蓋肩窩，黃蓋落水，却被韓當救起。在江上滿江火滾，左邊是韓當、蔣欽，兩軍從赤壁西殺來；右邊是周泰、陳武，兩軍從赤壁東殺來；正中是周瑜、程普所領的大隊船隻。三江水戰，赤壁鏖兵，曹軍著槍中箭，火焚水溺的，數也數不盡。

這時，在岸上甘寧命蔡中領軍到曹寨深處，一刀把蔡中砍死，就草上放起火來，呂蒙遙望中軍火起，也在十數處放火，衆將分頭放火吶喊，四下裏又鼓聲大震，曹操和張遼領著百餘騎，在火林裏走著，看看四處地面，無處不是火，曹操命軍士尋路，張遼指著前方說：

「只有烏林，地面空濶，可以逃走。」

於是曹操領著張遼等人，急奔往烏林，正走間，火光中出現了呂蒙、凌統，曹操肝膽皆裂。在混戰之中，曹操幸得袁紹降將馬延、張顗領著北地軍馬前來接迎，曹操便教二人領一千軍馬開路，其餘留著護身。然而行不到十里，喊聲起處，甘興霸又領兵阻擋，馬延、張顗來抵禦，早被甘寧砍倒，曹操眞是吃驚不小，這時正巴望著合淝有軍來援，不料孫權正在合淝路口，教陸遜、太史慈合軍，向曹軍衝殺，曹操奔逃，只見四周樹木叢雜，山川險峻，曹操尙未回神，西邊鼓聲震天，四處火光沖起，驚得曹操幾乎墜馬，從斜裏殺出一支軍隊，爲首的大叫：

「我趙子龍也！在此等候多時了！」

曹操教張郃、徐晃抵趙雲，自己就冒煙突火逃走，趙子龍也不來追趕。這時天色微明，東南風仍不止。忽然大雨傾盆，濕透衣甲，曹操和軍士冒雨而行，衆軍士疲憊飢餓不堪，曹操便令軍士往村落中刼糧，在山邊揀乾處埋鍋煮飯。飯還未煮熟，前後喊聲大起，曹操大驚，棄甲上馬，軍士也都四散逃逸，只見四處火煙布合，山口一軍擺開，爲首的就是張飛，諸軍心膽皆寒，張遼、徐晃來夾攻張飛，兩邊軍馬混作一團，曹操撥馬就走，只有少數幾人隨行。來到華容道前，人馬皆倒，焦頭爛額的這時扶著竹杖而行，中箭著槍的勉強著走，個個衣甲濕透，在此隆多嚴寒之時，眞是苦不堪言。走啊走，前軍忽然停馬不進，原來是山間小路由於早晨下雨，泥濘不堪，馬蹄陷於泥中。曹操大怒，說：

「軍旅該逢山開路，遇水架橋，豈有路面泥濘就不能前行之理？」

便命老弱受傷的軍士在後慢行，強壯者擔土束柴，填塞道路，務要行動快速，否則斬首，衆軍只得就路旁砍伐竹木，填塞山路，只要行動遲慢，就行斬殺。曹操乃令人馬沿著棧道而行，一時死者不可勝數，哭號之聲，不絕於路。曹操行進險阻，來到了較平坦處，只有三百人相隨，無一人衣甲整齊的。曹操對部下說，趕到荆州再行休息，話還未完，一聲砲響，五百校刀手兩邊擺開，只見關雲長提出青龍刀，跨著赤兎馬，截住了去路。曹軍見了，亡魂喪膽，面面相覷。程昱便對曹操說：

「我素知關公這人傲上而不忍下，欺強而不凌弱，恩怨分明。丞相往日有恩於他，如今只有親自求他，方能脫險。」

曹操只好請關公以昔日交情爲重，當日過五關、斬六將，自己是如何相待？雲長是個義重如山的人，想到從前曹操對自己的好處，如何能不動心？又見曹軍個個淒惶欲淚，心中益發不忍，便將馬頭勒回，對衆軍說：

「四散擺開！」

曹操心知雲長要放自己，便急忙和衆將衝過。張遼及部下趕到，雲長也動故舊之情，一塊放過了。

曹操脫華容之難，回顧所隨軍兵，只有二十七人，不禁大慟！回到南郡，囑咐曹仁，力保南郡，管領荆州，給予錦囊一個，囑咐曹仁，如有敵人來犯，可依計行事，又令夏侯惇領襄陽，張遼守合淝。自回許都收拾軍馬，以待後日報仇去了。

十六、三氣周瑜

赤壁戰後，周瑜收軍點符，大犒三軍。遂進兵想要攻取南郡，前隊臨江紮營，後面分五隊環繞，周瑜居中。

一日，周瑜正和衆將商議如何進攻時，使者傳報說：玄德派孫乾帶着禮物來向都督道賀。周瑜卽命人請進，而問孫乾，說：

「玄德現在何處？」

孫乾說：

「現今移軍屯駐在油江口。」

周瑜大驚，便問孔明在何方？孫乾答道：

「孔明和玄德同在油江口。」

周瑜匆匆打發孫乾回去，魯肅見了感到奇怪，便問周瑜：

「都督剛才何以這般吃驚？」

周瑜說：

「劉備屯兵油江，必有攻取南郡之意。我們費了多少軍馬，用了多少錢糧才擊敗了曹軍，目前南郡垂手可得。劉備和諸葛亮兩人若是心懷不軌，還得要對付得了我！」

周瑜十分氣憤，乃邀魯肅一起，領了三千輕騎，到油江口來，周瑜說：

「我先和他說理，如果好便好，不好時不等他拿到南郡，先要殺了劉備。」

在油江口，孫乾回來見玄德，並說周瑜將親自來道謝，孔明知道周瑜爲南郡而來，一面敎玄德如何應對，一面在油江口擺開戰船，船上列着軍馬。

當周瑜來到玄德處，只見軍勢雄壯，心中甚是不安，孔明派遣趙雲來引接，來到營中，玄德擧酒道謝，酒過數巡，周瑜便說：

「豫州移兵在此，莫非有攻取南郡之意？」

玄德回答道：

「聽說都督要攻取南郡，所以列兵來相助。如果都督不取南郡，我必定會攻取。」

周瑜便笑著表示，東吳早已想呑併漢口，如今取南郡不過是探囊取物，如何會放過？玄德說：

「勝負是兵家常事，但不可預定！曹操臨回許都時；曾命曹仁守南郡，必定有奇謀相授，曹仁這人又十分勇武，恐怕都督要攻取南郡並不那麼容易吶！」

這話激得周瑜衝口而說：

「我如果取不到南郡，那麼就任憑你攻取罷！」

玄德立刻說：

「孔明、子敬兩人在此作證，都督此話不要反悔！」

魯肅躊躇，尚未應答，周瑜說：

「大丈夫一言旣出，有什麼好悔的？」

孔明甚喜，遂對劉備說道：

「都督這番話，甚是公道！先讓東吳去攻南郡，如果攻不下，再由主公去取，有什麼不可以？」

當周瑜和魯肅辭別玄德、孔明上馬而去，玄德便問孔明說：

「剛才先生敎我如此回答，話已經說出去了，可是我輾轉尋思，還是不知其中道理。如今我孤窮一身，連一個立足之地也沒有，才想要攻下南郡，權且容身。如果讓周瑜先取得了南郡，我又如何是好？」

孔明大笑說：

「當初勸主公去取荊州，主公不聽！怎麼如今卻著急了哩？」

玄德表示荊州是劉表所有，所以不忍相攻，而如今南郡屬於曹操，如何不取？

孔明遂要玄德只在江口屯紮按兵不動，「待周瑜去斯殺，早晚教主公在南郡城中高坐」。玄德只得將信將疑。

周瑜魯肅回到寨中，魯肅便問何以答應玄德攻取南郡？周瑜十分自信地說：

「我彈指之間就能攻下南郡，樂得虛做個人情。」

周瑜命蔣欽爲先鋒，徐盛、丁奉爲副將，撥五千精銳軍馬，先行渡江。

這時候，曹仁在南郡，分付曹洪守彝陵，兩處成爲犄角之勢。從人來報：吳兵已經渡過漢口。曹仁吩咐屬下，要堅守南郡，當時驍將牛金自願領精兵出城應敵，說是：「吾兵新敗，正當重振銳氣」。牛金出城，丁奉縱馬來交戰，假裝不敵退回，牛金遂追趕入陣，丁奉指揮衆軍士把牛金團團圍住，曹仁在城上望見牛金被圍在核心，遂披甲上馬，領壯士數百人出城，殺入吳陣中，徐盛迎戰不能抵擋，曹仁殺到核心，救出牛金，卻碰到蔣欽來攔殺，曹仁弟曹純前來引戰，雙方混殺了一陣，吳軍敗走，曹仁得勝而回。

蔣欽兵敗，周瑜大怒，打算親自領兵去攻。這時，甘寧自願領三千精兵前去攻打彝陵，然後再由周瑜去攻南郡。當甘寧領兵三千要去攻打彝陵，曹仁即令曹純和牛金暗中領兵去支援曹洪，並要曹洪出城誘敵。甘寧領兵來到彝陵，曹洪出城和甘寧交鋒，戰不到二十餘合曹洪詐敗逃走，甘寧便奪了彝陵。到黃昏時，曹純、牛金兩下會合，便把彝陵包圍了起來。

周瑜聽說甘寧被圍城中，大驚，乃用呂蒙之計，留下萬餘軍，令凌統坐守，自領大兵奔向彝陵。呂蒙要周瑜在彝陵以南偏僻的小路上砍倒樹木，以斷絕曹軍後路。周瑜便命人如此去做。大軍來到彝陵，周泰便綽刀縱馬，殺入曹軍之中，直來到城下，甘寧在城上望見，便出城迎接，得知周瑜親自領兵，便傳令軍士嚴裝飽食，準備內應。曹純、曹洪、牛金聽說周瑜兵至，先使人往南郡報知曹仁，一面分兵拒敵。兩軍交鋒，曹兵大亂，吳兵四處掩殺，曹軍敗走。欲投小路，却又被亂柴擋道，馬不能行，盡皆棄馬而逃，周瑜乘勝趕到南郡，正遇曹仁軍來救彝陵，兩軍混戰一場，正到天色將晚，方才各自收兵回營。

曹仁回城後，將曹操當日留下的錦囊拆開，便傳令軍士五更造飯，次日清晨，大小軍馬，都棄城而去，城上遍插旌旗，虛張聲勢，軍隊分三門而出。周瑜領兵來攻，曹軍敗走，周瑜親自領兵追到南郡城下，曹軍也不入城，反向西北方逃走。韓當、周泰領著前軍奮命追趕。周瑜見城門大開，城上又無人，遂下令衆軍士搶城，周瑜在後，縱馬加鞭，直入城中。

一聲梆子響，忽然西邊弓弩齊發，勢如驟雨，爭先恐後入城的，這時好像陷在坑內，周瑜正急勒馬想回來時，一箭射來，正中左肋，周瑜不支，翻身摔下馬來。牛金從城中殺來，要活捉周瑜，徐盛、丁奉兩人捨命去救。這時城中的曹兵盡出，吳軍自相踐踏想要逃出，程普急忙收軍，但曹仁、曹洪又分兩路殺回，吳軍大敗！幸好凌統引了一軍從斜裏殺來，抵住曹兵，程普才能收軍回寨。

周瑜回到營中，行軍醫生用鐵鉗子拔出箭頭，周瑜疼痛難當。程普代理，命三軍緊守各寨，不許輕出。三日後，牛金領軍來攻陣，程普按兵不動，牛金罵到日暮才回，次日，又來罵戰，程普和衆謀士商議，想暫時退兵。有一天，曹仁親自領了大軍，擂鼓吶喊，前來叫戰，周瑜從牀上奮起，披甲上馬，諸將大駭，急忙領軍跟進，只聽到曹仁揚鞭罵道：

「周瑜小子，想來必定橫死，再也不敢冒犯我軍。」

罵聲未了，周瑜從羣騎中突然現身，說道：

「曹仁匹夫，想見一見我周郎嗎？」

曹軍看見，盡皆驚駭不已，曹仁吩咐部下大罵，周瑜大怒，命潘璋出戰，還未交鋒，忽然大叫一聲，周瑜口中噴血，落於馬下。曹、吳兩軍混戰一場，吳軍將周瑜救回營中。

周瑜回到營中，程普趕緊來探視，周瑜暗中對程普表明這原不過是一場騙局，欲要吳軍中計，周瑜說道：

「如果曹軍只知我病危，一定乘機來攻。如今可派心腹軍士去城中詐降，就說我已傷重而死。這樣，曹仁今夜必來劫寨，我方可在四下埋伏，待曹仁到，就一鼓作氣把曹仁捉來。」

程普以為此計大妙，出營後，就在帳下發哀，衆軍大驚，各寨都挂起孝來。程普又派人去詐降，說是周瑜病死，程普無能。曹仁大喜，便下令初更時前往劫寨。入夜時分，來到寨內，却不見一人，只見虛插著的旗槍。曹仁知是中計，趕緊退出，又遇甘寧大殺一陣，曹仁不敢回南郡，便逕往襄陽大路走去。周瑜、程普收住眾軍來到南郡城下，只見城上旌旗滿布，城樓上一將叫道：

「都督少罪。我奉軍師命，已攻下南郡了，我乃常山趙子龍也！」

周瑜大怒，便命軍士攻城，城上亂箭齊下，周瑜便只好下令軍馬先回營；一面派甘寧領數千軍馬去攻取荊州，一面又派淩統率兵去攻襄陽，然後再回攻南郡。周瑜正在分派任務，忽然探馬來報，說：

「諸葛亮自從得到了南郡，遂用兵符，連夜詐調荊州守城軍馬來救，卻敎張飛攻下了荊州。」

話未說完，又一探馬來報說：

「夏侯惇在襄陽，被諸葛亮差人騙去兵符，詐稱曹仁求救，引誘夏侯惇領兵出城，讓關雲長攻下了襄陽！」

荊州、襄陽二處城池，得來全不費力，這時已全屬劉玄德，周瑜忙問：

「諸葛亮怎會得到兵符？」

程普說：

「他拿住陳矯，兵符自然全屬於他！」

周瑜大叫一聲，氣得暈了過去！

玄德自從得了荆州、南郡、襄陽之後，心中大喜，便和衆人商議久遠之計，伊籍對玄德說：

「要圖荆州之長遠，最要緊的事便是任用賢才。在荆、襄有馬氏兄弟五人，其中年最幼的馬謖，字幼常，而五兄弟中最賢能的是馬良，字季常，眉內有白毛，所以鄉里之間有諺語說：『馬氏五常，白眉最良』。主公何不訪求此人？」

玄德大喜，便命人將馬良請來，以重禮相待，向他請教保守荆、襄的策略。馬良說：

「荆、襄兩地四面受敵，恐怕不易久守。如今可令劉琦在此養病，派人守禦。然後南征武陵、長沙、桂陽、零陵四郡。積收錢糧，以爲根本之計。」

玄德心中十分佩服馬良的見識，便又問：

「四處之中，應當先攻取何處？」

馬良說：

「零陵距離最近，可以先取得。其次攻武陵，然後渡湘江攻取桂陽，最後攻取長沙。」

玄德遂用馬良當從事，和孔明安排人事，便調兵攻零陵，派張飛爲前鋒，趙雲隨後，孔明、玄德統中軍，留下雲長、糜竺、劉封守荊州和江陵。

零陵太守劉度和其子劉賢聽說玄德軍馬到來，便領兵一萬餘，依山靠水，在城外三十里下寨。兩軍交鋒，劉度手下的力士邢道榮不敵，只得下馬投降，孔明命他捉了劉賢，才准投降。邢道榮連聲應好，但回城後，便將事實告訴劉賢，當二更孔明領軍來劫寨放火時，劉賢、道榮兩邊殺來，孔明放火便退，劉賢、道榮緊追不捨，趕了十餘里，軍皆不見，劉、邢兩人大驚，急回本寨，只見寨中衝出一將，正是張翼德，劉賢急叫邢道榮不可入寨，同去劫孔明寨，回軍走了十里，趙雲又引軍從斜裏殺出，一槍殺了邢道榮，劉賢、劉度不得不投降。孔明仍讓劉度爲郡守，劉賢則赴荊州隨軍辦事。之後，孔明命趙雲去招降桂陽太守趙範，事成之後仍令趙範守桂陽。又命張飛領兵去取武陵，金旋整軍拒敵，然被部下從事鞏志一箭射中面龐，鞏志遂領武陵百姓投降了孔明。武陵降後關公自請去取長沙。孔明說：

「子龍取桂陽，翼德取武陵，都是領三千軍去。如今長沙太守韓玄，固然不足畏，然而他手下有一員勇將，年近六十，姓黃名忠，字景升，却不是等閒人物，曾經和劉表之姪劉磐共守長沙，此人有萬夫不敵之勇，雲長不可輕敵，必需多帶軍馬！」

然而關公不服，以爲孔明實在「長他人志氣，滅自己威風」，只肯帶五百人前往。孔明料到關公輕敵不能勝，遂請玄德領兵去援應。

長沙太守韓玄得知雲長軍到，便喚老將黃忠來商議，黃忠說：

「不須主公憂慮，憑我這口刀，這張弓，一千個來，一千個死！」

原來黃忠能開二石之弓，百發百中。當雲長軍馬來到時，軍校尉楊齡自願上陣，然戰不及三回合，早被雲長砍落馬下。韓玄大驚，忙教黃忠出馬，黃忠提刀縱馬，領五百騎兵飛過弔橋，雲長見一老將出馬，知道是黃忠，把五百校刀手一字擺開，橫刀立馬而問道：

「來將莫非是黃忠？」

黃忠回答說：

「既然知道我的名字，怎敢大膽入侵？」

雲長說：

「特來取你的首級！」

說罷，兩軍交鋒，戰了一百多回合，不分高下。韓玄恐怕黃忠有失誤，急忙鳴金收兵。雲長也退軍，離城十里屯紮，心中暗想：

「這老將黃忠，果然名不虛傳，鬪了一百回合，竟無破綻，來日必用拖刀計佯敗，來對付他。」

次日，關公又來城下叫戰，黃忠出馬，韓玄坐在城上觀戰。黃忠領數百騎殺過弔橋，又與雲長鬪了五六十回合，不分勝負。鼓聲正急，雲長撥馬便走，黃忠趕來，雲長正想反身用刀砍時，忽然聽到腦後一聲響，急回頭一看，只見黃忠戰馬前蹄有失，黃忠被掀在地下。雲長急回馬，雙手擧刀猛聲喝道：

「我且饒你性命，快把馬換了再來厮殺！」

黃忠急忙提起馬，飛身上馬，奔入城中。韓玄驚愕之餘，便將自己的坐騎給了黃忠。黃忠拜謝，而心中想道：

「難得雲長這般義氣！他不忍殺我，我又何忍殺他？……但是，若不殺他，又違背了軍令！」

黃忠一夜躊躇未眠。次日天破曉時，雲長又來叫戰，黃忠領兵出城，雲長兩日戰黃忠不勝，心中十分焦躁。兩人交戰，不到三十回合，黃忠詐敗，雲長在後追趕。黃忠想起昨日不殺之恩，便不忍將箭射出，帶住刀，把弓虛拽，弦發出嘣嘣的響聲。雲長急閃，却不見箭來。雲長又趕，黃忠又虛拽，雲長急閃，又不見箭發出。雲長以為黃忠不會射，放心追來，將近弔橋，黃忠在橋上搭箭開弓，弦響箭到，正射在雲長盔纓根上，雲長吃了一驚，帶箭奔回寨中，這時，雲長才知黃忠有百步穿楊之能，今日正為了報昨日的不殺之恩！

雲長領兵退，黃忠回到城中時，韓玄就令左右把黃忠拿下，黃忠大叫：

「我無罪！」

韓玄大怒，說：

「我看了三天，你竟敢欺矇我，你前日不全力以赴，必然有私心。昨天馬失，他不殺你，可見你和他必有私通。今天兩次虛拽弓弦，第三箭又只射他盔上的纓帶，如何不是外結敵人？」

韓玄正喝令刀斧手推出城門外行斬之時，忽然一人揮刀殺入，救起黃忠，大叫說：

「黃漢升乃是長沙的保障，今天殺漢升，就是殺長沙百姓！韓玄殘暴不仁，人人當殺！」

這人原是魏延，由於韓玄平日不加重用，早已怒氣滿胸，這時一呼百應，數百人要殺韓玄，黃忠擋也擋不住，魏延一刀就把韓玄砍為兩段，然後領著百姓，投拜雲長。雲長卽令人去請玄德和孔明。玄德來到長沙，親自去請黃忠，黃忠這時方出降，又求葬韓玄的屍首。黃忠向玄德推薦劉表的姪兒劉磐守長沙，玄德同意。自是四郡平定，玄德班師回荆州，聚集錢糧，廣召賢士，又將軍馬屯紮在隘口。

在東吳，自赤壁戰後，孫權又在合淝城外，和曹兵交鋒，大小十餘次，未分勝負。孫權乃調遣程普及其他將士之兵來到合淝，想和曹兵決一雌雄，攻下合淝。然而由於孫權年輕氣盛，謀略不周，竟被張遼打得大敗，在合淝之戰中，折損了宋謙及太史慈。

玄德聽說孫權兵敗合淝，已回南徐，便和孔明商議如何對付曹操，忽然使者來報公子劉琦病亡，玄德十分哀痛，孔明說：

「生死乃自然之事，主公不要過於憂傷，要緊的是差人去守城，並料理喪葬之事。」

玄德便派了雲長前去守襄陽。玄德又向孔明說：

「今日劉琦已死，東吳如果來討荆州，如何回答?」

孔明表示，如有人來，自己已有一番答辭。過了半月，魯肅果然來弔喪。

孔明和玄德在城外迎接他，置酒相待，魯肅開門見山，說道：

「前次皇叔曾說：『公子不在，就把荆州交還東吳。』如今公子已死，必然會交還荆州，但不知幾時可以交割。」

玄德表示不急，先飲酒再說。魯肅勉強喝了幾杯，又開言相問。玄德還未回答，孔明變色說：

「子敬好不通情理！我主乃是中山靖王之後，孝景皇帝的玄孫，是當今皇上的叔父，難道不能分土而王？何況劉景升又是我主的兄長，弟承兄業，有什麼違情違理之處？孫將軍不過是錢塘小吏的兒子，一向並無功德，而如今倚仗父兄勢力，佔據了六郡八十一州，還自貪心不足，想要併吞劉家天下！我主姓劉倒無分，你主姓孫，反要強爭？說到赤壁之戰，我主出力，衆將用命，才能擊敗曹操，豈只是東吳之力？剛才我主不立卽應話的緣故，是以爲子敬是高明之士，原用不著細說的。」

這一席話。說得魯肅緘口無言。半晌乃說：

「孔明的話，不是無理，只是魯肅我眞是左右爲難。」

孔明便問有什麼不方便處？魯肅說：

「當日皇叔在當陽受難，是我魯肅領孔明渡江，去見我主公；後來公瑾要興兵取荆州，也是我魯肅擋住；至於說到待劉琦去世，便還荆州，這又是我魯肅來擔保，如今不應前言，教我魯肅如何去回話？我和公瑾得罪無妨，但恐惹惱東吳興兵，皇叔也不能安坐荆州，徒然爲天下人恥笑啊！」

孔明說：

「曹操領著百萬之衆，挾天子之名，我尙且不在意！豈害怕周瑜？但是爲顧及先生面上不好看，我勸主公立下一紙文書，暫時借住荆州，等到我主另得城池之時，再交還給東吳，好嗎？」

魯肅便問：

「你要奪得什麼地方，方把荆州還我東吳？」

孔明說：

「中原還不能打算。西川劉璋勢力最弱，我主可以去攻伐，如果得到西川，那時再還荆州。」

魯肅無奈，只得答應。玄德親筆寫成一紙文書，押了字，保人諸葛亮也押了字。孔明說：

「亮是皇叔這邊的人，難道自家作保？煩子敬先生也押個字，拿回給吳侯看也好看些。」

魯肅就說：

「我知道皇叔是個仁義之士，必然不致食言。」

於是就押了字。魯肅收了文書要回東吳，在江邊孔明囑咐他說：

「子敬回去見吳侯，請爲我們說些好話，休要妄意而行！吳侯若是不准我文書，我翻了臉皮，說不定連八十一州也給奪了！如今只要兩家和氣，千萬別教曹賊笑話才好！」

魯肅回到柴桑，先見周瑜，周瑜一看文書，頓足跳脚，對魯肅說：

「子敬呀子敬！你中了諸葛之計，他們名義上是借地，實際上是混賴！他說取了西川便還荊州，知他幾時才取？這等文書，如何有用？你却還替他作保！」

魯肅聽了，呆了半晌，說：

「想來玄德不至於負我！」

魯肅深自不安，周瑜乃安慰他說：

「我如何能不救你？待江北的探子回來再說吧。」

過了幾天，細作回報說荊州城四處掛孝，是皇叔沒了甘夫人。周瑜便向魯肅表示，這下可使劉備束手就縛了，荊州也反掌可取了。他說：

「主公的妹妹是位極爲剛勇的女子，侍婢數百人，平日舞槍使刀，房中擺滿兵器。如今我上書主公，只教人去荆州說媒，要招贅劉備，把劉備騙到南徐，押下，再派人去討荆州來交換劉備。」

周瑜便要魯肅去見孫權，說明如此如此用計。孫權也同意了，便派呂範去說媒，呂範卽日起程，來到荆州。

呂範到了荆州說親，玄德自以爲年已半百，甘夫人又屍骨未寒，實在不宜。至晚上，便向孔明說起這事。孔明却說：

「這是好事呀！主公應當答應，先教孫乾和呂範同去見吳侯，說擇日再去娶親。周瑜用計，如何能出我意料？亮略用小計，必使周瑜半籌莫展，吳侯之妹又屬主公，荆州又萬無一失！」

玄德心中頗害怕，料想周瑜要害自己，心中猶疑不決，然孔明竟教孫乾往江南說合親事去了。孫乾自南徐回荆州，便對玄德說吳侯專等著玄德前去。玄德懷疑，不敢前去。孔明說：

「我已定了三條錦囊妙計，非趙子龍不能行！」

便囑咐了趙雲到了吳地，當如何如何行。孔明派人赴東吳納了聘。這時正是建安十四年冬十月。玄德和孫乾坐了快船十艘，隨行五百人，離開荆州，往南徐出發。

到了南徐，玄德心中怏怏不安，船已靠岸，趙雲想起諸葛亮的吩咐，敎自已到岸就拆開第一個錦囊。於是開了錦囊，看了計策，便吩咐五百個軍士，要如此如此，又敎玄德先去見二喬之父喬國老。玄德牽羊擔酒，先去拜見，對喬國老說呂範作媒，要娶孫夫人之事。隨行的五百軍士，個個披紅挂綵，入南郡辦物件，城中人人都知道玄德要入贅東吳。

喬國老接見了玄德之後，便到宮中去向吳國太道喜。國太不知有何喜事。喬國老說：

「令愛已經許配給劉玄德爲夫人，如今玄德已到東吳，國太又爲何要相瞞？」

吳國太大吃一驚，便命人去探聽，果然女婿已在館驛中安歇，五百隨行軍士都在城中買豬羊菓品，準備成親。做媒的女家是呂範，男家是孫乾！過不多久，孫權入堂來見母親，只見國太搥胸大哭，國太罵道：

「你竟如此把我輕看！男大當婚，女大當嫁，我是你母親，你有事當稟明於我？你招劉玄德爲婿，爲什麼要瞞我？女兒是我的呀！」

孫權大吃一驚，便說出這原是周瑜用計，爲了取得荊州。國太愈加憤怒，駡周瑜說：

「你做六郡八十一州的大都督，怎地這般無用？還得使這條美人計，以我女兒之名去取回荊州？殺了劉備，我女兒便得守望門寡，將來如何再提親，誤了我女兒一生，你們作的好事！」

喬國老也表示，就是用了美人計取回荊州，也敎天下人恥笑！國太不住地駡著，喬國老便勸她，既然事已如此，不如眞招玄德爲婿，國太說：

「我不曾認得劉皇叔！明日約他在甘露寺見，如果我不中意，任從你們怎麼辦，如果中我的意，我自會把女兒嫁給他！」

孫權是大孝之人，不敢違背母命。第二天便在甘露寺設宴，請劉備來赴宴，又對呂範說：

「命賈華領三百刀斧手，伏在兩旁，如果國太不喜歡劉備，一聲令下，就把他拿下。」

喬國老辭了吳國太之後，就把經過情形告訴劉備，說是吳國太親自要見，要多多注意。玄德便與趙雲商議，趙雲告訴玄德，將自領五百軍保護。次日，一班人馬都來到了甘露寺，玄德內披細鎧，外穿錦袍，從人背著劍緊隨。孫權見了儀表非凡的劉備，心中頗有畏懼之意。玄德入見國太，國太見了玄德大喜，對喬國老說：

「這眞是我的女婿！」

就在甘露寺中，宴開數席。不多久，子龍帶劍而入，站立在玄德之側。趙雲乘隙對玄德說：

「適才在廊下巡視，見房內有刀斧手埋伏，必然不懷好心，主公把這情形告訴國太才好。」

玄德乃跪在國太席前，泣告國太，說：

「廊下暗伏刀斧手，如要殺劉備，不如此刻就殺。」

國太大怒，責罵孫權，孫權推說不知，把呂範叫了來問，呂範推賈華，國太又把賈華叫來，痛罵不止，又喝令武士推出斬了！玄德和國老兩人力勸才止。事後玄德又向國太請求早早完婚，恐怕江左之人，多有要謀害自己的，國太即便教玄德並趙雲等人搬入書院，擇吉完婚。就在數天之後，大排筵會，孫夫人與玄德結親，兩情歡洽，孫權也無可奈何。

玄德和孫夫人成婚後，氣悶的孫權便差人到柴桑來見周瑜，告訴他此計已弄假成眞。周瑜大驚，行坐不安，終於想得一計，修書給孫權，告訴孫權當今之計，莫如軟困玄德，建築宮室，多送美色玩好，耳目之娛，使其喪失志氣，又分開玄德和關、張等人的情感，尤其要隔開孔明的謀略，然後再派兵擊荆州。孫權覺得此計很好，卽日修整東府，廣栽花木，盛設器用，請玄德和孫夫人居住，又增加女樂數十人，及一切金玉錦綺玩好之物。玄德果然被聲色所迷，全不想回荆州。趙雲和五百軍在東府住，整日無事，只在城外射箭看馬，看看已近年尾，趙雲猛然想起孔明曾吩咐自己，一到南徐開第一個錦囊，到年終開第二個，到危急走投無路時，再開第三個。這時已近年終，主公又貪戀女色，避不見面，遂拆開第二個錦囊依計行事。

趙雲卽日到府堂，要求見玄德，玄德喚入問之，趙雲故作失驚之狀，說道：

「今早孔明使人來報，說曹操要報赤壁鏖戰之仇，已起精兵五十萬，殺到荆州，情勢十分危急，請主公趕緊回去。」

玄德說：

「我必需和夫人商議。」

趙雲數次催逼，然後才出去。玄德對夫人說明上情後，說道：

「我原不想離開，但荊州若有失誤，恐怕天下人恥笑我，但我又捨不得夫人。」

孫夫人說：

「妾既已事奉夫君，自然跟隨夫君。」

玄德表示恐怕國太和吳侯不肯同意孫夫人離開。孫夫人沉吟良久，才說：

「元旦那天，妾和夫君拜賀時，就推說到江邊祭祖，然後不告而別，好嗎？」

玄德跪下向孫夫人道謝。兩個人商議已定，便喚趙雲來仔細吩咐安排諸事，趙雲一一答應。

建安十五年春正月元旦，孫權在堂上大會文武百官，玄德和孫夫人入見國太，孫夫人便告訴國太說：

「夫主想起父母宗祖的墳墓都在涿郡，日夜感傷不已，今天欲往江邊遙祭，特來告知母親。」

國太聽了覺得玄德能行孝道，十分可喜，又囑咐孫夫人要一同前去，也是爲婦之禮。玄德和孫夫人遂辭別國太，來到江邊，這事只瞞著孫權。玄德夫婦上馬，領著數騎出城去和趙雲相會，五百軍士前遮後擁，離開了南徐。當日孫權大醉，左右近侍扶入後堂，文武百官方散席。等到衆官得知玄德夫婦已逃走時，天色已晚，要報告孫權，孫權又沉醉不醒。

等到孫權醒來，已是五更時分，聽說玄德走了，急令文武諸官商議，又命陳武、潘璋選五百精兵去追。孫權深恨玄德，把案上的玉硯摔得粉碎。程普以爲憑陳、潘兩人如何追得上？故孫權又喚蔣欽、周泰，令持寶劍去追，先斬後奏！這時玄德已來到柴桑邊界，望見後面塵土大起，便問趙雲如何是好？趙雲表示由自己來斷後，玄德轉過前面山脚，一彪人馬攔住去路，有兩員大將厲聲高叫著說：

「劉備早早下馬受縛，我等奉周都督之命在此等候多時！」

原來周瑜恐怕走了玄德，老早命徐盛、丁奉領三千兵馬在要衝之地紮營等候，又時常命人登高遙望，料想玄德若走旱路，必得從這條路經過。這時玄德十分驚慌，勒馬回頭而問趙雲：

「前有人攔截，後有人追趕，前後無路，怎生是好？」

趙雲忽然想起第三個錦囊妙計，孔明原吩咐在危急時拆看的，於是便將錦囊拆開，獻給玄德。

玄德看了之後，便來到車前泣告孫夫人：

「前日吳侯和周瑜同謀，要劉備入贅夫人，並非爲夫人打算，實在是要幽囚劉

備而奪荊州！以夫人為香餌而來釣劉備啊！劉備所以敢冒死前來，因為知道夫人有男子的胸襟，必能憐我。如今，事已至此，吳侯令人在後追趕，周瑜又使人在前攔截，只有夫人能救我了！」

孫夫人一聽，頗怒孫權，覺得孫權並不顧念骨肉之情，便說：

「今日之危，我當自解。」

這時徐盛、丁奉已來到夫人車前，孫夫人罵道：

「你們只怕周瑜，就不怕我？周瑜殺得你，我豈殺不得周瑜？」

把周瑜大罵一場，喝令推車前進。徐盛、丁奉兩人心中想到自己不過是下屬，又見趙雲十分怒氣，只得把軍士喝住，放開大路，玄德和夫人纔行不過五、六里，陳武、潘璋趕到，見了夫人，拱手而立。夫人正色罵道：

「都是你們這夥匹夫離間，使得我兄、妹不睦，今天我已嫁人，又不是私奔！我奉母親慈命，令我夫婦同荊州，便是我哥哥來，也不能攔阻，你兩人倚仗兵威，想要害我們嗎?!」

罵得兩人面面相覷，各自想著：他一萬年也是兄妹！這事由國太作主，就是吳侯也不敢違逆，明天翻過臉來，又是我們不是了！不如做個人情。趙雲在旁又怒目攢眉，只待厮殺，於是兩人唯唯喏喏，連聲而退。忽然又有一軍如旋風而來，爲首的便是蔣欽、周泰。得知玄德離開已經半日，忙教水路棹快船追趕，陳武等四人在岸上追趕。玄德這時已到了劉郎浦，只見江水瀰漫，並無渡船，心中極爲焦急。趙雲說：

「主公已從虎口中逃出，如今已接近本界，想來軍師必有調度。」

玄德聽罷，想起東吳繁華之事，不覺淒然淚下。玄德便命趙雲往前哨尋找船隻？忽然後面塵土沖天，軍馬蓋地而來，心想，連日奔走，人困馬乏，追兵又到，恐怕不免一死了。正慌忙時，江岸邊一字兒拋著拖篷船二十餘隻，原來是孔明綸巾道服，前來迎接，玄德大喜。不多時，四將趕到，船中人笑指著岸上的人說：

「我已算定多時，這就回去告訴周郎，休要再使這美人計。」

岸上亂箭射來，船卻已開得很遠了！蔣欽等四將，只好呆看！

玄德和孔明正行之時，忽然人聲喧嘩，自江面傳來，只見戰船無數，帥字旗下，周瑜自領能征慣戰之水軍，左有黃蓋，右有韓當，勢如飛馬，疾似流星，看看就要趕上，孔明教船靠北岸，棄了船，登上岸，騎馬駕車，紛紛起程，周瑜等也趕到江邊，上岸追趕，大小水軍，全是步行，只有將領及爲首的軍官騎馬。周瑜問屬下已來到何地，軍士回答說：

「前面是黃州州界。」

周瑜下令全力追趕。正趕得緊急之時，一聲鼓響，山谷內一隊刀手擁出，爲首的一員大將，就是關雲長！周瑜一時手足失措，急忙撥馬便走，雲長趕來，周瑜縱馬逃命，正在奔走之間，左邊黃忠，右邊魏延領軍殺出，吳兵大敗！周瑜急急下船時，岸上軍士齊聲大叫，說：

「周郎妙計安天下，賠了夫人又折兵！」

周瑜怒不可遏，想要上岸決一死戰，黃蓋、韓當力阻，周瑜自想如何面見吳侯，一時痛怒攻心，大叫一聲，昏倒在船上。

在南徐，孫權得知玄德走了，不勝忿怒，便想起兵去攻荊州，張昭、顧雍等人都以爲不可，坐山觀虎鬪，恐怕曹操得漁翁之利。顧雍乃向孫權獻計，令人前往許都，上表請求封劉備作荊州牧，又派心腹用反間之計，令曹、劉相攻！於是孫權派出華歆前往許都求見曹操，曹操自赤壁戰敗，常想報仇，只恐怕孫、劉聯手，因此不敢輕進。這時正是建安十五年春。曹操在鄴郡銅雀臺上大宴文武諸官，人報華歆來，曹操不知他的來意，程昱說：

「孫權本來忌恨劉備，想要攻取荊州，又恐怕丞相趁虛而擊，所以令華歆爲使，表薦劉備，以安劉備之心，以迎合丞相所望罷了！如今，我有一計可使孫、劉自相吞併，丞相可乘間而圖，一鼓而破二敵。東吳所倚重的是周瑜，丞相可表奏周瑜爲南郡太守，程普爲江夏太守，留華歆在朝，重用他，周瑜必自與劉備爲敵！」

曹操深表同意，當日筵散，曹操卽引文武官員回許昌。表奏周瑜、程普、華歆，三人各受其職。

周瑜自領了南郡，更加想要報仇，遂上書給孫權，要魯肅去討回荊州。孫權乃命魯肅說：

「前日，你擔保把荊州借給劉備，如今劉備拖延不還，要到幾時？」

魯肅說：

「文書上明白寫著，得了西川就還。」

孫權怒叱道：

「只說取西川，到今又不動兵，不等老了嗎？」

魯肅不得已，只得乘船往荊州而來。孔明和玄德正在荊州廣聚錢糧，調練軍馬，忽然聽說魯肅來到，玄德心想一定是來要回荊州，便問孔明要如何對付？孔明說：

「如果魯肅提起荊州，主公就放聲大哭，哭到悲切之時，我就會出來勸說。」

魯肅入見，坐定，便開口說：

「這次奉命來取回荊州，皇叔已經借住多時了，還未見奉還，如今兩家已結親，當看姻親面上，希望您早早交還。」

玄德一聽大哭了起來，魯肅驚問何以如此？玄德更是哭聲不絕。孔明從屏後出來說：

「子敬知道吾主哭的緣故嗎？」

魯肅說不知。孔明說：

「當初我主人借荊州時，許下取得西川便還荊州的諾言，但仔細一想，劉璋便是我主人之弟，一般都是漢家骨肉，如要興兵去取他城池，恐被外人唾罵，如果不取，還了荊州，又在何處安身？再說不還荊州，又對不住子敬，事出兩難，所以痛哭！」

孔明說完，觸動了玄德衷腸，眞箇搥胸頓足，放聲大哭！魯肅勸說：

「皇叔休煩惱，和孔明從長計議罷。」

孔明對魯肅說：

「有煩子敬，回覆吳侯時，就說再請寬容些時。」

魯肅是個寬容長者，聽畢也就啓程回去了。魯肅來到柴桑，把經過告訴了周瑜，周瑜頓足歎息，只說魯肅是個長者。周瑜對魯肅說：

「我又有一計，能使諸葛亮不出我算計中。子敬不必去見吳侯，只要再往荆州對劉備說：『孫、劉兩家，既結爲親，便是一家，如果劉氏不忍去取西川，那麼我東吳起兵去取，取得西川時，再把荆州來交換。』」

魯肅聞言，表示西川路遠，取得不易。周瑜笑著說：

「子敬，你道我眞去取西川？我只是使他鬆懈，趁他不備，去取荆州。東吳兵馬過荆州時就問他要錢要糧，待劉備一出城勞軍，就乘勢殺了他，奪回荆州，一則雪我之恨，再則也解你之困！」

魯肅便往荆州來和孔明商議，孔明聽了，忙點頭說：

「難得吳侯好心！雄師到達之日，一定出城犒勞！」

魯肅暗喜，宴罷辭回，玄德問孔明魯肅的來意，孔明大笑說：

「這就是『假途滅虢』之計啊！藉口攻西川，實際上要取荆州。再則，等主公出城勞軍時，乘勢拿下，殺入城來，出其不意，攻其無備是也！」

玄德直問如何是好，孔明說：

「主公寬心，只顧準備窩弓來捉猛虎，安排香餌來釣鰲魚，等著周瑜來，他便不死，也要送掉幾分生氣。」

孔明便喚趙雲聽計，囑咐他如此如此，這般這般，玄德方始放心。

魯肅自辭孔明回去後，周瑜便遣魯肅稟報吳侯，遣程普來接應。派甘寧為先鋒，周瑜自與徐盛、丁奉隨後，呂蒙為後隊，水陸大兵五萬，往荆州而來。前軍來到夏口，周瑜便問從人，前面是否有人來接？有人回答說：

「劉皇叔差糜竺來見都督。」

周瑜喚糜竺至，問勞軍的準備情形，糜竺回復說一切都已備妥。周瑜又問皇叔何在，糜竺回答說：

「正在荆州城門外相等，準備和都督把盞飲酒呢。」

周瑜便囑咐糜竺說：

「這回是為了你家之事方才出兵遠征，勞軍之禮，千萬不要馬虎！」

糜竺回去後，周瑜依次前進，行到公安，也不見一隻軍船，也無一人來接。離荊州十餘里，江面上靜蕩蕩的，哨探的來報說：

荊州城上插了兩面白旗，並不見一個人影。

周瑜心疑，便敎人把船傍岸，自己領了甘寧、徐盛、丁奉一班軍官，又領了三千精兵，逕往荊州。來到了城下，也不見動靜，周瑜命軍士叫門，忽然一聲梆子響，城上軍一齊豎起槍刀，城樓上出現了趙雲，趙雲說：

「軍師孔明早已識破你的假途滅虢之計，所以留下趙雲！我主曾說：『孤子劉璋，與我都是漢室宗親，如何忍心背義而攻西川？如果東吳眞的攻下西川，我當披髮入山，不失信於天下！』」

周瑜聽了，勒馬便回，只見一人打著令字旗，在馬前報道：

「探得四路軍馬一齊殺到：關羽從江陵殺來，張飛從秭歸殺來，黃忠從公安殺來，魏延從彝陵小路殺來。四路不知有多少軍馬，喊聲遠近震動百餘里，說是要活捉周瑜。」

周瑜怒氣攻心，在馬上大叫一聲，箭瘡迸裂，墜下馬來。左右急忙救他回船，這時軍士卻傳來玄德和孔明在前山頂上飲酒作樂的消息，周瑜更是咬牙切齒。這時吳侯弟孫瑜前來相助，遂催軍前行，到巴丘，有劉封、關平兩人領軍截住水路，周瑜愈加發怒。忽然使者送來孔明給周瑜的信，周瑜拆信來看，信中稱：

「漢軍師中郎將諸葛亮致書東吳大都督公瑾先生麾下，自柴桑一別，至今戀戀不忘。聞足下欲取西川，亮竊以爲不可。益州民強地險，劉璋雖暗弱，足以自守。今勞師遠征，轉運千里，欲收全功，雖吳起不能定其規，孫武不能善其後也。曹操失利於赤壁，志豈須臾忘報讎哉？今足下興兵遠征，倘操乘虛而至，江南虀粉矣。亮不忍坐視，特此告知，幸垂照鑒。」

周瑜讀畢，長歎一聲，命左右取紙筆寫書上吳侯，薦魯肅以替代自己，又聚集衆將，勉勵他們盡忠扶主，共成大業，話還未說完，便昏絕了過去，過了一會兒，又慢慢醒來，仰天長歎，說：

「唉！既生瑜，何生亮？」

連叫數聲而死，享壽不過三十六歲。

十七、議取西蜀

周瑜死後，魯肅便代替了周瑜任都督之職，總領東吳兵馬。玄德則因孔明的推薦，這時又得到了鳳雛龐統，玄德拜龐統爲副軍師，和孔明共同策劃謀略，敎練軍士。這時曹操因鑒於玄德及東吳的勢力漸大，唯恐雙方一旦聯合，早晚必興兵北伐，於是聚集衆謀士商議南征之事。曹操帳下的謀士荀攸建議先除孫權，次取劉備。而曹操卻擔心一旦遠征，西凉馬騰會趁機來進襲許都，所以荀攸又建議曹操不如假傳詔令把馬騰誘到許都，乘機殺掉。

馬騰和其子馬休，率領了西凉兵五千，來到許都，却被曹操害死。馬騰死後，曹操即起大兵三十萬，欲下江南，令張遼準備糧草。這時孫權向玄德求助，孔明用計，和馬騰之子馬超聯合，使馬超爲報父仇而領西凉之兵來攻許昌，藉以牽制曹操。馬超領二十萬軍來攻長安，曹操得到消息，急忙回軍，曹洪、徐晃守關不敵，因而失去了潼關。當曹軍直抵潼關時，兩軍交鋒，曹兵大敗，西凉兵勢猛，在亂軍中，只聽得大叫聲：「要活捉曹操！」「穿紅袍的是曹操！」曹操一聽，便急忙脫下紅袍，又聽到有人叫道：「長髯者是曹操」，曹操驚慌之餘，又取所佩劍斬斷自己的鬍鬚。正在危急萬分之時，曹操得曹洪幫助方才得脫險。曹操回到寨中之後，堅營不戰，有數天之久，以後數度交戰，曹軍屢次失利，許褚和馬超相鬪，許褚臂中兩箭，曹兵士氣極爲低落。此時，賈詡獻計給曹操，離間馬超和他手下老將韓遂的感情，因而趕走了馬超，曹操親自追至安定，然後才收兵回長安，授韓遂爲西凉侯，手下楊阜、韋康守冀城，以防止馬超再進兵。曹操安排妥之後，班師回都，獻帝甚至排鑾駕出城郭迎接，曹操自此威震中外，而更是目空一切，入朝不趨，劍履上殿，視天子如無物！

當曹操擊敗西凉兵的消息傳到漢中，驚動了漢寧太守張魯，張魯便聚衆商議說：

「西凉馬騰被曹操殺死，馬超也被曹操擊敗，下一步曹操必將侵略我漢中，我想要自稱漢寧王，領兵來抵拒曹軍，各位將軍意下如何？」

這時閻圃進言，說道：

「漢川的百姓，人口有十餘萬，財富糧足，又恃有天險。如今馬超新敗，西涼的百姓逃入漢中的也不下數萬人。我看益州劉璋十分昏弱，不如先取西川四十一州，作爲根據地，然後稱王不遲。」

張魯聽了大喜，以爲言之有理，乃和弟張衛商議起兵。益州劉璋，原是魯恭王之後，當這消息爲劉璋所知，劉璋心中大憂，急忙聚集衆官商議。在劉璋手下，有一位謀士，姓張名松，字永年，其人生得猥瑣，然聲音有若洪鐘，這時，他對劉璋說：

「我聽說許都曹操，掃蕩中原。呂布、二袁都被他消滅，近日又破了馬超，天下無敵！主公不妨準備可獻之物，我願親往許都，遊說曹操興兵取漢中，使張魯無暇來攻蜀中。」

劉璋便收拾了金珠翠綺等一些進獻之物，派遣張松爲使者。而張松暗中畫了西川地圖，藏在身上，向許都進發，這消息已傳入孔明的耳中。當張松到了許都，每日去相府伺候，等了三日，才賄賂了近侍見到曹操，曹操以貌取人，見張松長相不佳，言語又無禮，遂拂袖而起。張松心中十分不快，在西教場中點兵時，張松當衆罵曹操說：

「丞相用兵，每戰必勝，每攻必取，確實不錯。然而從前濮陽攻呂布、宛城戰張繡、赤壁遇周郎、華容逢關羽、割鬚棄袍於潼關、奪船避箭於渭水，這些也是丞相無敵天下的功績嗎？」

曹操大怒，令下人亂棒把張松打出，張松離開了許都，想到劉玄德仁而禮賢，遂懷着地圖，來到荆州。只見趙雲早已在邊界久候，關公也在驛館相接，玄德又親自領着伏龍、鳳雛來迎接。使得張松不由得興起知遇之感。玄德一連留張松宴飲三日，也不提西川之事。張松告別，玄德在十里長亭，設宴送行，此時，張松念及玄德對自己的好處，乃向玄德說：

「我實在希望能時刻伴侍左右，奈何有所不便。如今我看荆州一地，東有孫權，常懷虎踞之心；北有曹操，每想鯨吞天下，荆州實在不是久居之地。而益州一地，地勢十分險要，加上土地肥沃，百姓殷富，又不少多智之士。皇叔如能領着荆、襄之士，長驅西指，取得益州，必定可成霸業，而興漢室！」

玄德表示劉璋也是帝室宗親，自己不忍相攻，張松則表示自己願作內應，勸玄德說：

「大丈夫處世，應當努力建立功業，着鞭在先。如果不能把握時機，爲他人捷足先登，就悔之已晚了。」

玄德又顧慮蜀道艱難，千山萬水，車馬前進十分困難。張松此時從袖中取出西川地圖來，獻給玄德。圖上盡寫着地理行程，遠近濶狹，山川險要，府庫錢糧。玄德自然大喜過望，拱手謝過張松後，便與張松告別，雲長派人護送數十里方回。

張松回到益州，便對劉璋說：

「曹操乃是漢賊，早已有攻取蜀中之心，如今，主公不如結好劉皇叔，使皇叔爲我外援，則可以抵拒曹操和張魯兩人！」

張松又建議派自己的知友法正和孟達兩人充任使者前去荆州，法正和孟達到達荆州之後，玄德心中仍是猶豫不決，這時龐統來見玄德，說：

「事當決而不決，正是愚人行徑，主公高明，何以如此多疑？」

玄德回答道：

「如今和我水火不容的就是曹操！曹操急猛，我就寬緩；曹操暴虐，我就仁慈；曹操詭譎，我就忠義，我每和曹操相反，事情才能完成。如今攻劉璋，唯恐天下人認爲我爲小利而失去了天下的大義！」

龐統再三譬況，說明了用兵爭強在離亂之時，原非一種常理，應從權達變。玄德終於被說動，乃和孔明商議起兵西行之事。

玄德和孔明商議定，便領馬步兵五萬起程西行，龐統爲軍師，孔明總守荆州，關公、張飛、趙雲、黃忠、魏廷等人各有重任。是年冬月，領兵往西川進發。而在西川劉璋處，劉璋的幕僚黃權、李恢苦諫劉璋「若容劉備入川，是猶迎虎於門」，但劉璋不聽，從事王累更以死諫，奈何不能打動劉璋心意，劉璋率領三萬人馬往涪城來，後軍裝載資糧錢帛一千餘輛，來迎援玄德。當玄德來到離成都三百六十里的涪城，劉璋便派人來迎，兩軍屯紮在涪江的附近。玄德至此時，心中仍猶豫，以爲劉璋和自己同宗，實在不忍心殺他。龐統、法正兩人力諫，玄德只是不聽。

次日，劉璋在城中宴請玄德，酒至半酣，龐統和法正商議說：

「事已至此，實在由不得主公了！」

龐統便敎魏延來舞劍，乘勢殺劉璋，又呼衆武士，列於堂下。魏延拔劍進前稟二劉說：

「筵席間無以爲樂，我願意舞劍助興。」

這時，劉璋手下諸將見情勢不妙，從事張任也掣起劍舞起來，二人對舞，魏延回視劉封，於是劉封也拔劍助舞，於是劉瓚、冷苞、鄧賢也各自取劍在手，說：

「我等當作羣舞，以助堂上一笑！」

玄德大驚，急忙喝叱，取左右所佩之劍，立於席上說：

「我兄弟兩人相逢痛飲，並無猜忌，又不是鴻門之宴，何需劍舞？誰不放下劍的立刻斬死！」

劉璋叱道：

「兄弟相聚，何必帶刀？」

於是衆人紛紛下堂。玄德歸寨後，責備龐統，龐統無奈。事後數天，忽然有人報告劉璋，說張魯將進犯葭萌關，劉璋便請玄德去禦敵，玄德慨然允諾，當日就領部下去了。劉璋諸將力勸劉璋令人把守各處關口，以防玄德兵變；劉璋不得已，便派了白水都督楊懷、高沛兩人把守涪水關。

玄德和張魯的動靜，早已有人報告東吳，孫權便和文武大臣商議要攻劉備，取囘荆、襄，被吳國太所阻。這時，張昭用計，對孫權說：

「不如差心腹大將一人，只帶五百兵，潛入荆州，送一封密信給郡主，只說國太病危，要見親女，請郡主連夜帶着阿斗趕囘東吳，玄德平生只有這一個兒子，那時玄德定把荆州來換阿斗，如玄德不聽，那時再動兵，更有何礙？」

孫權以爲此計大妙，遂詐修國書，敎周善喬扮客商，派五百人分坐五船，船內暗藏兵器，取水路往荆州去。周善自入荆州，令門吏報告孫夫人，並催促孫夫人趕緊回東吳，不必稟告軍師。孫夫人聽說母親病危，萬分著急，便領着七歲的阿斗，隨行三十人離開了荆州城，上船回東吳去了。府中人欲報告劉備時，孫夫人早已在船中了。

周善正要開船，只聽到岸上有人大叫，原來是趙雲，只帶了四、五騎，沿江奔馳，像風般地趕來。周善便命五百軍士各將兵器排列船上，順風水急，船都順流而去，趙雲仍沿江大叫，周善不睬，趙雲沿江趕了十多里，忽見江邊有一隻漁船泊着，立刻棄馬執槍，跳上漁船，往大船追趕而去。周善一見，便敎軍士放箭，趙雲以槍撥箭，待小船靠近時，手撐着「靑釭劍」，縱身跳上吳船，上了大船，吳軍嚇得半死。趙雲進入艙中，見到主母抱了阿斗，孫夫人喝斥趙雲，趙雲反問主母何以不先稟告軍師再行，又說：

「主公這一生，只有這點骨血！小將在當陽長坂百萬軍中救出阿斗，今天夫人竟要把他抱往東吳，是何道理？」

孫夫人也怒道：

「量你也只是帳下的一介武夫！豈敢管我家的事！」

孫夫人喝令侍婢前來，一一被趙雲推倒，在夫人懷中奪了阿斗，抱出在船頭上，想要使船傍岸，又無幫手，想要對付吳軍，又恐怕傷了小主人，趙雲在孤掌難鳴，進退不得時，忽然港中一字排開十多隻船，船上張尾旗擊擂鼓，趙雲心想：

「糟了！這番中了東吳之計！」

只見當頭船上一員大將，手執長矛，高聲大叫：

「嫂嫂，留下姪兒！」

原來是張飛巡哨，聽到消息後，急來油江口，正好撞着吳船，趕來助趙雲。

當下張飛提劍跳上吳船，周善提刀來迎，被張飛一劍砍死，張飛提着頭擲在孫夫人前，責備孫夫人私自歸家，對孫夫人說：

「俺哥哥是大漢皇叔，也不辱沒了嫂嫂，今日相別，若想起哥哥的一番恩情，早早回來！」

說罷，就抱了阿斗，和趙雲回船，放孫夫人五隻船去了！

孫夫人回到東吳，便向孫權說張飛、趙雲殺了周善，截江奪了阿斗，孫權大怒，嚷着要報仇，便喚文武諸官來商議準備起軍攻取荆州。正商議調兵，忽然得報曹操起軍四十萬來報赤壁之讎的消息，孫權只得按下荆州事不提，商議着如何拒抵曹操。這時，又有人來報長史張紘病故，呈上哀書，孫權拆閱，書中勸孫權遷居秣陵，孫權看畢大哭，對百官說：

「張子綱勸我遷居秣陵，我如何能不從？」

即時命人準備遷治建業，築石頭城。呂蒙進言說：

「曹操軍來，可以在濡須水口築塢抵拒。」

孫權又差軍數萬築濡須塢，日夜趕工，必需在預定的時日內完成。

且說曹操在許都，威福一日甚於一日，不免妄自尊大，狂妄非常，侍中荀彧時常勸阻，曹操竟然賜死，建安十七年冬十月，大軍開往江南，到濡須時，曹操差曹洪領三萬鐵甲馬軍，哨至江邊，只見沿江一帶，旗旛無數，就是不見一軍一卒，曹操不放心，自領兵前進，濡須口排開軍陣，領着百餘人上坡，遙望戰船，各分隊伍，依次排列，旗分五色，兵器鮮明，當中大船上青羅傘下，坐着孫權，左右文武，侍立兩旁，曹操乃用鞭指着說：

「生子就當如孫仲謀！像劉景升的兒子們不過是一羣猪狗罷了！」

忽然一聲響動，南船一齊飛奔過來，濡須塢裏又有一軍衝出，曹操軍馬退後便走，止喝不住。有千百騎趕到山邊，爲首馬上一人，正是碧眼紫髯的孫權！曹軍敗退。是夜三更時分，東吳軍又來劫寨，殺到天明，曹兵後退五十多里。曹操頗有退兵之意，然又恐怕東吳恥笑，進退未決，兩邊又相拒了月餘，戰了數場，互有勝負，直到來年正月，春雨連綿，水港皆滿，軍士多在泥水之中，困苦異常，曹操十分心憂，謀士們也勸曹操收兵，正在猶豫未決時，東吳有使者送書一封給曹操，曹操打開一看，信上說：

「孤與丞相，彼此皆漢朝臣宰。丞相不思執國安民，乃妄動干戈，殘虐生靈，豈是仁人之所爲？卽日春水方生，公當速退，如其不然，復有赤壁之禍矣。公宜自思焉。」

在信背又批了兩行字，作：

「足下不死，孤不得安。」

曹操看畢，大笑着說：

「孫仲謀不說假話！」

於是重賞來使，命廬江太守朱光鎭守晥城，自引大軍回許昌，孫權也收軍回秣陵。孫權和衆將商議，爲何不領着抵抗曹操的軍隊去取荆州？這時張昭進言，說道：

「我有一計，可使劉備不能再回荆州。如今不能動兵，如果一動兵，恐怕曹操乘機回攻。不如修書兩封，一封給劉璋，說劉備結連東吳，要共取西川，使劉璋懷疑劉備；一封信給張魯，令他向荆州進兵，使劉備首尾不能呼應，然後再進兵去取荆州。」

孫權依計行事。

這時，玄德正在葭萌關，聽了曹兵侵犯濡須，便和龐統商議，說：

「曹操擊孫權，曹勝必定攻取荆州，孫勝也必定要攻取荆州，要怎麼應付？」

龐統勸玄德勿憂，因爲荆州是由孔明守着，他說：

「主公不妨寫信給劉璋，推說曹操攻擊孫權，孫權求救於荆州，我方與孫權脣齒相依，不容不救！張魯自守還不及，決不敢來侵犯，如今想領兵回荆州，和孫權同破曹兵，然兵少糧缺，希望劉璋能發精兵三四萬，行糧十萬斛相助。」

玄德便差人送信往成都，來到關前，楊懷、高沛得知，楊懷便和使者同來，力諫劉璋不可聽從，說是以軍馬錢糧助劉備，不啻是爲虎添翼！劉巴、黃權又苦諫不休，劉璋乃撥了老弱之兵四千，米一萬斛給玄德，又令楊懷、高沛緊守關口。玄德大怒！以爲劉璋惜財吝賞，辜負了自己費心勞力的禦敵之功！這時龐統獻計，要玄德佯回荆州，使楊懷、高沛相送，就便把兩人殺了，奪下關口，先取涪城，再攻成都。劉備應允依計行事。

當日，玄德令人報告楊、高兩將，說要出關，高沛心懷殺意，將利刄藏在身上。領着二百人前來送行。玄德則身披重鎧，自佩寶劍防備。玄德領着大軍出發，龐統囑魏延、黃忠，要他們一個也不要放過關上來的軍士！在送別酒宴上，帳後劉封關平預先埋伏，不待高沛動手，便把兩人捉住，在帳前行斬。黃忠、魏延早將兩百人拿下，不曾放走了一個，玄德將他們喚入，賜酒壓驚，令他們領軍取關。是夜，兩百人先行，大軍隨後，前軍來到關下叫關，城上聽得是自家軍，卽時開關，大軍一擁而入，卽時攻下了涪關。

劉璋聽說玄德得了涪關，大驚！遂聚集文武百官，商量退兵之策。黃權說：

「可連夜派遣軍隊屯紮雒城，塞住咽喉之路，劉備雖有精兵，也無法通過！」

於是劉璋便派劉璝、冷苞、張任、鄧賢，點五萬大軍，星夜趕往雒城，來抵拒劉備。

雒城是成都的保障，雒城失守，成都就不保，劉璝、張任兩人負責守城，冷苞、鄧賢兩人到雒城前面，依傍山險，安下兩個寨子，以防敵兵臨城。玄德得了涪水關後，便和龐統商議攻取雒城事，黃忠願建頭功，先去攻寨，魏延不服，於是龐統命兩人各打一寨，分定黃忠打冷苞寨，魏延打鄧賢寨。魏延心想：

「我不如先去打冷苞寨，然後再領得勝之兵去打鄧賢寨。」

魏延想要得兩處功勞，不料被冷苞擊敗，又遭鄧賢夾攻，魏延馬失前蹄，險被刺死，幸得黃忠來救，一箭把鄧賢射下馬來，乘勢追趕川兵，玄德原任援應，此時也就便奪了鄧賢寨子。冷苞逃回雒城時，也冷不防被魏延活捉。冷苞被押到了玄德寨中，玄德勸降，冷苞說：

「既蒙免死，我如何不降皇叔？劉璝、張任和我是生死之交，如皇叔放我回去，我當招二人來降，獻上雒城。」

冷苞被放回，却着人往成都求救。又令五千軍，各帶鍬鋤，打算決涪江江水，淹死玄德之兵。幸得法正之友彭羕指點，玄德密報魏延黃忠時刻用心，以防水淹。冷苞在當夜風雨大作之時，領了五千軍，循江邊而行，安排決江事，正遇魏延引軍趕來，魏延活捉了冷苞，玄德立將冷苞推出斬首，重賞了魏延。龐統催促玄德趕緊攻取雒城。

玄德便問法正攻城的途徑，結果，預定玄德走大路攻東門，龐統走小路攻西門，行前龐統坐騎把龐統掀將下來，玄德便將自己所乘白馬和龐統交換。當時，守城的張任聽說玄德軍隊來攻，急忙領三千軍抄小路埋伏，見魏延軍經過時，儘量放過，接着龐統軍來，張任軍以爲騎白馬者必是劉備，山坡前一聲砲響，張任令軍士發箭，一時箭如飛蝗，只往騎白馬者射去，龐統竟死在亂箭之下，當時只有三十六歲，漢軍大敗，再入涪關。

這時，玄德只得堅守涪關，請孔明入川商議。孔明便請雲長守荆州，並以八字：「北拒曹操，東和孫權」，囑雲長切記，便領兵入川去了。

孔明先撥一萬精兵，教張飛由大路殺向巴州，又撥一枝兵教趙雲作先鋒，泝江而上，在雒城相會。張飛領兵直向漢川而去，來到巴郡，這巴郡太守嚴顏原是蜀中名將，年紀雖高，但精力未衰，善開硬弓，使大刀，有萬夫不當之勇，並且忠心劉璋。當日聽說張飛領兵來，便聽謀士言堅守不出。張飛在城下搦戰，城上衆軍百般痛罵，張飛急性，幾番殺到弔橋，要過護城下，又被亂箭射回，如此張飛數次挑戰，連罵了幾天，嚴顏全然不理睬，張飛用計，誤傳消息，說探得一條小路，可以偷過巴郡，教今夜二更造飯，三更月明，拔寨前進。嚴顏得到這消息後，便打算就此截斷張飛後路，當夜，嚴顏自領數十裨將，下馬伏於林中。約三更時，遙望張飛親自在前，橫矛縱馬，悄悄引軍前進。嚴顏待張飛軍前去三、四里後，一齊擂鼓，四下伏兵正想搶奪車仗上的糧草輜重，背後一聲鑼響，一彪軍馬掩到，一人大喝道：

「老賊休走，我等得你恰好！」

嚴顏猛回頭看時，爲首的一員大將，豹頭環眼，燕頷虎鬚，使丈八矛，騎深烏馬，正是當年在當陽長坂，一聲喝退曹兵百萬的張飛！一時間四下鑼聲大震，嚴顏一刀砍來，張飛閃開，反扯住嚴顏，活捉了過來，原來先過去的是假張飛！這時川兵大半倒戈而降。張飛殺到巴郡，後軍早已入城，張飛安撫百姓，勸嚴顏降，嚴顏不肯跪下，面無懼色，並叱罵張飛說：

「我巴蜀只有斷頭將軍，無降將軍！」

張飛見其聲音雄壯，面色不改，不禁下階親解其縛，取衣披在他身上，扶他坐在正中高座。嚴顏被張飛感動，這才投降。張飛便問攻蜀之計，嚴顏說：

「從此到雒城，凡守禦關隘，都統歸老夫所管，如今蒙將軍之恩，無以爲報，我自當前部，所到之處，盡喚守軍將士出降，不勞一隻箭，就可直取成都。」於是凡屬嚴顏所管之關隘守將，盡都投降，果然不費一兵一卒。

當孔明及諸將正往雒城引進的時候，在玄德處，張任不時前來挑戰，黃忠以爲在白日廝殺，不如夜間分兵劫寨」。玄德深以爲然，就在當夜二更，劫寨成功。次日，玄德軍便來到雒城下，圍住攻打，張任按兵不出，雙方相持到第四天，玄德便令諸將分別攻打東門、西門，留下南門，此門不攻，原來南門一帶是山路，北門有涪水，因此不圍。張任命二將引兵出北門，轉東門，敵黃、魏兩將，自己却引軍出南門，轉西門，單攻玄德，忽聽城上一片聲喊起，南門內軍馬突出，張任直擾來捉玄德，玄德軍大亂，玄德撥馬往山僻小路逃走，獨自一人一馬，情況危在眼前，幸而張飛軍趕到，救了玄德。張飛衝入戰陣，張任用計把他圍在核心，正沒奈何，趙雲從江邊殺出；救了張飛，張任只得囘城。而此時，孔明等人也已來到。

孔明以爲張任其人極有膽略，要取雒城，必先捉張任，於是吩咐諸將說：「離金雁橋南五六里，兩岸都是蘆葦和蒹葭，可以埋伏。魏延引一千槍手伏於左，單戮馬上將士；黃忠引一千刀手伏於右，只砍坐下馬匹。敵軍失敗，必往山東小路走，翼德可領一千軍去埋伏，活捉張任。」

又吩咐趙雲等張任過橋，便將橋拆斷，斷絕後路，勒兵橋北，使張任不得不往南走。果然，張任便在這一役中被殺，玄德乃以直到雒城，城中一將殺了劉璝，開了城門，於是玄德軍入雒城，玄德得了雒城後，孔明安排諸將安撫外圍諸州郡，打算攻取成都。蜀中降將進言說：

「前去的關隘中，只有綿竹有重軍守備，如果攻下綿竹，成都就垂手可得了。」

在成都的劉璋聽說玄德領兵要攻綿竹，十分驚慌，當時從事鄭度獻計，要劉璋深溝高壘，堅營勿戰。劉璋不聽，反而派妻弟費觀去把守綿竹。益州太守董和以爲不妨向張魯借漢中兵，自願爲說客，以利害說張魯。劉璋乃修書命董和前赴漢中。

此時，在漢中的張魯，已接納了馬超。馬超由於和曹兵交鋒失敗，妻兒盡被斬死，而逃入漢中，投靠張魯。但馬超在張魯手下，却與大將楊柏不和。當劉璋遣使求救於張魯時，張魯不從；楊柏之兄楊松却勸張魯出兵，更說「東西兩川，實爲脣齒，如肯前去救助，有廿州相酬」的話，因此馬超挺身而出，自願領軍攻葭萌關，務要劉璋割讓二十州。張魯遂遣馬超領廿萬軍出發。

當玄德進攻綿竹時，費觀令李嚴出戰，黃忠領孔明計，詐引李嚴軍入山谷，李嚴不敵，只好投降玄德，並自願去遊說費觀，費觀果然也投降了玄德。於是開關，玄德遂入綿竹，正商議分兵攻取成都時，有使者來報：東川張魯遣馬超等人來攻葭萌關！孔明說：

「須派張、趙兩將出馬，方才能攻破敵軍。」

這時張飛也已聽了馬超攻關的消息，大叫說：

「我便去戰馬超！」

孔明乃令張飛爲前鋒，魏延隨行，數人領兵便往葭萌關進發。來到的次日天明，關下鼓聲大震，馬超縱馬提槍而出，獅盔獸帶，銀甲白袍，一來裝束非凡，二來人才出衆，玄德乃歎說：

「人說『錦馬超』，今日一見，果眞名不虛傳！」

張飛一見，恨不得生呑馬超，而玄德以爲當避其銳氣，三番五次擋住張飛。直到午後，玄德見馬超陣上人馬皆倦，就令張飛下關，和馬超交戰，約戰了百餘合，不分勝負。玄德觀賞後，不由得說：

「眞是一雙虎將啊！」

稍後張飛又戰馬超，鬪了百餘回，兩個精神倍加，直到天色已晚，張飛猶不肯罷休，安排夜戰，再鬥馬超，一時點起千百火把，照耀得如同白日，兩將又惡戰不休！玄德在陣前叫道：

「我以仁義待人，不施譎詐！馬孟起，你收兵歇息，我保證不追趕你。」

馬超、張飛兩將方才止兵。次日，孔明來到，孔明對玄德說：

「臣聽說孟起是世代虎將之後，若和翼德死戰，必有一傷，不如用計招降。東川張魯，想自立爲漢寧王已經很久了！手下謀士楊松十分貪財，可派人往漢中，先用金銀賄賂張松，然後送書給張魯，對張魯表示：『我方之所以與劉璋爭西川，正是爲了爲你報仇，千萬不要聽信離間之言，事定以後，必保你作漢寧王。』使張魯下令馬超撤回軍隊，那時再用計招降馬超了。」

玄德便差孫乾依計行事，張魯果然教馬超罷兵，但馬超不聽，張魯差人去喚回，一連三次，馬超仍然不應，這時楊松進流言，說馬超之所以留在漢中，正是想奪西川，自爲蜀王，好替父親報讎。張魯便一面教人把守關隘，以防馬超兵變；一面着人要馬超在一個月中辦成三件事：一要取西川、二要劉璋首級、三要打退荆州兵。三件事若辦不成，就得把頭獻上。

馬超聽到從人說起這三件事，大驚，說：

「如何變成這樣？」

這時他有罷兵的意思，而楊松又要把關諸將堅守隘口，馬超進退不得，無計可施，這時孔明擬親自前去勸降，玄德不肯，正在躊躇間，西川有一人來降，這人姓李名恢，自願去馬超處勸降，李恢來到馬超營中，昂然而入，馬超端坐不動，喝叱李恢，說：

「你來作什麼？」

李恢說：

「正是來作說客！」

馬超說：

「我匣中寶劍剛才磨利，你是否想試一試我的寶劍？」

李恢從容道：

「將軍之禍不遠了！如今將軍和曹操有殺父之仇，而和隴西又有切齒之恨！前不能救劉璋而退荊州之兵，後不能制楊松而見張魯之面，四海雖大，却無一容身之處，如果再有渭橋的軍敗、冀城的失算，又有何面目見天下之人？公之尊人從前曾和劉皇叔相約，共討曹賊，公何不棄暗投明，上報父讎，下立功名？」

馬超遂和李恢一同來降玄德，玄德以上賓之禮接待。馬超降後，玄德準備進兵成都，馬超自告奮勇，要喚劉璋出城投降。玄德大喜。

在成都城內，劉璋聽說馬超此刻領兵來到城下，劉璋便在城上問話，馬超在馬上以馬鞭指著劉璋說：

「我本來領著張魯軍來救益州，怎想到張魯聽信楊松之言，反而讒害我！如今我已投降皇叔，你當納土拜降，免得我大軍攻城！」

劉璋一時驚得面如土色，氣倒在城上，衆官把他救醒，劉璋表示不得不投降之意，他說：

「我父子在蜀二十餘年，並無恩德給百姓，如今，又攻戰三年，血流遍野，都是我的罪！不如投降使百姓得安！」

劉璋開門出降，玄德進城，握著劉璋手流淚說，表示情勢所迫，實在不得已，兩人並轡入城。玄德親自請黃權、劉巴等勇將任職，衆人乃感佩玄德。玄德請劉璋收拾財物，佩領振威將軍印綬，領著家人，盡遷南郡，在公安住下。玄德自領益州牧！文武投降官員，共六十多人，並皆擢用。城中軍民大悅！

益州平定後，使諸葛亮擬定治國條例，刑法頗重，這時法正進言說：

「從前漢高祖和民約法三章，百姓都感其恩德，我希望軍師能寬減刑法！」

孔明說：

「你只知其一，不知其二！秦用法暴虐，百姓怨怒，所以高祖用法寬緩！如今益州劉璋闇弱，德政不舉，威刑不肅，君臣之道，也不分明。我今以嚴刑治國，以法輔政，使上下有節，正想整頓久弊的益州。」

法正聽後，十分拜服。自從以後，軍民安靖，四十一州，分兵鎮撫，州州順服！法正任蜀郡太守，有人告訴孔明說：

「孝直太霸道，應該叫他收斂點！」

孔明表示，從前玄德困守荆州，北畏曹操，東憚孫權，正是孝直輔助，功高一時，自然氣盛，如今又何須令他收斂？終不曾過問這事！法正事後得知，反而自行斂戢，一心效忠於玄德和孔明。

十八、合淝之戰

玄德得了益州之後，孫權又想起要還荊州之事，張昭獻計，要孫權將諸葛瑾的家小拿下，作爲人質，又要諸葛瑾前去遊說孔明，以兄弟之情打動他，然而事終不成。孔明只以關公不肯爲藉口推託。魯肅又用計，對孫權說：

「如今不妨屯兵於陸口，請關雲長來赴會，如果雲長肯來，就好好商量還荊州的事，雲長如果不從，那麼就隨卽進兵，決一勝負，奪回荊州好了。」

孫權乃令魯肅依計行事，一邊派人送信邀請赴會之，一面和呂蒙、甘寧商議，在陸口設宴。第二天，關公命關平選快船十隻，藏水軍五百，在江邊等候。雲長青巾綠袍，坐在船上，一面紅旗，在風中招搖，顯出一個大「關」字，在雲長旁，是捧著大刀的周倉，另有八九個關西大漢，各帶腰刀一口。魯肅命甘寧等人伏軍岸側，自己在岸邊迎接，入席飲酒時，雲長談笑自若，魯肅却滿心驚疑。酒到半酣，魯肅就提起歸還荆州之事，雲長說：

「筵席上何需談國家大事？」

魯肅再三追問，據理力爭，雲長說：

「烏林之役，皇叔豈無大功？何以無尺寸之土相送？」

魯肅表示當日自己肯於作保借荆州，實在是同情皇叔身無居所，如今已得西川，又佔荆州，貪而失義，恐怕爲天下人恥笑！雲長又以不干己事推託，這時，周倉在階下厲聲而說：

「天下土地，當由有德者來統領，豈盡是東吳所當擁有？」

雲長變色即起，奪下周倉所執大刀，立在庭中，目視周倉，叱道：

「國家大事，豈容你多言？快去，快去！」

周倉會意，先到岸口，招來在對岸等候的快船。這時，雲長右手提刀，左手挽住魯肅手；佯醉說：

「子敬盛情，請我來赴宴，再也不要提起荆州，免得傷了感情！我已經醉啦，待我作東，請子敬來荆州赴宴時，再商議好啦！」魯肅手足無措，被雲長扯到江邊，由呂蒙、甘寧率領的伏軍也不敢出兵。只見雲長手提大刀，親握魯肅，恐怕妄動，傷了魯肅。雲長直到船邊，才放開握著魯肅的手；魯肅如癡如呆，只有眼看著關公坐船乘風而去。

孫權知道用計又不成後，大怒，想要傾全國之兵，來取荆州，正在商議，忽然又傳來曹操將起卅萬大軍來攻的消息，孫權不得已，乃將欲攻荆州之兵，移軍到合淝及濡須兩地，來抵拒曹操。

這時曹操却因參軍傅幹的進諫，而暫時止兵不南進，傅幹以爲，當前最要緊的是：「增修文德，按甲寢兵，息軍養士，待時而動！」曹操覺得傅幹之言，極爲有理，乃與建學校，延禮文士，然而稱帝之心在曹操是無日或忘的。建安十九年十一月，因伏后之父伏完和穆順等人謀殺曹操事未成，曹操將伏后用亂捧打死，並將毒殺伏后兩子；伏完、穆順宗族二百餘人，盡斬於市。曹操蔑視獻帝，已到無可復加的地步。建安二十年正月朔日，曹操又册立自已的女兒曹貴人爲正宮皇后，曹操威勢日甚，文武百官敢怒而不敢言。

伏后事件後，曹操會大臣，商議收吳滅蜀之事，夏侯惇以爲吳、蜀兩國，一時未必能攻下，不如先攻張魯，攻得漢中，再以得勝之兵一鼓而攻西蜀。曹操十分同意，乃起兵西征。

曹操興師西征，兵分三隊，前鋒夏侯淵、張郃，曹操自領中軍，後部由曹仁及夏侯惇率領。西征的消息傳到漢中時，張衞和弟張衞，商議退敵之策，張衞說：

「漢中最險之處，就是陽平關。我在陽平關附近，依傍山林處，安下十餘個寨子迎敵曹兵，兄守漢寧，多多準備糧食接應。」

張魯便差大將楊昂、楊任和張衞同去安營，當張衞軍屯陽平關附近下寨剛定時，曹操前軍已到。這夜，曹軍十分疲憊，各自休息，忽然，寨後一把火，楊昂、楊任來刼寨，夏侯淵、張郃一時無從抵禦，曹兵大敗。

第三天，曹操所領大軍方到，見陽平關四周山勢險惡，林木叢雜，又不明路徑，隨即回軍安營。次日，曹操正領著許褚、徐晃來看張衞營寨的形勢，曹操揚鞭遙指，對兩人說：

「如此堅固，恐怕一時難攻！」

話還未說完，背後一陣箭雨襲來，楊昂、楊任分兩路殺來，曹操大驚，許褚應敵，徐晃保著曹操逃回寨中。自此，兩邊相拒，五十多天，只不交戰。曹操乃想以退軍爲名，鬆懈對方的士氣。一面命輕騎抄小路到陽平關後，乘勢夾擊。

守關的楊任、楊昂商議如何破曹軍，眼看曹軍拔寨而起，楊任懷疑是曹操詭計，楊昂却爭功心切，領著五寨軍馬前進，只留少數人守寨，是日大霧，夏侯淵軍誤到楊昂寨前，守寨軍士以爲楊昂回來，就把寨門打開，曹軍一擁而入，一看，竟是一座空寨，就放起火來，楊任領兵來救，可是夏侯淵、張郃聯軍來攻，楊任不敵，便殺出條路，奔回南郡去了。待楊昂要回軍時，軍寨已被佔，身後曹操大軍又趕來，四面無路，楊昂和張郃交手，又被張郃殺死，張衞知道諸營已被曹軍攻下，也就奔回南郡去了，曹操遂得了陽平關。

隨後，曹操進兵，直抵南寨安寨，張魯便令龐德前去應戰。龐德原是馬超手下的一員猛將，曹操深知他厲害，便囑咐諸將，最好生擒龐德。衆將輪番上陣，便想要消耗龐德體力，張郃、夏侯淵、徐晃、許褚紛紛出戰數回合，或數十回合，隨即退兵。曹操又用賈詡的計謀，賄賂張魯手下的謀士楊松，使楊松進讒言，說龐德收了曹操賄賂，故每戰而不勝。

次日，曹兵攻城，龐德引兵衝出，曹操命許褚出戰詐敗，引龐德來到山坡，曹操自乘馬立於山坡上招降，龐德便想拏住曹操，遂飛馬上坡，一聲喊起，天崩地塌，連人和馬，一起跌入坑內，四壁鈎索一齊向前，活捉了龐德，押上坡來，曹操下馬，親解其縛，龐德尋思張魯不仁，情願拜降。曹操又令龐德和自己並轡而行，故意叫城上人望見。

張魯因此更信楊松的話，第二天，曹操三面豎起雲梯，飛砲攻城，張魯和張衞便盡封府庫，領了全家大小，殺出南門外。曹操趕入南郡，只見府庫盡封，便心生憐憫，召人往巴中去召降張魯，張魯遂降，曹操平定了漢中。

曹操已經得了東川，主簿司馬懿便進言說：

「劉備使詐，得了益州，但蜀人尙未完全歸心，如今主公攻下漢中，可乘勝攻蜀，其勢必定瓦解。有智之士，惟在能把握時機，希望主公不要錯過機會。」

曹操聽了司馬懿的話，便慨嘆地說：

「人心苦於不知足！既得隴，又復望蜀！」

這時劉曄進言說：

「司馬仲達之言說得好。蜀民一安定，把關守隘，就攻不下了。」

然而曹操終於按兵不動。

這時西川百姓中盛傳曹操來攻的消息，衆人十分驚恐，玄德便和軍師孔明商議，孔明說：

「曹操分軍屯駐合淝，乃是懼怕孫權的緣故。如果我方分江夏、長沙、桂陽三郡給吳，又派遣辯士陳說伐曹的利害，使吳兵起軍進襲合淝，牽制曹軍不致西向，曹操就不致來攻益州了。」

玄德聽了大喜，乃遵計行事，派伊籍爲使者，去說孫權，說是「吾主若取了東川，卽還荆州全土」，催促孫權乘虛進攻合淝。孫權和衆謀士商議，張昭說：

「這恐怕是劉備唯恐曹操攻取西川才出的計謀！雖然如此，正因曹操在漢中，我方乘勢奪合淝，也是上計。」

孫權乃商議起兵攻曹操，命魯肅取回長沙、江夏、桂陽三郡，屯兵陸口，喚回呂蒙諸將，準備進軍合淝。

呂蒙回到京城，便獻策給孫權，以爲先取皖城，再攻合淝，因爲皖城糧多。孫權覺得呂蒙考慮得十分周到，便敎甘寧、呂蒙爲先鋒，去取皖城。呂蒙乘軍隊初到，士氣方銳，奮力攻擊，到在次日辰時，便得了皖城。次日，準備起兵進取合淝，三軍皆出發。甘、呂兩將爲前隊，孫權與凌統居中，其餘諸將陸續進發。

呂蒙、甘寧的前部軍將到合淝時，正遇上樂進領軍前來，兩軍交鋒，樂進詐敗，甘、呂一齊引軍趕去，孫權在後，聽得前軍得勝，急忙趕上，催軍快行，正行到逍遙津北面，一陣連珠砲響，左邊張遼、右邊李典一起攻來，孫權大驚，凌統手下只有三百餘騎，無法抵擋曹軍，凌統死戰，孫權縱馬逃上了小師橋，橋南已拆下丈餘，並無一片板，孫權驚得手足無措，收回馬三丈餘遠，然後縱轡加鞭，那馬一跳，飛過橋南，孫權方脫險，這時吳兵已損失了大半，凌統所率領的三百餘人盡被殺死。呂、甘等人死命逃過河南。這一陣殺得江南人人害怕，聽到張遼的名字，小孩也不敢夜哭。孫權只得收軍回濡須口，整頓船隻，商議水陸並進，一面差人回江南，再起人馬來助威。

這時，張遼聽說孫權在濡須，還要興兵來攻，恐合淝兵少，便急向曹操請求救兵。在曹操左右，劉曄也勸曹操蜀中已定，不容易攻下，不如派兵去救合淝，順勢攻下江南。於是曹操留下夏侯淵守漢中及定軍山隘口，留張郃守蒙頭巖等隘口，其餘軍兵拔寨整軍，殺往濡須塢來！

孫權聽說曹操自漢中領兵四十萬前來救合淝的消息，便著人領五十隻大船，在濡須口埋伏，張昭說：

「如今曹操遠來，必須先挫其銳氣。」

甘寧和凌統兩人便在孫權面前爭競起來，要搶頭功。孫權命凌統帶三千軍出濡須口出迎曹軍，凌統和張遼交鋒，鬪了五十回合，不分勝負，孫權又命呂蒙接應回營。是夜，甘寧自告奮勇領了一百人馬去刼營，約在二更時分，甘寧取白鵝毛一百根，揷在盔上爲號，都披甲上馬，飛奔到曹操寨邊，大喊一聲，殺入寨中，甘寧領著百騎，左衝右突，曹兵驚慌之餘，自相踐踏，死者無數。甘寧見人就殺，從寨之南殺出，無人敢當。回到營中，孫權自來迎接，握著甘寧的手說：

「孟德有張遼，孤有甘興霸，兩人正足以相對抗。」

凌統見甘寧有功，也想要表現一番，遂領兵五千出鬪樂進。兩人鬪了五十回合，不分勝敗，曹操親自來觀戰，見兩人酣戰，乃命曹休放冷箭，開弓箭發，正中凌統座下之馬，凌統被馬掀翻在地，樂進趕忙持槍來刺，槍還未到，只聽得弓弦響處，一箭發出，正中樂進臉龐。兩軍皆出，分別將樂、凌二人救回。

曹操見樂進中箭，乃分五路兵來攻濡須。張遼、李典、徐晃、龐德，各帶一萬人馬，殺往江邊。在孫權手下，在船上的董襲、徐盛，見五路軍馬到來，徐盛即刻領猛士數百人殺入李典軍中，董襲在船上擂鼓助威，突然風急船覆，董襲竟死在江口。陳武聽到江邊厮殺的聲音，連忙引軍趕來，正好遇到龐德，兩軍混戰。孫權在濡須塢中，聽到曹兵殺到江邊，親自和周泰前來助戰，正想殺入李典軍中救徐盛，反被張遼、徐晃兩枝軍團團圍住，許褚又縱馬持刀殺入軍中，把孫權軍衝作兩段，使兩軍彼此不能相救。這時周泰從軍中殺出，到了江邊，却不見了孫權；周泰急尋，見孫權被圍甚急，乃挺身殺入，奮力保護孫權衝出重圍。周泰左護右遮，身上被刺數槍，箭透重鎧，才把孫權救到江邊，交給呂蒙，周泰又殺入重圍救出徐盛，兩將各帶重傷。

陳武和龐德大戰，被龐德趕到谷口，陳武袍袖被樹枝勾住，不能迎敵，遂被龐德所殺。曹操見孫權走脫了，自己策馬驅兵，趕到江邊對射，呂蒙箭已發盡，正慌亂時，幸得陸遜領十萬兵到，暫時遏阻了曹兵，陸遜正是孫權的女婿。

孫權在濡須和曹操相拒了月餘，不能取勝，張昭、顧雍等聯合上言，對孫權說：

「曹操勢力大，不能以武力攻下，若和他久戰，又恐怕折損兵卒太多，不如求和安民，以爲上計。」

孫權聽張、顧兩人勸，乃命步隲往曹營求和，答應年年納歲貢。曹操眼見江南一時也攻不下，便答應了孫權，命孫權撤走人馬，孫權班師回秣陵，留下蔣欽、周泰守濡須口。曹操領著羣將班師回許昌，只留下曹仁、張遼屯守合淝。

建安二十一年夏五月，羣臣表奏獻帝，歌頌魏公曹操功德，進爵爲魏王。獻帝命人擬寫詔書，立曹操爲魏王。曹操假意上書請辭，請辭三次，以後才受命爲魏王，冕十二旒，乘金根車，駕用六馬，出用天子車服，出警入蹕，在鄴郡蓋魏王宮，立曹丕爲世子，這年冬十月，魏王殿落成。

十九、智取漢中

曹操進爵爲魏王後，曹洪領軍漢中，命張郃、夏侯淵各據險要。這時張飛守巴西，馬超作先鋒，正與曹洪軍相遇，馬超緊守隘口，不與交鋒，曹洪見馬超連日不出，恐有詐謀，引軍退回南郡，這時張郃來見曹洪，對曹洪說：

「郃雖不才，自願領本部兵去攻取巴西，如果能攻佔巴西，西蜀郡才容易攻下。」

曹洪却覺得張飛非等閒之輩，不可輕敵，張郃堅持進兵，如果不勝，自願受軍法處置。張郃乃領三萬兵，安置在巖渠寨、蒙頭寨和蕩石寨。當日張郃領一半軍去攻巴西，留下一半守寨。張飛得知，忙與雷同領兵去迎戰，兩下夾攻，張郃大敗。次日，雷同下山去搦戰，張郃又不出，雷同無奈，兩軍相持五十餘日。張飛在山前紮住大寨，每日飲酒，飲至大醉，常在山前辱罵。這時玄德見張飛如此德性，十分吃驚，忙問孔明，孔明反說：

「原來如此！軍前恐怕無好酒，而成都美酒極多，不妨派人裝五十大甕，送到帳前給張將軍飲用！」

孔明料到張飛山前辱罵，旁若無人，正是敗張郃之計，便命魏延送酒赴軍營，車上各插黃旗，旗上大字書道：「軍前公用美酒」。

張飛聽說主公賜酒，跪拜領受後，便命魏延、雷同各領一枝人馬，作左右翼，只看到軍中紅旗揚起，便各自進兵，一面又敎軍士大開旗鼓而飲。張郃在山頂觀望，見張飛坐在帳前喝酒行令，兩個小卒在面前摔角爲戲，張郃恨恨地說：

「張飛這廝，欺我太甚！」

便傳令今夜下山刼張飛寨，令蒙頭、蕩石二寨中軍士分左右出動援助。

張郃領軍從山側而下，直來到寨前，遠望張飛點亮了燈燭，正在帳中飲酒，張郃大喊一聲，山頭擂鼓相助，直殺入營中，然只見張飛端坐不動，張郃衝向前一槍刺去，却是一個草人！急忙勒馬回頭，帳門口連珠砲起，一將當先，攔住去路，睜開環眼，聲如巨雷響起，原來就是張飛。張飛挺矛躍馬，直刺張郃。兩將在火光中戰了三五十合，張郃只盼蒙頭、蕩石的曹軍來救，誰知兩寨，已被魏延、雷同兩將扨下。張郃正沒奈何時，又見山上火光大起，已被張飛後軍奪了寨棚！張郃三寨俱失，只得逃往瓦口關去了。

張郃在瓦口關派人向曹洪求救。曹洪大怒，心想張郃強要出兵，三萬軍又已折損了兩萬，遂不肯出兵，只派人催促張郃發兵出戰。張郃不得已，只得分軍埋伏，自領軍出戰，打算詐敗，引張飛軍追來，好截斷後路。當天，張郃領兵來挑戰，正遇雷同，戰了數回合，張郃詐敗，雷同趕來，被埋伏的軍隊攔截，張郃一槍，把雷同刺下馬來。敗軍回報張飛，張飛自來挑戰，張郃又詐敗，但是，張飛知道是計並不追趕，乃回寨和魏延商議，準備將計就計，張飛說：

「我明日先領一軍前往，你却引精兵隨後，待張郃伏兵出，你就分軍出擊，又用車十餘輛，車內藏柴草，塞住小路，放火燒之，我乘機捉拿張郃，爲雷同報仇。」

次日兩軍交戰，張郃大敗，退路又被火封住，張郃死命殺開一條血路，集攏了殘兵，堅守不出。而張飛和魏延時時領數十騎來兩邊哨探小路，得知瓦口關背後，有一條梓潼山小路，張飛乃前後夾攻，智取瓦口關，張郃尋路逃走，隨行的只剩下十餘人，步行到南郡，去見曹洪。

曹洪一見張郃，喝令左右推出斬了，行軍司馬郭淮，勸曹洪再給張郃五千兵，去攻葭萌關，去牽制各處的軍隊。曹洪才給了張郃這將功折罪的機會。

這時葭萌關的守將孟達、霍峻得知張郃來攻的消息。霍峻主張要守，孟達主張要攻，兩人相爭不下。孟達自領軍下關去和張郃交鋒，大敗而回，霍峻只得向成都求救。玄德便請孔明聚衆商議，孔明表示非張飛不可：「除非翼德，無人可擋！」忽然老將黃忠厲聲出言，道：

「軍師怎地這麼輕視人哪，我雖無能，但希望能去取張郃首級！」

孔明再三表示黃忠年老，恐怕不能勝任，氣得黃忠白鬚倒豎，取架上大刀，輪動如飛，把壁上硬弓取來，連連拽折兩張。孔明便說：

「將軍要去，誰爲副將？」

黃忠說：

「老將嚴顏可以和我同去，如有什麼失誤，可以砍下我這白頭！」

玄德大喜，便命兩人前去葭萌關，趙雲說：

「如今張郃親自領兵攻擊葭萌關，軍師千萬不要看爲兒戲，如果葭萌一失，益州就危險了！爲何命這兩個老人前去應敵呢？」

孔明說：

「你以爲這兩人老邁，不能成事啊，我却估計漢中必由這兩人手中攻得！」

趙雲等人頗不服氣，就連關上的孟達、霍峻見了，心中也笑孔明調度不當，他們心裏想著：

「這般緊要的地方，却教這兩個老頭子來！」

黃忠、嚴顏兩位老將心中也知衆人不以爲然，立誓要立奇功，兩個商議定了，黃忠引軍下關，和張郃對陣，張郃出馬，見了黃忠，笑道：

「你這麼大年紀，不自量力，還想應戰？」

黃忠怒道：

「小子欺我年老！我手中寶刀並不老哇！」

黃忠遂拍馬向前，兩人交戰了二十餘合，忽然嚴顏從小路抄來，在張郃軍後，兩軍夾攻，張郃大敗，兵退八九十里。曹洪聽說張郃兵敗，就派了夏侯尙、韓浩領五千軍來助戰。

黃忠連日派哨探路，已經探得路徑，這時嚴顏也對黃忠說：

「這裏過去有座天蕩山，山中就是曹操屯糧草的地方，如果能取得那個地方，截住糧草，漢中地就容易攻下了。」

黃忠便安排，計奪天蕩山，却聽到夏侯尙、韓浩來襲的消息。黃忠出戰，纏鬪了十餘回合，黃忠敗走，兩將趕了二十餘里，奪了黃忠的營寨，黃忠又草草建了一營。次日，韓尙又來挑戰，黃忠又出陣，戰了幾回合，又敗退；韓、夏侯兩人又趕了數十里，奪了黃忠營寨。次日，兩將又來戰，黃忠又退，黃忠連退數陣，直退到關上，堅守不出。玄德聽說黃忠連敗，急忙差劉封來關上接應，黃忠對劉封說：

「這是老夫的驕兵之計！我借寨給他們屯積軍需品，今夜就可破敵，收復諸營了。」

當夜二更，黃忠等人果然連奪三寨，夏侯尙、韓浩二人自顧逃命，所丟下的軍器鞍馬無數，全部搬運入關，黃忠又催軍馬前進，「不入虎穴，焉得虎子？」策馬先進，直逼得張郃軍屯紮不住，棄寨而走，直到漢水傍。

張郃尋見夏侯尙、韓浩兩人，商議道：

「天蕩山乃是貯糧之地，更連接米倉山，這兩地都是漢中軍士養命之所，如果有所疏失，漢中就保不住了！」

夏侯尙說：

「米倉山有吾叔夏侯淵守護，那兒又接定軍山，應當不成問題；天蕩山，有我兄夏侯德鎭守，我等就投奔天蕩山去罷。」

三人就連夜投往天蕩山去，三人正與夏侯德敍話，忽然山前金鼓大震，人報「黃忠兵到」，夏侯德輕敵，派韓浩領三千兵迎戰，黃忠和韓浩交手，不過一回合，便把韓浩斬下馬，蜀兵大喊，殺上山來，張郃、夏侯尙急忙領軍來迎，忽然聽到山後火光冲天而起，上下通紅，夏侯德提兵急來救火時，正好嚴顏趕上，手起刀落，斬死夏侯德。原來黃忠預先派嚴顏埋伏山後，只等黃忠軍行動，到時放火。這時，烈燄飛騰，照澈山谷，張郃、夏侯尙，前後不能相顧，只得拋棄天蕩山，逃到定軍山投奔夏侯淵去了。

捷報傳到成都，法正勸玄德卽時擧兵親征，平定漢中，以「縛兵積粟，觀釁伺隙，進可討賊，退可自守」。玄德孔明便親自引十萬軍，出葭萌關安營，這時正是建安二十三年秋七月。

大軍來到關上，玄德對衆人表示，定軍山是南郡保障，也是糧草屯聚之所，必需先行攻取。黃忠自告奮勇，孔明乃遣法正同行相助，又命趙雲領軍從小路接應，劉封、孟達在山中險要處，多立旌旗，以壯聲勢。又差嚴顏往巴西閬中守關，接替張飛、魏延。

劉備親自領兵要攻漢中的消息傳到許都時，曹操大驚，忙起兵四十萬親征。曹操分三路進兵，前部先鋒由夏侯惇率領，曹操自領中軍，曹休押後軍，三軍陸續而行。曹操騎著金鞍白馬，玉帶錦衣，武士手執大紅羅銷金傘蓋，左右金爪銀鉞，鐙棒戈矛，打着日月龍鳳旌旗，護駕的龍虎官軍有三萬五千，一時隊伍光耀燦爛，雄壯無比。大軍來到南郡，屯紮在此，曹操派人送書，命夏侯淵出兵。

黃忠和法正這時正屯兵於定軍山口，屢次挑戰，夏侯淵卻堅守不出，法正對黃忠說：

「夏侯淵的爲人輕躁，而少謀略，我方正可激勵士卒，拔寨前進，步步爲營，引誘他來出擊，乘機捉拿他，這就是『反客爲主』的辦法。」

黃忠於是犒賞三軍，三軍各個願效死戰，黃忠卽日拔寨而進，眞箇「步步爲營」，每營住數日，又拔營前進。夏侯淵終於耐不住，命夏侯尙領數千人出戰，黃忠提刀上馬，只一交手，就生擒了夏侯尙。次日，兩軍在山谷闊處布成陣勢，黃忠激夏侯淵斷殺，二人戰了二十餘合，忽然曹營鳴金收兵，夏侯淵慌忙撥馬回營，被黃忠乘勢殺了一陣，夏侯淵問起為何鳴金的理由，押陣官回道：

「我見山凹中有蜀兵旗幟，恐怕有埋伏的軍隊，所以急招將軍回營。」

夏侯淵深信不疑。遂堅營不出，黃忠追到定軍山下，法正要黃忠先攻取定軍山西邊的一座高山，在這山上，足可看清定軍山的動態。是夜二更時分，黃忠便鳴金擊鼓，直殺上山頂，法正說：

「將軍守在半山，我在山頂，等夏侯淵兵到，我舉白旗為號，將軍卻要按兵不動，等他倦怠無準備時，我舉起紅旗，那時將軍就下山攻擊，以逸待勞，一定能取勝。」

果然，夏侯淵圍住了對山，大罵挑戰，黃忠只是不出戰；到了午時，法正在對山看見曹兵已倦怠，銳氣已減，多半下馬休息，乃把紅旗揚起，黃忠角鼓齊鳴，一馬當先，殺下山來。一時似天崩地塌，夏侯淵措手不及，被黃忠砍為兩段。黃忠追趕逃兵，乘勢去奪定軍山，張郃領軍來迎戰，張郃不敵，要逃走，山傍忽然出來一彪人馬，為首的正是趙雲，只見前面又來了一支兵，乃是杜襲，杜襲說：

「定軍山已被劉封、孟達奪了！」

張郃遂與杜襲領著敗兵來到漢水邊紮營。曹操聞知，乃親率大軍，要來報讎。

先命人把米倉山的糧草移到漢水北的山脚下，然後進兵。

孔明得報，乃命黃忠、趙雲，先深入其境，奪其輜重，殺其銳氣！黃忠回營後，對副將張著說：

「今夜三更，命軍士飽食，四更離營，殺到北山脚下，先捉張郃，後刼糧草。」

當夜，依計行事，來到北山之下，東方日出，只見糧食堆積如山，只有數人看守，黃忠正要放火，張郃軍到，兩軍混戰一場，徐晃來援應，便把黃忠困在核心。這時，趙雲看看過了午時，黃忠還未回來，便領了三千人來援應，趙雲殺入重圍，挺槍而入，左衝右突，如入無人之境，那槍舞得渾身上下，一點破綻也沒有，張郃、徐晃兩人一見，心驚胆戰，不敢迎敵，趙雲回到本寨，單槍匹馬，立在營門之外，命弓箭手埋伏在寨外壕溝中。

張郃、徐晃見蜀營偃旗息鼓，趙雲立在營外，寨門大開，兩人反而不敢前進，這時曹操領軍來到，催促衆軍向前，只見趙雲把槍一抬，壕中弓箭齊發，天色昏暗，一時曹兵自相踐踏，死者不知有多少！曹操正在奔逃時，劉封、孟達領了兩支軍從米倉山路殺來，放火燒糧，曹操只得棄了北山糧草，回到南郡。

曹操愈想愈氣，便命徐晃爲先鋒，搭起浮橋，過河來戰蜀軍。却被黃忠、趙雲左右夾攻，大敗而退，軍士掉入漢水，死者無數。曹操聞訊大怒，要親統大軍來奪漢水寨柵，於是，兩軍隔水相拒。

孔明觀察漢水附近的形勢，見漢水上流處，有一帶土山，可以埋伏千餘人，便命趙雲五百人前往，告誡道：

「不管在半夜，或在黃昏，只要聽到我營中砲響，就擂鼓一番，可是，不要出戰。」

孔明自在高山暗窺。次日，曹兵來挑戰，蜀營一無動靜。曹兵只有回營，到了熄燈就寢時，孔明便命人放號砲，趙雲聞號，乃大擂戰鼓，曹兵以為來刼寨，及至出營一看，又不見一軍，如是一連三夜，曹兵心驚，拔寨後退三十里。孔明笑道：

「曹操雖懂得兵法，却不知詭計！」

遂請玄德親渡漢水，背水紮營。曹操一見，心中大疑，派人來挑戰，並對部下說：

「誰能捉得劉備，就是四川之主。」

大軍一齊吶喊，殺過陣來，蜀兵望漢水而逃，馬匹軍器，丟了滿地，曹軍競相搶奪，曹操覺得可疑，急忙下令退兵。說時遲，那時快，孔明號旗一舉，玄德中軍，黃忠左軍，趙雲右軍，同時殺來，曹兵大潰而逃。孔明連夜追趕，曹操下令回南郡。只見五路火起，原來魏延、張飛自閬中趕來，早已先得了南郡。曹操只得退守陽平關，命許褚領一千精兵去陽平關路上護接糧草，許褚却因醉酒誤事，被張飛奪了糧草車輛。曹操在關內，蜀兵來到城下，東門放火，西門吶喊，南門放火，北門擂鼓，曹操大慌，只得棄關而走，在斜谷口安營。

忽然馬超、吳蘭兩軍來犯，與孟達兵夾攻，馬超士卒蓄銳日久，一時勢不可擋，曹寨內火起，馬超刼了中、後二寨，魏延又領軍來，拈弓搭箭，射中曹操，曹操翻身落馬，幸被龐德救起。曹操軍銳氣盡失，人人喪胆，乃日夜奔走，直退回到許都，方始安心。

建安二十四年秋七月玄德乃命劉封、孟達等人攻取上庸諸郡，守將聽說曹操已棄漢中而走，乃紛紛投降，玄德安民已定，大賞三軍，法正等人推尊玄德為漢中王，孔明也以為玄德既已有荊、襄、兩川之地，理應為漢中王，玄德推辭不過，只得依允。築壇具禮，玄德南面而坐，受文武官員拜賀，立劉禪為世子，有功的人各按功勳頒定爵位。

廿、樊城之難

玄德立爲漢中王的消息傳到曹操耳中後，曹操大怒，發誓要和玄德決一雌雄。這時，司馬懿進諫，勸曹操離間劉、孫，遣辯士去遊說孫權，發兵去攻荆州；待劉備應敵時，再出兵乘隙攻漢川。曹操大喜，決定依計行事。當消息傳到東吳時，孫權的謀臣步騭深知孫權想取回荆州之意，乃進言說道：

「如今曹仁屯兵於襄陽和樊城，曹操大可由旱路去進攻荆州，如今曹操却令主公動兵，其用意可想而知。主公不妨遣使者去許都見曹操，令曹仁先由旱路起兵，當雲長領荆州之兵去攻取樊城時，主公就能遣將去攻荆州了。」

當魏、吳兩方處心積慮要奪荆州的時候，在漢中王劉備處，早已廣積糧草，多造軍器，打算進攻中原。當消息傳到，孔明便下令雲長，先起兵取樊城，使敵軍膽寒。

雲長得令後，便起兵奔襄陽大路而來，曹仁自領兵來迎戰，雲長詐敗，當曹仁追殺二十餘里時，忽然背後喊聲大震，鼓角齊鳴，背後關平、廖化殺來，曹軍大敗，只得退守樊城，而讓雲長得了襄陽，準備以此爲據點進攻樊城。

雲長時常渡襄江來攻打樊城，樊城圍急，星夜往許都求救，曹操乃封龐德爲征西大將軍，于禁相助，領北方壯士七軍，去解樊城之圍。這時，領軍將校董衡來見于禁，以爲用龐德爲先鋒，恐怕誤事，原來龐德是馬超手下副將，其親兄龐柔也在西川作官。這話傳到曹操處，曹操乃把龐德喚回，索回先鋒大印。龐德知道原因後，免冠頓首，流血滿面，向曹操表白心跡，曹操乃扶起，加以撫慰。龐德回家後，乃令人造一木棺，扶棺而行，表示絕不空回。曹軍乃由龐德領軍，前往樊城解圍。

龐德還未到樊城時，關公早知此事，乃令廖化去攻樊城，自己來親敵龐德，關公橫刀出馬，大叫：

「關雲長在此，龐德何不早來受死！」

鼓聲響處，龐德出馬，關公乃縱馬舞刀，來鬥龐德，二人戰了百餘回合，精神愈發昂揚，兩軍各看得癡呆了。魏軍恐龐德有失，急急鳴金收軍，龐德歸寨，乃對衆人說：

「人人都說關公是英雄，今日出戰，我才相信！」

關公回到寨中，也對關平說：

「龐德刀法慣熟，眞是我的對手！」

次日，關公上馬引兵前進，龐德也引兵來攻，兩陣對圓，兩將齊出，鬪了五十餘回，龐德撥回馬拖刀而走，關公在後追趕，口中大罵道：

「龐賊欲使拖刀計，我豈怕你這小卒？」

龐德虛作拖刀姿勢，却把刀挂住，偷偷拽弓，搭上箭，射將來，關平眼快，見龐德拽弓，大叫了起來，關公急忙睜眼細看時，躲閃不及，箭正中左臂。關平驅馬趕到，把關公救了回營。龐德回營對于禁說：

「眼看關公箭瘡發作，不能動彈，不如乘此機會，統領七軍，殺入寨中，解了樊城之圍。」

然而于禁貪功，深怕龐德進兵成功，就以魏王旨令來推託，始終不肯動兵，又把七軍移到樊城之北下寨。當晚，關公領著數騎登上高阜，見曹軍慌亂，城北十里山谷之內，屯著軍馬，又見襄江水勢甚急，乃大喜。此時正是八月秋天，驟雨連下數天，關公命人預備船筏，收拾水具，對關平說：

「于禁所領七軍，不屯紮在寬廣之地，而聚集在罾口川險隘之處，如今秋雨連綿，襄江之水，必然高漲，我已差人堵住各處水口，等水漲時，乘高就船放水，水淹樊城，在罾口川的軍隊，就要成爲魚鼈了。」

當夜，風雨大作，龐德坐在帳中，只聽得萬馬奔騰，征鼓動地的聲音。龐德急忙出營帳一看，四面八方，大水湧來，七軍亂竄，隨波逐浪者，不計其數，平地水深一丈餘。于禁、龐德和諸將拚命登上小山避水。天破曉時，只見關公和衆將搖旗鼓譟，乘著大船而來，關公催軍士四面急攻，矢石如雨般落下，龐德令軍士用短兵接戰，但軍士心多恐懼，龐德一手提刀，奪得一小船，往樊城逃走。只見上流駛來一張大筏，把小船撞翻，龐德落入水中，船上那將跳下水去，生擒了龐德，這人正是素知水性的周倉。于禁所領七軍，都淹死水中。龐德被周倉押至關公處，睜眉怒目，不肯下跪，駡不絕口，關公乃喝令刀斧手推出斬首。關公又趁水勢未退，領著大小將領來攻樊城。

在樊城周圍，白浪滔天，水勢益發高漲，漸漸浸到城牆，城內曹軍無不喪膽，慌忙來告訴曹仁。曹仁上城頭一看，關公軍已到北門，只見關公身上披著掩心甲，斜袒著綠袍，乃急急招來五百弓箭手，一齊放箭，關公急轉馬頭時，右臂上中了一箭，翻身落下馬，一時右臂青腫不能舉起，原來箭頭有毒，不過一下子工夫，毒已入骨。衆將急忙扶關公回營，並且商議撤軍暫回荆州調理，但是關公怒道：

「我攻取樊城，眼前就可攻下了，取了樊城，就當長驅直入，去攻許都，滅了那曹賊，安漢家天下，怎能因這點小傷而誤了大事？」

衆人只得四處尋訪名醫。有一天，有人自江東來，自稱華佗，聽說關公箭傷，特來醫治。這時關公正在帳中和馬良下棋，見了華佗來，把手臂伸出令華佗割肉刮骨，悉悉有聲，眾人眼見這場面，無不掩面失色，而關公飲酒食肉，談笑弈棋，全無痛苦的樣子。華佗刮盡骨上之毒後，敷上藥，縫好了線，就囑咐關公靜養，切勿發怒影響了傷處。

在許都，曹操聽說關公佔據荆、襄，捉了于禁，殺了龐德，大敗魏兵，深恐關公領兵攻進許都，便想遷都避其鋒，這時，司馬懿又進諫曹操，勸曹操遣使去東吳陳說利害，使孫權暗中起兵攻雲長之背，則樊城之危可解。曹操依允，遂不遷都，一面派使再前往東吳，一面命徐晃領精兵五萬起兵援應。

在東吳，孫權接到曹操書信後乃聚集文武商議，忽然呂蒙自陸口乘小船來，對孫權進言，要乘雲長提兵圍樊城，乘機攻打荊州。孫權頗以爲然。呂蒙離開後，聽說荊州軍馬十分嚴整，沿口有烽火臺，早有準備，心中不知如何回復孫權，這時陸遜用計，他對呂蒙說：

「雲長自恃英雄，以爲無人可敵，所顧忌的，不過就是將軍你一人！將軍不如乘此機會託病辭職，陸口之職讓予他人，一面以虛辭讚美關公，使他鬆懈戒備，則他必然撤去荊州之兵，全力去攻樊城。只要荊州無備，用一旅之師，別出奇計就能攻下荊州了。」

呂蒙大喜，乃託病不起，上書辭職，孫權依計乃召回呂蒙，命陸遜替代。陸遜代呂蒙守陸口後，果眞卑詞具禮，發使聯絡關公。關公果然中計，以爲孫權識淺，竟用陸遜爲將。

孫權遣人探得關公果然撤走了荊州大半的兵力，乃拜呂蒙爲大都督，總領江東各路軍馬，點兵三萬，快船八十隻，又選善泅水者扮作商人，皆穿白衣，在船上搖櫓，却把精兵埋伏在船中，蔣欽、周泰、徐盛、丁奉等七員大將隨行，晝夜船行，直抵潯陽江北岸。江邊烽火臺上守臺軍士盤問時，吳人回答全是客商，因江中起風，所以在此避風。一面送些財物給守臺軍士，軍士乃任由吳船停泊在江邊。

大約到了二更時分，船艙中的精兵一齊湧出，將烽火臺上的官軍縛倒，一聲暗號，八十多艘船上的精兵一起發動，將重要據點上守衛的軍士，一起捉入船中，不曾走了一個，於是長驅大進，直向荊州進發，竟無人知覺。將要到荊州時，呂蒙將俘虜的官軍，用好言安慰，各各重賞，令他們騙守城軍士打開城內，這些降軍也都同意了。到了半夜，到城下叫門，門吏認得是荊州之兵，開了城門，呂蒙率衆衝入，一下子就佔領了荊州。呂蒙下令軍士不得妄殺百姓，不得妄取民物，原任官吏，一依舊職任用，將關公家屬另遷，不許閒人打擾。

不久，孫權來到荊州，慰勞有功將士，仍命潘濬守荊州。孫權對呂蒙說：

「如今荊州已取回。但公安傅士仁，南郡糜芳兩人怎樣才能降服他們？」

話還未說完，虞翻表示不須引弓發箭，只要憑三寸不爛之舌便能說降。虞翻領了五百人前去招降，果然，傅士仁、糜芳相繼投降了東吳。

這時曹操正在許都，和衆謀士商議攻取荊州之事，東吳使者送書來，要求曹操夾擊雲長。主簿董昭就說：

「樊城被圍，情勢急迫，不如派人射信入城，使城中軍民寬心。一面設法使關公知道東吳攻襲荆州之事。關公害怕荆州有失，必定從速退兵，這時，可派徐晃乘勢掩殺，必能成功。」

曹操用他的計策，一面派人催徐晃急戰，一面親統大軍，往雒陽以南的陽陸坡駐紮，來救曹仁。來到陽陸坡後，探馬來報，說是關平屯兵在偃城，廖化屯兵在四冢，前後共有十二個寨柵，連絡不絕。徐晃就差副將呂建、徐商前往偃城去戰關平，却自領精兵循著沔水去襲偃城背面。

徐商來到關平陣前，只交鋒三合，故意敗走，關平乘勢追趕了二十餘里，忽然聽說城中火起，關平知道是計，急忙回兵去救偃城，正遇到一彪軍馬擺開，徐晃在馬上，對著衆軍高叫：

「關平賢姪哪，你們荆州都已被東吳奪了，還在此胡作非爲！」

一時關平軍軍心慌亂，不戰就走，徐晃軍又攻第一寨，關平、廖化兩人抵擋不住，棄了第一屯，便往樊城大路逃走，拚死逃出，來到大寨見關公，關公聽說荆州被呂蒙攻佔了，大怒，喝道：

「這是敵人胡說，來擾亂我方軍心的，不値得煩惱！話還未說完，徐晃軍上，關公不顧傷勢，也上馬應戰，戰了八十多同合，關公雖然武藝絕倫，終是獨臂力小，關平恐怕關公有失，火急鳴金收兵，忽然四邊喊聲大震，原來是樊城曹仁聽說曹操救兵到，領軍殺出城來，和徐晃會合，兩下夾攻，荆州兵大亂，關公急急渡過襄江，往襄陽奔走，流星馬來到，報告荆州已陷的消息，關公大驚，不敢往襄陽去，領兵往公安來，探馬又報說，公安傅士仁、連同糜芳都投降東吳的消息。關公一聽，怒氣沖胸，瘡口迸裂，昏倒在地，醒來後，頓足歎道：

「我中奸賊之計了，有何面目見兄長啊！」

管糧都督趙累勸慰關公，以爲不妨一面命人往成都求救，一面由旱路再去奪同荆州。

却說樊城之圍已解，曹操大感欣慰，乃封徐晃爲平南將軍，來阻遏關公的軍隊，自己屯兵在摩陂，靜侯消息。這時關公困在往荆州的路上，前有吳軍，後有魏軍，夾在中間，而救兵又不來，眞是呼天不應、呼地不靈。關公得知呂蒙將荆州城內自己的家眷，並軍士們的眷屬照顧得當，又遣人送來家書，關公氣憤填膺，知是呂蒙奸計，爲要瓦解軍心。而在往荆州的路上，又有將士逃同荆州的，關公愈發怒可不遏。不得已，前往麥城。麥城極小，姑且以此爲據點，等待援兵。關公命廖化突圍去請救兵，來到上庸，見了劉封和孟達。廖化苦苦哀求出兵，然而孟達對劉封說：

「東吳兵精糧足，荆州九郡都已屬於東吳；而麥城只是彈丸之地，聽說曹操親自領了四、五十萬大軍屯紮在摩陂，我山城之衆，如何敵得過東吳、魏兩家強兵？不如不出兵。」

劉封聞言，表示關公乃自己叔父，豈能坐視不救？而孟達說：

「將軍以爲關公是自己叔父，恐怕關公未必認將軍爲姪子嗅。人人都知道當初漢中王登位，欲立後嗣，關公以爲將軍是義子，不可僭立，反勸漢中王把將軍派向遠方山庸山城，以杜絕後患，這事，也唯有將軍不知道罷了。」

因此之故，上庸兵終於未發，廖化只有上馬大罵出城，望成都去請救兵。

關公在麥城盼望上庸援兵到，却始終不見動靜。諸葛瑾來勸降，關公正色回答道：

「我乃是解良地方的一個武夫。蒙我主以手足之情相待，我如何肯背義投降？城如被攻下，只有一死而已。玉可碎，而無法改其白；竹可焚，而不能毀其節！你不用多說，快請出城，我要和孫權決一死戰！」

而這時在孫權的營中，呂蒙正献計，他對孫權說：

「我料想關羽兵少，必定不會從大路逃走，麥城正北有一條小路，可以派精兵五千在那裏埋伏，另在臨沮山旁的小路上也埋伏精兵五百，關某就捉拿得到了。」

這時關公在麥城計點人數，只剩三百多人，糧食又已完全用完，離城的人愈來愈多，趙累建議關公棄城，逃入西川，再整兵來救。關公遂留下周倉和王甫守城，和關平領了殘卒二百餘人走向北門外的小路，走了二十餘里，果然落入了呂蒙的埋伏之中，關平奮戰斷後，關公在前開路，隨行只剩下十餘人，正走之間，一聲喊起，兩下伏兵盡出，長鈎套索，一齊並擧，先把關公坐下馬絆倒，關公被馬忠所捉，關平來救，也力盡被俘，兩人被帶到孫權處，孫權招降關公，表示要結秦晉之好，關公厲聲大駡：

「碧眼小兒，紫髯鼠輩！我和劉皇叔桃園結義，誓扶漢室，豈會和你們這些叛逆爲伍？我今天誤中奸計，也不過一死而已，何必多說?!」

孫權回顧衆官，表示自己深愛關公這等豪傑，希望有人能勸降，主簿左咸進言說：

「主公，千萬不可。從前曹操得到這人，封侯賜爵，三日一小宴，五日一大宴；上馬一袋金，下馬一袋銀。如此優禮，畢竟還留不住，聽任他斬關殺將而去，以致今天反爲他所迫，幾乎要遷都來避其鋒銳！主公今天既已捉得，如果不立刻除去，恐怕有無窮後患！」

孫權沉吟半晌，說：

「這話說得是！」

建安二十四年冬十月，孫權遂命人推出行刑，關公父子都被斬，關公死時，年不過五十八歲。樊城之役，關公捐軀，麥城又被攻下，而荆州又再由東吳來統轄了。

廿一、吳魏交惡

關公死後，東吳恐怕劉備爲弟報仇，會傾全力來攻打，一時十分愁煩，這時張昭獻計，打算把關公首級，送給曹操，使劉備誤以爲殺關公的乃是曹操，如此一來，西蜀之兵，便不致於指向吳而是指向魏了！然而，當使者以木匣盛著關公首級，星夜送給曹操時，司馬懿立刻對曹操表示，這完全是東吳移禍之計。他向曹操說：

「大王不如把關公首級，刻上一付香木之軀，配合起來之後，以大臣之禮埋葬，劉備知道了，就必定南征報仇，我方只要等候，如果蜀勝就擊吳，如果吳勝就擊蜀！這是所謂的鷸蚌相爭，漁翁得利之計啊！」

曹操聽了，覺得很對，就刻沉香木爲軀，以王侯之禮，將關公葬在洛陽南門外，並親自拜祭，令大小官員送殯。

當關公被殺的消息傳到玄德耳中時，玄德不禁哭倒在地，三日滴水不進，只是痛哭，淚濕衣襟，斑斑成血，孔明及衆官百般勸慰，玄德說：

「孤和東吳，誓不兩立！」

玄德就要興兵伐吳，以雪大恨，孔明力諫道：

「方今吳想使我軍去伐魏，魏也想令我軍去伐吳，各懷詭計，雙方伺機而動。主上此刻只能按兵不動。待將來吳魏不和時，再乘機進攻！」

漢中王劉備只得暫且捺下滿腔悲恨。親自往南門招魂祭奠，號哭終日。

在魏國，曹操却因日夜煩憂吳蜀之事，抑鬱成疾，病勢一日甚於一日。這時，東吳遣使者送書來，意思說：只要魏大軍掃平西川，東吳孫權就率臣下納土歸降。

曹操把信看完，不禁大笑，說道：

「那個傢伙竟要使我自蹈羅網呀！」

侍中陳羣等紛紛順應情勢，要求曹操登上帝位，但曹操隱然以周文王自居，婉拒了臣下的好意。而在這時，司馬懿獨自表示他個人的看法，力諫曹操把握時機，他說：

「現今孫權既然自願稱臣歸附，主上不妨封官賜爵，使東吳抵拒劉備。」

曹操深以爲然，乃表奏孫權爲驃騎將軍南昌侯，領荊州牧。可是他的病情，一日比一日嚴重，一日，他把曹洪、陳羣、賈詡、司馬懿等人喚至榻前，吩咐後事，他說：

「我縱橫天下三十餘年，羣雄都已消滅，只剩下江東孫權，和西蜀劉備未曾剿滅！我現在，不能再和你們相敍；今天，特把家事囑託你們。長子曹丕，篤厚恭謹，可以繼承我的事業，請你們好好輔佐。」

曹操吩咐完畢，又遺命在彰德府，講武城外，設立七十二座疑塚，不使後人知道自己眞正的葬處。而後，他長嘆一聲，淚如雨下，不久，就氣絕而死了，年六十六，這時，正是建安二十五年春正月，羣臣用金棺銀槨，連夜發喪，來到鄴郡，曹丕放聲大哭來迎靈，衆官僚在殿上聚哭，忽然一人挺身而出，請曹丕息哀。這人便是中庶子司馬孚，他說：

「魏王不在了，天下的局勢必然會有變化，在我國，最緊要之事便是早立嗣王，以安民心，如今哭泣有什麼用？」

於是華歆立即入宮，草成詔令，逼獻帝降詔，封曹丕爲魏王、丞相冀州牧。曹丕即位後，即改建安二十五年爲延康元年，封賈詡爲太尉，華歆爲相國，追諡曹操爲武王。而曹丕對兄弟多所逼迫，如曹彰、曹植，曹丕惟恐兄弟擁有兵權，篡奪王位。曾迫曹植七步成詩。所謂：「煮豆燃豆萁，豆在釜中泣。本是同根生，相煎何太急！」曹植此詩，就是曹丕看了，也潸然淚下。他不止對兄弟嚴苛，就是對漢獻帝，威逼更甚於自己的父親，當年八月，曹丕手下的中郎將李伏，太史丞許芝等人，同華歆、王朗、辛毗、賈詡等人，直入內殿，來奏漢獻帝，請獻帝禪位給魏王曹丕，說是漢祚已盡，獻帝理當效法堯、舜。獻帝大驚，只有看著百官而哭，華歆更甚，逼獻帝出殿，扯住龍袍，命曹休拔劍要挾，獻帝見羣臣不發一言，而階下披甲持戈之士却有數百餘人，都是魏兵。獻帝不得不把天子之位讓出。曹丕登了天子之位，便改延康元年爲黃初元年，國號大魏。遷都洛陽。

曹丕篡漢的消息傳到西蜀，又傳言漢帝已遇害時，漢中王痛哭終日，因此憂慮生病，不能理政事，孔明和太傅許靖、光祿大夫譙周商議，欲尊漢中王爲帝，以繼承漢統。於是孔明等人上表，玄德看了大驚，他說：

「衆卿要陷害我，成個不忠不義之人嗎？」

然而禁不住百官和孔明的請求，說是玄德不稱帝，則衆官有怨心，西蜀不久必分崩離析，倘若吳、魏乘隙來攻，更是非同小可之事。玄德不得不同意，登壇設祭，受皇帝璽綬。改元章武元年，立劉禪爲太子，封諸葛爲丞相，許靖爲司徒。

玄德自稱帝後，更無時無刻不想起兵攻吳，雖經趙雲反對，玄德終究不聽，下令整軍起兵伐吳。這時張飛在閬中，也和玄德一樣，時刻不忘報仇，日日醉酒，脾性愈加暴躁，聽說玄德已頒下伐吳之令，便自請爲前鋒。於是西蜀之兵七十五萬，擇定在章武元年七月丙寅日出師。

先鋒張飛，日日在營中鞭撻部將，在出師前，下令給帳下兩員末將范彊、張達，令兩人在三日之內製好白旗白甲，兩人表示三日不夠，必需寬限時間，張飛聞言大怒，竟命武士將兩人縛在樹上，各鞭背五十，打得兩人滿身鮮血。范、張兩人心想，三日內哪辦得成？辦不成時又不免被殺，不如我殺他，於是乘張飛在帳中飲醉之時，各用短刀，偷入帳中，直來到牀前行刺。只見張飛鬚豎目張，兩人大驚，不知道張飛每睡必不合眼，兩人又聽見鼻息如雷，鼓勇向前，用短刀刺入張飛腹中，張飛大叫一聲而死，時年五十五歲。殺了張飛之後，范、張兩人就投奔東吳去了。

章武元年秋八月，先主起大軍到夔關，駕屯白帝城，以吳班爲先鋒，令張苞、關興隨駕。要伐東吳，當前隊軍馬到達川口時，諸葛瑾來見先主，說明孫權欲結盟好，並把荆州交還的想法。希望兩國戮力，同伐曹丕。但先主因氣憤東吳殺了關公，不肯罷兵。諸葛瑾回報孫權說先主不肯通和，孫權大罵，堦下侍立的中大夫趙咨乃陳說利害，自願出使魏國，向曹丕勸說，使魏兵攻打漢中。孫權遂即命趙咨爲使，星夜到許都，見了曹丕，於是曹丕乃降詔，册封孫權爲吳王。趙咨謝恩出城後，大夫劉曄諫道：

「當今孫權懼怕蜀兵，所以來請降，以臣愚見，蜀、吳交兵，乃天要亡蜀、吳！如今如派上將軍領數萬兵渡江攻襲東吳，蜀攻其外，魏攻其內，吳國之亡就在眼前，吳亡則蜀孤，滅之不難了，陛下何以不早打算？」

而曹丕說：

「朕不助吳，也不助蜀的理由，正是想看吳、蜀交戰，如果滅了一國，只存一國，那時再出兵攻滅，又有何難？」

曹丕意定，終不發兵攻蜀，只待吳、蜀兩相攻伐，隔山看虎鬪！故孫權雖受了封爵，奈何魏主不肯出兵。不得已，只好點水陸軍五萬，封孫桓爲左都督，朱然爲右都督，即日起兵去抵拒蜀軍。

在兩軍數次對陣中，由於關興、張苞勇不可擋，孫桓、朱然大敗，向孫權求救。先主從巫峽、建平起，直抵彝陵界分，七百餘里，連結了四十多個寨子。先主聲威大震，孫權心怯，遂聽步隲諫，派人去求和，然而先主怒氣不息，定要滅吳，衆臣苦諫，然先主說：

「朕切齒的仇人，就是孫權，我若和東吳連和，就對不住死去的二弟，如今定要先滅吳，然而滅魏。」

先主把來使殺了，表示絕裂之意。孫權大驚，舉止失措。這時，闞澤進言，推薦陸遜，並且力陳陸遜的能力實在周瑜之上，他說：

「陸伯言正似擎天之柱，名雖爲儒生，實在有雄才大略，前次破關公，謀略正出於伯言。主上如能用他，必能大敗蜀軍。」

孫權遂命陸遜爲總督軍馬，主持破蜀之事。陸遜下令諸將嚴守隘口，不許出敵，堅守勿戰，一時帳下諸將，並不心服。

眼看先主自猇亭布列軍馬，直到川口，接連七百里，前後四十個營寨，陸遜便堅守不戰，以使蜀軍煩躁，先主見吳軍不出，心中十分焦急。當時天氣十分炎熱，先主又准先鋒馮習之奏，將各營移往山林茂盛之地。當先主作了這番處置之後，細作把移營就涼的消息報知陸遜，陸遜大喜，先派階下末將淳于丹引兵去試敵人之虛實，而後定計剿滅蜀軍。

陸遜說：

「我這條計，恐怕瞞不過諸葛亮，天保佑這人不在，使我能成大功！」

遂集合大小將士，使朱然由水路進兵，來日午後東南風起時，用船裝載茅草，依計而行，韓當領一軍攻江北岸，周秦領一軍攻南岸，每人手握茅草一把，內藏硫黃燄硝，各帶火種，又執刀槍，一齊而上。到了蜀營，順風擧火，蜀兵四十營，只燒二十營，每間隔一營不燒。全軍並力而爲，直到捉住劉備。衆將聽了軍令，準備依計行事。

到了初更時分，東南風驟起，蜀營果爲被陸遜部下放火大燒，風緊火急，樹木皆着。喊聲大震，兩屯軍馬齊出，蜀軍自相踐踏，死者不知其數。火光連天而起，江南，江北，照耀得如同白日。先主逃到馬鞍山，被陸遜大隊人馬所圍，幸得趙雲死命救出，往白帝城逃走，蜀軍大敗！

陸遜的左右想乘勝追殺，但陸遜反下令班師而回，陸遜對其部下說：

「孔明是非凡的人物，足智多謀，不容輕看。再則，我料魏主曹丕，知我軍追趕蜀兵，必乘虛來攻，我軍若深入西川，恐怕就難還兵了。」

陸遜率領大軍回軍時，三處人馬來報說，魏兵由曹仁、曹休、曹眞率領，分三路兵馬，數十萬人，連夜來進犯。然陸遜早有謀略在胸，當三路兵馬前來時，曹眞、夏侯尙圍了南郡，却被陸遜伏兵城內，諸葛瑾伏兵城外，內外夾攻，打得落花流水；曹休也被殺，曹仁亦大敗而逃，曹丕得知三路兵馬大敗，遂命魏軍還軍洛陽，自此之後，吳魏不和。

而先主在退到白帝城永安宮後，身染疾病，病況又漸漸沉重，到了章武三年夏四月，自知病入膏肓，遂遣使往成都，請諸葛亮、李嚴等星夜趕來聽受遺命，太子劉禪則留守成都。

孔明來到永安宮時，見先主病危，慌忙拜伏龍床之下，先主命孔明起身，在龍床邊坐下，撫著他的背說：

「朕自從得到丞相之助，有幸得成帝業，而又何其愚昧，不與丞相商量，與東吳交兵？自取其敗！如今悔恨成病，命在旦夕，念及嗣子年幼孱弱，不得不把大事託付。」

先主說完，淚流滿面，又囑咐羣臣，取來紙筆，寫了遺詔，屏退左右，對孔明說：

「朕恐怕就要死了！人說：『鳥之將死，其鳴也哀；人之將死，其言也善』！朕有心腹之言相告。丞相才十倍於曹丕，定能安邦定國，如果嗣子值得相助，就請護持，如果不值得用心，丞相就自爲成都之王罷。」

這一席話，孔明聽了汗流遍體，手足失措，哭拜在地，剖白自己理當竭盡忠心輔佐後主的心意。先主又吩付劉永、劉理兄弟三人，要以父禮對待孔明。先主一一吩咐畢，就斷了氣，得年六十三歲。

章武三年夏四月二十四日，先主駕崩，衆官出殯成都，太子劉禪出城迎靈，把靈柩安於正殿後，打開遺詔，詔書中寫道：

「朕初得疾，但下痢耳；後轉生雜病，殆不自濟。朕聞：『人年五十，不稱夭壽』今朕六十有餘，死復何恨！但以汝兄弟爲念耳。勉之！勉之！勿以惡小而爲之，忽以善小而不爲！惟賢惟德可以服人；汝父德薄，不足效也。吾亡之後，汝與丞相從事，事之如父，勿怠！勿忘！汝兄弟更求聞達，至囑！至囑！」

孔明以為「國不可一日無君」，乃立太子禪即皇帝位，改元建興，是為後主，後主又加封孔明為武鄉侯，領益州牧。

當劉禪即位的消息傳到中原，曹丕大喜，想要趁機伐蜀。但羣臣中多人畏忌孔明，不表贊成，獨司馬懿奮然而出，進言說：

「不乘此時進兵，更待何時？如果只起中原之兵，恐怕一時很難攻下，必需用五路大兵，四面夾攻，使諸葛亮首尾不能救應才成。」

曹丕同意。司馬懿乃召集遼東鮮卑，遼西羌，南蠻東吳，降將孟達，大將軍曹眞五路軍，共五十萬人，來取西川。消息傳到西川，衆人大驚，孔明卻在家觀魚，思索擊破魏五路兵的計策。孔明對後主說：

「兵法之妙，貴在使人無法預測。老臣知道西番國王心服馬超，已先派遣使者命馬超緊守西平關；南蠻王孟獲處，臣也飛檄派遣魏延領一軍左出右入，右出左入，故作疑兵，孟獲多疑，必不敢輕動；孟達與李嚴為生死交，臣已作一書，只要派李嚴親筆令人送交孟達，孟達到時必然推病不出；曹眞如果引兵進犯陽平關，臣已調趙雲把關，此四路並不足憂。只有東吳一路，必需派辯士前去陳說利害！」

於是後主轉憂爲喜，乃派鄧芝往說孫權。孫權在陸遜退魏兵之後，將軍權全交陸遜掌理，時張昭、顧雍啓奏吳王，請自改元，於是，孫權改元黃武。當鄧芝來到，對孫權進言；他說：

「蜀有山川之險，吳有三江之固，如兩國連合，共爲唇齒，進則可以兼吞天下，退則可以鼎足而立！但如果大王稱臣於魏，魏必定要求大王朝覲，又要以太子爲人質，如果不從，隨時進兵來攻！則江南之地，恐怕就不再是大王所有了。」

孫權覺得這話十分有理，便命張溫爲使者，入蜀議和，自此以後，吳、蜀通好，兩國和魏便成爲對立的態勢。

廿二、南征西討

自吳蜀修和之後，魏主曹丕終日不安，唯恐兩國聯合，來伐中原。此時，在曹丕的部臣們中，大都主張養息用兵，辛毗說：

「中原土地，土廣人稀，如要發動戰爭，恐怕並不容易。不如養兵屯田十年，足食足兵之後，然後再考慮攻破吳、蜀。」

曹丕認爲這是迂濶之論，吳蜀連和，隨時會來侵犯，如何再能等待十年？與其等兩國大軍壓境，不如先發制人，於是傳旨起兵，先打吳國。司馬懿奏道：

「吳有長江之險，非用水攻，不能奏效。陛下必得要御駕親征！選擇適當的大、小戰船，從蔡潁入淮水，進攻壽春，到廣陵後，再渡江口，直攻南徐，這才是上策。」

曹丕乃命人日夜趕工，造龍舟十隻，收拾戰船三千餘隻，在魏黃初五年秋八月，集合大小將士，由曹眞率領，張遼、徐晃、許褚、曹休等大將同行，前後水陸軍馬三十餘萬，起兵直攻東吳。

曹丕又封司馬懿爲尙書僕射，留在許昌，處理一切國政大事。

當曹丕大軍從蔡潁出淮，來攻廣陵時，孫權就寫信給孔明，請派漢中兵相助，又派徐盛總督建業、南徐軍馬，抵禦魏兵。魏王部隊來到廣陵之後，曹丕端坐舟中，遙望江南，却不見一人。當晚宿於江中，月黑風高，軍士都執燈火，一片明亮，恰似白晝，而江南却無半點火光。等到第二天破曉時，天起大霧，迷漫一片，甚至不見對面來人，過了好一會兒，風吹霧散，曹軍望見江南一帶，城城相連，城樓上槍刀耀目，遍城盡揷上旌旗號帶。好幾個人來報告說：

「南徐沿江一帶，直至石頭城，綿延數百里，城郭舟車，絡繹不絕，竟像是一夜成就的。」

曹丕大驚失色。原來徐盛用疑兵，束蘆葦爲人，草人都穿上了靑衣，手執旌旗，立在假城樓之上。魏兵遠遠望見城上有這許多人馬，如何不膽寒？衆人正在驚訝時，忽然狂風大作，白浪滔天，曹丕所坐之船險被打翻，曹眞慌忙令文聘撐小舟來救駕。忽然報子來報道：

「主上，不得了！趙雲已經領軍出陽平關，直攻長安了！」

曹丕大驚，忙令衆軍退兵，此刻吳兵已追到，鼓角齊鳴，喊聲大震，魏兵不能抵擋，折損了大半，淹死者無法計算。諸將奮力救出曹丕，渡淮河而行，不到三十里，淮河附近一帶蘆葦被預灌魚油，火勢順風而下，曹丕慌忙上岸，却見一隊軍馬殺來，曹軍急忙逃走，大敗而還。

這次魏吳大戰，初起時，孔明亦打算派軍相助，當趙雲引兵殺出陽平關時，有人送信給孔明，說是蠻王孟獲，起十萬蠻軍，四處侵掠。孔明因此宣令趙雲回軍，聽候調用，命馬超堅守陽平關，孔明在成都整飭軍馬，打算親自南征。

原先，先主死後，後主卽位，由孔明輔佐，數年以來，已使西川之民，欣樂太平，過著安居樂業的生活，又逢農作物連年豐收，百姓十分感戴孔明，凡是遇到差役，百姓們也出錢出力，爭先辦理，因此軍需器械糧食等，貯存豐富，無不完備。

此時，蠻王孟獲既然大興蠻兵十萬侵犯邊境，孔明心想，雖說東有孫權，北有曹丕，然東吳已經交好，曹丕又新敗，暫時無力入侵，正是南征的大好時機。不妨先掃蕩蠻方，無後顧之憂之後，再圖北伐，平定中原。孔明共起川兵五十萬，派關索爲前部先鋒，一同南征。孔明來到益州分界時，先用計收服了高定、朱褒和鄂煥三支部隊，又七擒蠻王孟獲，用智服之，大勝而回。

征南大軍回到成都時，後主排開鑾駕出城三十里來迎接，又設太平筵會，重賞三軍，自此之後，遠邦來進貢上朝者有二百餘處。一時人心歡悅，朝野一片昇平氣象。

在孔明南征的這段時間內，魏主曹丕感染寒病，醫藥無效。臨終之前，乃召中軍大將軍曹眞，鎭軍大將軍陳羣，撫軍大將軍司馬懿三人來到寢宮，曹丕把世子曹叡喚來，向曹眞等人託孤，三人都保證當盡心竭力來輔佐幼主。曹丕墮淚而死，在位七年，死時四十歲。羣臣遂立曹叡爲大魏皇帝，曹眞被封爲大將軍，曹休被封爲大司馬，華歆、王朗、陳羣皆各有封，司馬懿被封爲驃騎大將軍。當時雍、涼兩州缺人把守，司馬懿上表請求爲西涼守，曹叡乃封司馬懿爲雍、涼二州提督，並統領該處兵馬。

司馬懿領詔上任後，孔明深恐司馬懿握有兵權後，將成爲蜀中大患，乃用離間計使曹叡心疑，收回兵權。司馬懿不得不削職回鄉，雍、涼兵馬乃由曹休總督。

孔明聞知司馬懿撤職事，大喜，對羣臣說：

「我想要伐魏已經很久了，奈何有司馬懿總領雍、涼的軍隊，如今兵權轉移，我更有何憂？」

乃上出師表給後主，表略稱：

「臣亮言……臣本布衣，躬耕南陽，苟全性命於亂世，不求聞達於諸侯。先帝不以臣卑鄙，猥自枉屈，三顧臣於草廬之中，諮臣以當世之事，由是感激，遂許先帝以馳驅。後值傾覆，受任於敗軍之際，奉命於危難之間，爾來二十有一年矣。先帝知臣謹慎，故臨崩寄臣以大事也。

受命以來，夙夜憂慮，恐付託不效，以傷先帝之明；故五月渡瀘，深入不毛。今南方已定，甲兵已足，當獎帥三軍，北定中原，庶竭駑鈍，攘除姦凶，與復漢室，還於舊都，此臣報先帝而忠陛下之職分也。至於斟酌損益，進盡忠言，則攸之、褘、允之任也。

願陛下託臣以討賊與復之效，不效則治臣之罪，以告先帝之靈；若無與復之言，則責攸之、褘、允等之咎，以彰其慢。陛下亦宜自謀，以諮諏善道，察納雅言，深追先帝遺詔。臣不勝受恩感激，今當遠離，臨表涕泣，不知所云。」

南方已平，無內顧之憂，孔明亟想乘勝伐魏，此時太史譙周以為出行不宜，苦諫孔明。孔明不聽，乃留下郭攸之、董允、費禕等侍中，總管宮中之事，百官各個分掌職責。李嚴等守川口以抵拒東吳，大軍選定在建興五年春二月丙寅日出師伐魏，以趙雲為前部先鋒，鄧芝相助。一時大軍浩浩蕩蕩，旌旗蔽野，戈戟如林，向漢中迤邐進發。

諸葛亮率大兵三十餘萬入境來攻的消息，傳到魏主曹叡的耳中時，曹叡大驚，派駙馬夏侯楙自願領兵二十萬去應敵。

孔明領軍來到沔縣時，哨馬來報夏侯楙調關中諸路軍馬前來拒敵，這時魏延獻策說：

「夏侯楙乃是膏粱子弟，懦弱無能。我願領精兵五千從褒中出，循秦嶺以東，過子午谷而向北進，不到十日，可到長安，夏侯楙必當棄城往邸閣橫門逃走，我則從東方進兵，丞相可大驅士馬自斜谷進兵，如此一來，咸陽以西，可一舉而定！」

孔明却以為這並非萬全之計，如敵軍在僻山截殺，就大傷銳氣了，因此不用魏延的計謀。這時，夏侯楙在長安聚集各路軍馬，西涼大將韓德，有萬夫不敵之勇，引西羌諸路軍八萬來到，夏侯楙就命他爲前鋒，韓德四子，也在行列之中。

當韓德率領四子和西羌兵八萬來到鳳鳴山時，正遇蜀兵，趙雲挺槍縱馬，銳不可當，韓德四子都喪在趙雲手中，西涼兵大敗而走，趙雲往來殺敵，如入無人之境，其英勇恰似當日當陽救主一般英勇。夏侯楙自領兵來敵趙雲，戰不過三回合，韓德被殺，夏侯楙急忙逃回營中。次日，夏侯楙重整鼓旗前來，鄧芝和趙雲出迎，鄧芝對趙雲說：

「昨夜魏兵大敗而走，今日又來，恐怕用計！務必要小心！」

然趙雲已斬四將，並不在意鄧芝的話。趙雲和魏將潘遂交手，趙雲乘勝追殺，深入重地，只聽得四面喊聲大震，董禧、薛則兩路軍殺到。趙雲被困在垓心，東衝西突，魏兵愈圍愈厚，只見夏侯楙在山上瞭望動靜，指揮三軍，趙雲往東逃，就往東指；趙雲向西突圍，夏侯楙就往西指，因此趙雲不能突圍，想要領兵上山，半山中又有擂木砲石打下來。趙雲由辰時殺到酉時，還不能突圍，只得下馬休息，待月明時再戰。當月光方照，四下忽然起火，火光衝天，喊聲大震，矢石如雨，八方弩箭交射而來，四面兵馬又漸漸逼近，趙雲心想恐怕要死在此地了。

正在緊急萬分時，張苞奉孔明命來接應，把趙雲救了出來。關興也奉孔明命前來，三人領兵反攻，來捉夏侯楙，魏兵大敗，大都棄戈逃走，夏侯楙則往南安郡逃竄。

關興、張苞驅兵攻南安，連日進攻不下，孔明又不用鄧芝計，他打算先收服天水郡、安定郡的太守馬遵和崔涼。孔明又在南安城外，宣稱要燒城，魏兵不信，大笑不止。魏兵的注意力在孔明身上，魏延乃假扮敵軍，騙開城門，使得蜀兵入城，而得了安定城。關興、張苞領了孔明密計，就在安定軍中，入了南安，在城上放火，引蜀兵四面進入，捉了夏侯楙，佔領了南安。孔明又派心腹人詐作魏將裴緒，騙開了天水城門，趙雲領了五千兵，在天水郡城下高叫：「早獻城池，免遭誅戮」！正待攻城，小將姜維來迎，魏將馬遵梁虔和姜維軍配合，前後夾攻，趙雲首尾不能相顧，衝開一條路，領敗兵逃走。孔明聽說姜維的調度有方，乃歎道：

「兵不在多，而在人如何去調遣，像姜伯約這人，可眞是一位好將才了。」

孔明便用計使夏侯楙等人不信姜維，姜維無路可走，終於投降了孔明。孔明又攻下翼城，然後蜀兵來到祁山。

這時正是魏太和元年，曹叡得知夏侯楙失去三郡，逃到西羌去了，而蜀兵已到祁山的消息，大爲吃驚，急忙召羣臣商議退兵之計，司徒王朗推薦曹眞，曹眞得命後，又力保郭淮爲副都督，王朗爲軍師，領東、西二京軍馬二十萬出城西門，列陣於祁山之前，兩軍對峙。

當夜，郭淮、曹眞預料孔明會來刧營，乃分兵四路，兩路兵乘虛去刧蜀寨，兩路兵伏在本寨外，當敵軍來襲時左右分擊，曹眞和郭淮兩人各引一枝軍隊，也在寨外埋伏，寨中堆上柴草，只要蜀兵一到，就放火爲號。

在孔明營帳中，孔明命趙雲、魏延領兵去刧魏寨，魏延對孔明說：

「曹眞這人深明兵法，必定料到我軍將去刧寨，軍師不可怠慢！」

孔明笑著說：

「我正想要讓曹眞知道我將要去刧營。曹眞必然伏兵在祁山之後，待我軍經過後，却來攻我軍營。此時，你們兩人領兵前去，過了山脚後，遠遠地安下營寨，等待魏兵來刧寨時，只要一見火起，就分兵兩路——文長拒住山口，子龍引兵殺回，如此一來，必遇魏兵，子龍要放它過去，再乘勢進攻，令對方自相掩殺。」

孔明又吩咐關興、張苞伏軍於祁山要路，放過魏兵，却從魏兵來路，殺向魏寨。當魏軍先鋒曹遵、朱讚黃昏離開本寨，迤邐前進後，攻到了二更左右，只見山前隱隱有兵行動。曹遵以爲郭淮眞是神機妙算。急忙催軍前進，到達蜀寨時，將要三更，曹遵先殺入蜀營，却是空營，並無一人，料知中計，急忙撤兵時，寨中火起，朱讚兵到，魏兵自相掩殺，人馬大亂。曹遵和朱讚擦身而過，方知自相踐踏之事，急忙合軍時，忽然四面喊聲大起，蜀軍殺到，曹、朱兩人引心腹之軍百餘人急往大路逃走，忽然鼓角齊鳴，一隊軍馬截住去路，爲首的大將正是常山趙子龍，兩人奮力奪路而逃，前面魏延又引一軍殺到，曹軍大敗，奪路奔回本營。守營軍士，以爲是蜀兵來刼寨，慌忙放火爲號，左邊曹眞，右邊郭淮殺來，自相掩殺！背後三路蜀兵殺前，中央魏延，左邊關興，右邊張苞，大殺一陣，魏兵敗走十餘里，死者極多，孔明大勝。在魏營中，諸將商計，如何反攻，郭淮說：

「西羌之人，自太祖以來，連年入貢，文皇帝也有恩惠布澤，我軍這次兵敗，不妨遣人從小路去求羌兵相助，首尾夾攻，蜀軍必敗。」

西羌國王命兩位元帥領兵二十五萬前來，又有戰車，用鐵葉裹釘，裝載軍器什物，或用駱駝，或用騾馬駕車，號爲「鐵車兵」，西羌大軍直往西平關殺來。

張苞、關興奉命迎戰，率精兵五萬，行軍數里，遇到羌兵，只見鐵車首尾相連，隨處結寨，車上遍排兵器，遠望好像城池一樣。關興、張苞兩人，苦無破敵之計，次日，分兵三路齊進，忽然羌兵分開，中央放出鐵車，如潮水湧來，弓弩齊發，蜀兵大敗。關興被圍，左衝右突，不能逃脫，鐵車密密圍起，蜀兵只得拚命尋路逃走。

關興、張苞兩人星夜來見孔明，把經過的情形告訴孔明，孔明遂點了三萬兵，親自來寨中，次日，上高阜觀看，只見鐵車絡繹不絕，人馬縱橫，往來馳驟，孔明乃吩咐屬下，如此如此，安排已定。此時正是十二月末，天降大雪，姜維領軍出；引鐵車兵來迎，姜維退走，羌將領兵到蜀寨前，只見孔明攜琴上車，領了數騎入寨，往後而行；羌兵搶入寨柵，直趕過山口，見小車隱隱轉入林中去了；遂又引大兵追趕，羌將又見姜維之兵在雪地中奔走，乃催兵急追，山路被雪漫蓋，一望平坦。正在追趕間，忽然一聲響起，好似天崩地裂，羌兵全部落入坑塹之中，背後鐵車正行得緊溜，一時無法停止，於是一輛又一輛，併擁而來，士兵自相踐踏，後軍急忙要回軍時，右邊張苞，左邊關興兩軍衝出，萬弩齊發，背後姜維、馬岱、張翼三路軍又殺到，鐵車兵大亂，羌兵四處逃竄。

却說魏將曹眞連日來都等待羌兵的消息，忽然有哨兵來報告蜀軍拔寨起程的消息，郭淮大喜，以爲羌兵把蜀軍打敗了，遂分兩路追趕，前面蜀兵亂走，後面魏兵追趕。正趕得起勁時，鼓聲大震，魏延領軍閃出，和曹遵交鋒，不到三合，一刀斬死曹遵，魏副先鋒朱讚仍領兵追趕，忽然趙雲領軍來攻，朱讚措手不及，也被趙雲一槍刺死！

蜀兵全勝，直追魏軍到渭水，奪了魏寨。孔明乘雪破羌兵，自出師以來，南征西討，累獲大勝，使曹叡深爲恐懼，急召大臣問應敵之策。鍾繇上奏，推薦司馬懿，這時司馬懿正在宛城閒住，曹叡前次免司馬懿官職，也深自後悔，便遣使持節，恢復司馬懿官職，並加封爲平西都督，就領南陽諸路兵馬，前往長安，曹叡預備御駕親征！

廿三、出師未捷

司馬懿在宛城閒坐，得知魏兵屢次敗於蜀軍，不禁仰天長歎。司馬懿長子司馬師，次子司馬昭，二人素有大志，並通曉兵法，當日正侍立於旁，司馬師便問道：

「父親何故長歎？莫非是因爲魏主不重用您的緣故嗎？」

這時司馬昭就笑著回答說：

「魏主早晚要來宣召父親的。」

果然，使者持節到，司馬懿遂調宛城各路軍馬，忽然金城太守申儀來密告孟達造反的消息，司馬懿聽完後，不禁以手撫額，說：

「諸葛亮在祁山，殺得人心驚膽落，天子不得不留住長安，如果孟達一反，那麼西京就要被攻破了，這賊必定受了諸葛亮的買通，我先把他給捉了，孔明就一定會退兵！」

司馬師以爲得趕緊表奏天子，然而司馬懿說：

「如果要等聖旨再出兵，一個月後，已經無濟於事了。」

於是，司馬懿教人馬起程，得到徐晃的相助，飛奔新城，在城下喊戰，孟達登城一看，只見一隊軍馬，打著徐晃旗號，飛奔城下，在壕邊高叫：

「孟達反賊，早早投降！」

孟達大怒，急忙將弓箭射出，正好射中了徐晃的頭額，魏將忙把徐晃救走，城上亂箭射下，魏兵方退。孟達正待開門追趕，四面旌旗蔽日，司馬懿兵到，孟達只好堅守。

徐晃被救回軍營後，送治無效，當晚身死。次日，司馬懿又領兵攻城，孟達登城遍視，只見魏兵四面圍得鐵桶似的，孟達坐立不安，驚疑萬分，忽見西路兵自外殺來，旗上大書申耽、申儀，孟達以爲是金城太守申儀來救，忙引本部兵開了城門出去會合，不料申儀大叫：

「反賊休走，早早受死！」

孟達知道大事不妙，便往城中逃去，却被申耽一槍刺死！司馬懿差人將孟達首綁送去洛陽城市示衆，並向魏王表明不能先奏的緣故是「恐怕來往就誤了軍情」，魏主曹叡十分歡喜，就賜金斧一對給司馬懿。並且表示從此以後，遇到機密重事，司馬懿可以不必奏聞，便宜行事，曹叡就令司馬懿領軍出關破蜀，派張郃爲前部先鋒。

當張郃問起司馬懿當由何處進兵時，司馬懿指出街亭和柳城兩地，正是漢中的咽喉，又距陽平關不遠，只要斷絕街亭的要路，蜀軍的糧食便無以爲繼！張郃十分佩服。而當細作把這消息傳給孔明時，孔明也已料到司馬懿出關，必取街亭的謀略。然而却因參軍馬謖自願守街亭，而不用王平諫，而被司馬懿及郭淮攻下了都城、街亭。司馬懿又打算攻佔西城，只要西城可得，則南安、天水、安定三郡就能收復。然被孔明用計退兵。司馬懿遂分撥諸將把守險要之地，留下郭淮、張郃守長安，領軍回洛陽，而孔明也自退兵回到漢中。

孔明回到漢中後，斬了馬謖，又請自貶，後主乃詔貶孔明爲右將軍。孔明在漢中，惜軍愛民，勵兵講武，置造攻城渡水之器，聚積糧草，預備戰筏，準備來日再攻伐魏國。

蜀漢建興六年秋九月，魏都督曹休被東吳陸遜大破於石亭，車馬軍糧及器械，幾乎全部用盡。這時，孔明覺得漢中兵強馬壯，糧草豐足，所需用之物，一切都已完備。乃又上出師表，稱：

「先帝慮漢賊不兩立，王業不偏安，故託臣以討賊也。以先帝之明，量臣之才，故知臣伐賊，才弱敵強也。然不伐賊，王業亦亡。惟坐而待亡，孰與伐之？是以託臣而弗疑也。

臣受命之日，寢不安席，食不甘味。思惟北征，宜先入南；故五月渡瀘，深入不毛，並日而食，臣非不自惜也。顧王業不可偏安於蜀都，故冒危難以奉先帝之遺意，而議者謂爲非計。今賊適疲於西，又務於東，兵法乘勞，此進趨之時也……。」

後主讀表後，乃命孔明領三十萬大兵出師，令魏延爲先鋒，直奔陳倉道口。當蜀兵前隊來到陳倉道口時，陳倉由郝昭把守，已築起防禦用的城牆，深溝高壘，遍排鹿角，守勢十分謹嚴。孔明估量這不過是個小城，必須火速進攻，不等他救兵到來。就命軍中大起雲梯，軍士援繩而上，不料城上四面分布了火箭，當雲梯近城時，火箭如雨而下，蜀兵不得已退兵。在這次戰役中，孔明用姜維計，大軍攻襲祁山，對付魏將曹眞，將曹眞部下兵將燒得人馬亂竄，死者無數，曹眞只好收兵堅守營寨不出，蜀兵雖戰勝，但因軍中無糧，不能久拖，孔明只得乘勝退兵。

這時，吳主孫權已得知蜀相兩次出兵，魏都督曹眞損兵折將，羣臣便勸吳王興師伐魏，進圖中原。孫權還在猶豫未決時，張昭上奏，請孫權稱帝，衆官響應，乃選定吉日，設壇具禮，孫權登上皇帝位，改黃武八年爲黃龍元年。

孔明請後主命太尉楊震將名馬玉帶及金銀寶物送入吳國作賀禮，並請求陸遜出師，共同伐魏，陸遜却虛作起兵之勢，待孔明攻魏情況緊急時，再乘虛進攻中原。孔明聽說陳倉城郝昭病重，乃出師乘機攻下了陳倉和建威，大兵三出祁山，分道進兵。

曹叡在魏得知這情形，驚慌失措，曹眞病又未痊癒，乃召司馬懿商議，司馬懿說：

「以臣所料，東吳必不致擧兵助蜀，陸遜之意，是假作興兵之勢，坐觀成敗，再圖乘虛進攻中原，所以陛下不必防吳，只須防蜀！」

曹叡十分高興，說道：

「卿見眞是高明！」

遂封司馬懿爲大都督，總攝隴西諸路軍馬，又令近臣往曹眞處取總兵將印來時，司馬懿說：

「陛下，臣自己去拿罷。」

司馬懿乃辭出，直往曹眞府邸。見了曹眞，問病之後，他說：

「東吳、西蜀，合兵入寇，孔明又出祁山紮營之事，明公知道嗎？」

曹眞驚訝地說：

「家人知道我病重，不讓我知道。呀！國家這等危急，何不拜仲達爲都督，領兵去抵拒蜀軍呢？」

司馬懿說：

「我才薄智淺，不配擔任這職務啊。」

曹眞命家人說：

「把將印取來給仲達！」

司馬懿却說：

「都督不要掛心，我願助一臂之力，只是不敢接受這大印。」

曹眞躍起，很激動地說：

「如果仲達不負這責任，魏國就危險了！我當抱病去見天子保薦你！」

司馬懿說：

「天子已有恩命了，只是我不敢接受。」

曹眞大喜。司馬懿見曹眞再三相讓，遂接過將印。辭了曹眞來見魏主，而後領兵往長安，去和孔明決戰。

司馬懿經過長安，領兵來到祁山，派張郃作先鋒。這時，陰平、武都兩地已被蜀兵攻下。司馬懿乃吩咐張郃等人半夜去刼蜀營，然孔明早有預備，張郃無功而回。司馬懿頗畏懼孔明，知道孔明計略在自己之上，乃令大軍盡回本寨，堅守不出。孔明見司馬懿不出兵，便用計令各處軍士拔寨，張郃等人便沉不住氣，以爲孔明糧盡，正好乘機追擊，可是司馬懿想得十分周密，就是不肯出兵，張郃等人一再要求，司馬懿只得下令，分兵兩枝前去追趕，趕了二十餘里，不料中了埋伏，兩人死戰不退，司馬懿趕來營救，正戰得激烈之時，孔明早先就命姜維、廖化乘亂刼司馬之營，魏軍因此大敗，蜀軍大勝。然張苞因此役戰死，孔明聞訊後十分悲痛，因此得病，臥床不起。旬日之後，孔明唯恐消息走漏，只得暗中吩咐屬下乘夜拔營，回到漢中。

建興八年秋七月，魏都督曹眞病稍癒，便上表請求伐蜀，以免後患。魏主乃命曹眞與司馬懿同往，拜曹眞爲大司馬，任征西大都督；拜司馬懿爲大將軍，任征西副都督，領了四十萬大軍，由長安，經劍閣，來伐漢中。

此刻孔明病情也好得多，每日在漢中操練兵法，準備再伐中原。這時秋雨連綿，下個不休，曹兵屯紮在陳倉城外，平地水深三尺，軍器盡濕，軍士夜不成眠，大雨連降三十天後，馬無糧草，死者無數，不得不退兵。孔明對衆將說：

「司馬懿善用兵，如今我軍追趕，正中其計。不如縱他遠去之後，再出兵斜谷，再取祁山。祁山乃長安之首，隴西有兵來，必然經過此地。更加上此地前臨渭水，後靠斜谷，左出右入，可以伏兵，乃是用武之地。我屢次先攻此地，爲的就是佔取地利。」

孔明遂領軍四出祁山，陳式、魏延不聽「不可輕進」的軍令，逕自領兵出箕谷，而中了魏軍的埋伏，五千兵只剩得四五百個帶傷的人馬。孔明遂斬了陳式，不殺魏延，想要留待後用。孔明正和衆將商議進兵，却得知曹眞臥病不起的消息，孔明乃作書命人送到魏營。曹眞看畢，一時氣恨塡胸，當晚便死在軍中。

孔明遂盡起祁山之兵進攻魏軍，三通鼓罷，司馬懿親自出馬，指揮三軍，奮勇殺敵，兩軍才相會，忽然關興領軍從陣後西南方殺來，姜維也悄然領軍前來，三路夾攻，魏兵大敗。司馬懿只得退往渭濱南岸，堅守不出。司馬懿命苟安回成都散布流言說孔明自倚大功，早晚必將篡位。原來苟安運糧誤日，被孔明杖笞八十大板，因此心中懷恨，逃往魏寨投降，正好被司馬懿利用。當謠言傳開時，後主昏庸，不明就裏，乃下詔宣孔明班師回朝！孔明接到詔書，仰天長歎，說道：

「主上年幼，佞臣弄事，我正要建功，爲什麼叫我回軍？失去了這次機會，日後恐怕就難補救了！」

孔明爲防司馬懿追殺，增竈不添兵，緩緩退兵，瞞過了司馬懿，不折一人，回到成都。司馬懿自嘆弗如，也領軍回到洛陽。

建興九年春二月，孔明又出師伐魏，司馬懿又奉命出師禦敵，張郃領一軍去守雍郿，以抵拒蜀兵。孔明五出祁山，因李嚴運米，一直不到，只好暗令軍士割用隴上的麥子。孔明與司馬懿在鹵城相拒，孫禮領了雍、涼人馬二十萬來助戰，司馬懿遂合兵來攻鹵城，蜀兵一以當百，以少勝衆，人人奮勇，殺得敵人抵擋不住，屍橫遍野，血流成河，忽然得到東吳已遣使到洛陽，和魏聯和的消息，孔明唯恐東吳也興兵寇蜀，只得將祁山大寨人馬退回西川。張郃在追擊蜀兵時和百餘部將被箭射中而死。

三年過後，即建興十三年春二月，孔明入奏後主，又準備伐魏，後主說：

「現在天下已成鼎足之勢，吳魏兩國又不曾入侵，宰相何不安享太平？」

孔明說：

「臣受先帝知遇的大恩，沒有一天不在想如何伐魏之策！竭力盡忠，爲陛下克復中原，重興漢室，是我日日夜夜所想達成的大願啊！」

太史譙周力阻，而孔明不聽，在昭烈廟前，涕泣拜告說：

「臣五出祁山，未得寸土，負罪不輕啊！臣必定要統領大軍，再出祁山。臣起誓必要剿滅漢賊，恢復中原，鞠躬盡瘁，死而後已！」

這時關興又病亡，孔明放聲大哭，昏倒在地，半天才醒轉。數天後，孔明乃領蜀兵三十四萬，分五路進兵，魏主聽說孔明六出祁山，乃命司馬懿爲大都督，所有魏國的將士，各處兵馬全聽司馬懿的調遣，司馬懿又推薦夏侯淵四子夏侯霸、夏侯威、夏侯惠、夏侯和四人共贊軍機，大軍四十萬來到渭濱下寨。司馬懿打算深溝高壘，按兵不動，等待蜀軍糧盡，方才出兵。而孔明造木牛流馬自劍閣直抵祁山大寨往來搬運糧米，雙方偶有交兵，總是蜀勝。這時，魏營中又接到東吳三路入寇的消息，朝廷正商議退敵之策，命司馬懿等堅守。而孔明在祁山，也作久駐的打算，命蜀兵和魏民相雜種田，軍一分，民二分，並不侵犯，魏民都安心樂業。司馬懿得知孔明屯田的消息，仍堅營不肯輕易出兵。孔明命馬岱造木柵，營中掘深塹，塹內多積乾柴引火之物，要引司馬懿入谷，再將地雷乾柴一齊放起火來。魏延、高翔等人奉命誘敵，詐敗來引誘魏軍。

司馬懿果然中計，以爲孔明離開祁山，在上方谷西十里處下寨安住，每日運糧屯放在上方谷，領兵來攻祁山大營，果然，大隊人馬盡入谷中，山上丟下火把來，燒斷谷口，地雷一齊突出，草房內乾柴都著了火，刮刮雜雜，火勢沖天。司馬懿驚得手足無措，以爲父子三人要死在此地。正哭之間，忽然狂風大作，滅了火勢，三人才能殺出。燒斷浮橋，據住北岸，堅守不出。

孔明領了一軍屯紮在五丈原，屢次令人挑戰，魏兵只是不出，孔明設法激怒司馬懿，而司馬懿只是對諸將說：

「孔明食少事煩，豈能活得長久？」

孔明得知司馬懿這番話，歎道：

「這人眞是深深清楚我的。」

孔明事必躬親，終於形疲神困，主簿楊顒勸他不必親自處理公文瑣碎之事，孔明泣道：

「我並非不知應當從容自在，坐而論道！只是身受先帝託孤大責，唯恐別人不及我盡心啊！」

孔明神思不寧，病情愈來愈重，乃將兵法二十四篇傳教姜維，把一弩可發十矢的「連弩」之法，也畫成圖本，教給楊儀去依法造用。孔明一一調度畢，便昏然而倒，後主聞知大驚，急命人星夜趕程，往軍中問安。孔明流淚吩咐後事，勉勵部署同心輔國，強支病體，命左右扶上小車，出寨遍觀各營，自覺秋風吹面，徹骨生寒，乃長歎道：

「此生再也不能臨陣對賊了！悠悠蒼天，曷其有極！」

回到營中，又命楊儀要緩緩退兵，不可急驟，命姜維退後，在臥榻上手書遺表，表中稱：

「伏聞生死有常，難逃定數。死之將至，願盡愚忠。臣亮賦性愚拙，遭時艱難；分符擁節，專掌鈞衡；興師北伐，未獲成功；何期病入膏肓，命垂旦夕；不及終事陛下，飲恨無窮！伏願陛下清心寡慾，約己愛民；達孝道於先皇，布仁恩於宇下；提拔幽隱，以進賢良；屏斥奸邪，以厚風俗。……。」

孔明寫畢，又囑楊儀死後不可發喪。軍中要安靜如常，切勿舉哀，勿使敵人知曉死訊。蜀兵終於能緩緩退兵，不生枝節。

當司馬懿確知孔明已死之後，蜀兵已去遠，乃對衆將說：

「孔明已死，我等可高枕無憂啦！」

遂班師回洛陽，一路上見孔明安營下寨之處，前後左右，整齊有法，心中不禁興起「孔明，眞天下奇才」的想法。

廿四、三分歸一

蜀漢建興十三年，是魏主曹叡青龍三年，也就是吳主孫權嘉禾四年。三國各不興兵。

在魏國，魏主封司馬懿爲太尉，總督軍馬，安鎮邊疆。而魏主自在洛陽大興土木，建蓋宮殿，濫用民力。並且求仙問神，寵信宦官，濫殺無辜，羣臣卻無人敢進諫。

一日，邊官忽來報，遼東公孫淵造反，自號爲燕王，改元紹漢元年，正興兵入寇，魏主乃召司馬懿入朝議事，司馬懿說：

「臣必擒公孫淵，不負陛下之重託。遼東距此四千里，往返大約需一年的時間。」

司馬懿果平了遼東之亂，殺了公孫淵父子及其宗族、同謀、官僚等七十餘人。

這時，魏主在洛陽得病，沉重不起，遂召曹宇為大將軍，佐太子曹芳攝政，曹宇原是文帝之子，為人恭儉溫和，不肯當此大任。曹叡只得從劉放、孫資之薦，命曹子丹之子曹爽為大將軍，總攝朝政。曹叡病危之時，急召司馬懿同許昌，於是太子曹芳、大將軍曹爽、侍中劉放、孫資等人皆至御榻前，曹叡執著司馬懿之手說道：

「從前劉玄德在白帝城病危，把幼子劉禪託孤給孔明，孔明因此竭盡忠誠，至死方休！朕幼子曹芳，年方八歲，不能勝任國君之職，希望太尉及宗兄元勳舊臣，都能盡竭忠誠，至死方休！」

曹叡又喚曹芳前來，司馬懿便把曹芳抱近榻前，曹芳抱著司馬懿的頸項不放。

曹叡說：

「太尉，請勿忘了幼子今日相戀之情。」

說罷，淚潸然流下。臨終之前，以手指太子而死。司馬懿及曹爽，便扶太子曹芳即位，改元正始，司馬懿和曹爽輔政。曹爽凡遇大事，必先問司馬懿，對司馬懿十分恭謹。在曹爽身邊，有何晏、桓範等人，頗有智謀，當時人稱爲「智囊」，曹爽十分信任他們。一日，何晏對曹爽陳明大權不能委託他人，以免後患無窮的道理。何晏說：

「當日先公和仲達破蜀兵之時，屢次受這人的牽制，活活被氣死，主公不能不明察。」

曹爽猛然省悟，遂和謀臣計議，入奏魏主曹芳，請加司馬懿太傅之職。曹芳依從，此後，兵權便落在曹爽的手中。

從此，曹爽門下賓客愈來愈多，司馬懿稱病不出，兩子司馬師、司馬昭也退職閒居。曹爽每天和何晏等人飲酒作樂，極盡奢侈之能事。正始十年，魏主曹爽改元爲嘉平元年，曹爽一向專權，不知司馬懿虛實，乃使李勝去太傅府中探聽消息，司馬懿十分清楚李勝來意，就去冠散髮，上床擁被而坐，又令二婢扶策，才請李勝入府。當李勝來到床前，對司馬懿說：

「一向沒看到您，誰想到病得這麼沉重。現今天子命我做青州刺史，上任前特來辭行。」

司馬懿假裝誤聽，說：

「并州靠近朔方，你要好好防守啊。」

李勝說：

「勝去的地方是青州，不是并州。」

司馬懿笑道：

「你剛從并州來？」

李勝不耐煩地說：

「是山東的青州！」

司馬懿大笑，說：

「噢，你是從青州來的！」

李勝便說：

「唉，太傅怎麼病得這麼厲害?!」

司馬懿的左右從人便說：

「太傅病得耳聾了。」

於是李勝便要從人取來紙筆，把如何如何的經過寫在紙上，司馬懿看了笑著說：

「我病得耳聾了，此去你要多保重。」

說完，用手指口，侍婢進湯，司馬懿將口就湯，弄得衣襟上滿了湯汁，乃假作哽噎之聲，對李勝說：

「我已經衰老病重，死在眼前了。兩子不肖，還望你多教導他們。如能見到大將軍，千萬多擔待這兩個不肖子。」

話一說完，便倒在牀上，聲嘶氣喘的樣子。李勝辭別了司馬懿，回見曹爽，曹爽大喜，說：

「這人若死了，我就能高枕無憂了。」

從此，對司馬懿的戒心，十分中便去了八分。

當李勝去後，司馬懿便對司馬昭及司馬師表明，曹爽和自己已到了誓不兩立的地步，如今兵權既在曹爽之手，要奪回兵權，只有等曹爽出城田獵之時。不久後，曹爽出城去了，司馬懿心中大喜，便組織舊日在自己手下破敵的人，及數十家將，領了兩子上馬，要去殺曹爽。

司馬懿先命司徒高柔假持符節行大將軍事，先佔據了曹爽營，又命太僕王觀佔據了曹義營。司馬懿逕入後宮見郭太后，指責曹爽違背先帝託孤之恩，奸邪亂國，應當廢立。太后懼怕，不得不從，司馬懿又命蔣濟等人寫表，送到城外向天子申奏，自領大軍，佔據武庫。閉了城門領兵出城，屯紮在洛河，守住浮橋。

這事，早有人報知曹爽。曹爽大驚，幾乎落下馬來，曹爽弟曹羲以爲譎詐如司馬懿，連孔明尚且都不能對付，何況他人，不如自縛去見，或能免一死。然而桓範以爲不然，如今太傅生變，曹爽理當請天子幸許都，調外兵征討。曹爽終因家人在城中，猶豫不決，還自以爲捨去兵權，自縛去降，就能免一死。於是曹爽將印綬交出，衆軍見曹爽失了將印，盡皆四散，曹爽手下，只剩下了幾個人。等到曹爽入城時，連一個侍從也沒有。曹爽兄弟回家後，司馬懿用大鎖鎖門，令居民八百人圍守。司馬懿先將張當、桓範、何晏等人下獄，勘問明白，取得供詞，隨後便押了曹爽兄弟及一干人犯，斬首示衆，並且滅了曹家三族。

司馬懿斬了曹爽之後，魏主曹芳便封司馬懿爲丞相，又令司馬懿父子三人同領國事。這時，司馬懿忽然想起曹爽全家雖被殺，還有夏侯霸是曹爽親族，正守備雍州等地，如果驟然作亂，要如何提防？遂命夏侯霸前來洛陽議事。夏侯霸得訊，心想，曹氏宗族已滅，如今又要殺我，不如仗義討賊，於是便去投靠漢中王。

這消息先傳到姜維處，姜維派人探訪得實，方敎夏侯霸入城，當姜維問起司馬懿父子有無伐蜀之心時，夏侯覇對姜維說：

「老賊正想圖謀篡位，還未及他顧。但是魏國有兩個年輕人，不能不提防，一個是鍾會，一個是鄧艾，兩人十分有奇才，如果掌領兵馬，就是吳、蜀的大禍了。」

但姜維以爲兩個年輕人，那裏値得多慮？司馬懿父子專權，曹芳懦弱，魏國正在不穩定的時候，正是進伐中原的時機。尙書費褘以爲不可，蜀國內治無人，眼前只宜等待時機，實在不宜輕舉妄動。然而姜維總是不聽。

在姜維初伐中原時，司馬師領軍攔截，姜維用武侯所傳連弩之法，暗伏弓箭手百餘人，一弩發十矢，都是毒箭，司馬師軍不敵，而姜維也折兵數萬，自領殘軍回漢中。司馬師回到洛陽時，司馬懿染病，漸漸沉重，當他自知不起時，囑咐二子要善理國政，謹愼從事。司馬懿死後，魏主曹芳乃封司馬師爲大將軍，總領尙書機密大事，封司馬昭爲驃騎大將軍。

太和二年，吳主孫權也染病而死，得年七十一歲。死後，羣臣乃立太子孫亮爲帝，改元大興。在洛陽，司馬師聽說孫權已死，遂商議起兵攻吳，尙書傅嘏認爲吳有長江之險，先帝每每征伐不成，不如守邊。而司馬昭贊成伐吳，他說：

「現今孫權新故，孫亮年幼，正是可乘之機！」

於是由司馬昭總領兵卅萬攻吳，分三路軍馬，但遇到吳將丁奉，戰事不利，於是魏兵退軍。

蜀漢延熙十六年秋，姜維又起兵二十萬，以廖化、張翼爲左右先鋒進伐中原，魏以司馬昭爲大都督，從隴西進發，姜維用火攻，使得魏兵大敗，魏將郭淮、徐質戰死。但姜維也折損了很多人馬，一路收紮不住，只得自回漢中。司馬昭回到洛陽，和兄司馬師專制朝權，羣臣莫敢不服，魏主曹芳每見司馬師入朝，都戰慄不已，如針刺背。有一天，曹芳設朝，見司馬師掛劍上殿，慌忙下榻迎接，司馬師笑著說：

「豈有君迎臣之禮？請陛下穩便。」

須臾，羣臣奏事，司馬師都專自決定，並不啓奏魏主，朝退後，司馬師昂然下殿乘車，而前遮後擁，不下數千人馬之多。曹芳回宮後，便執著張皇后之父張緝之手哭著說：

「司馬師就把朕當作小孩子，把百官看得像草芥，國家早晚會落到這人手裏！」

張緝、夏侯玄、李豐便和曹芳密謀，想要處置司馬師。然而事敗，曹芳血書被司馬師搜出，司馬師立即腰斬三人，並滅其三族，殺了張皇后，又圖別立新君，在大會羣臣時宣告曹芳荒淫無道，褻近娼優，聽信讒言，閉塞賢路，羣臣不敢講一句話。司馬師乃立曹髦爲君，改嘉平六年爲正元元年，曹髦假大將軍司馬師黃鉞，允許他入朝不趨，奏事不名，並能帶劍上殿。

魏正元二年正月，毋丘儉因司馬師擅行廢立之事而與文欽議謀討賊，當時，司馬師左眼長肉瘤，正由醫官割除，敷藥，在府內養病。聞訊想派人前去應敵，可是中書侍郎鍾會以爲非司馬師自往不可，於是司馬師留下司馬昭守洛陽，總攝朝政，司馬師乘軟輿，帶病東行。

文欽的兒子文鴦年雖十八，可是身長八尺，驍勇無比，司馬師爲新割肉瘤，瘡口疼痛，正臥在帳中，令數百甲士環立護衞，已到三更時分，忽然文鴦全裝貫甲，腰懸鋼鞭，綽槍上馬，衝入魏營。司馬師大驚，心如火燒，眼珠竟從瘡口內迸出，血流遍地，疼痛難當。文鴦用鞭打死了好些魏軍，文欽援兵又到，正忙亂間，從前在曹爽手下的門客尹大目，想藉此報仇，一見司馬師不能動彈，恐怕文欽不能堅持到底，不了解內情而把握時機，乃上馬來趕文欽，高聲大叫，要文欽忍耐數天，然文欽不聽，竟要開弓射尹大目，而錯失了良機。毋丘儉及文欽又終於敗在鄧艾手中。

司馬師自知臥病無法痊癒，遂教諸葛誕率諸路軍馬，班師回許昌，司馬師目痛不止，自料難保，便命司馬昭由洛陽趕來，對他說：

「我今權重，想要卸下而不可得，你要繼承我的事業，好好去作，大事千萬不要託給別人，自取滅族之禍。」

司馬師死時，正是正元二年二月。曹髦恐怕司馬昭叛變，只好封司馬昭為大將軍錄尙書事。自此，中外大小事情，都歸於司馬昭。

西蜀姜維聽到這些消息，又興起了伐中原的想法，以為魏國正在移權動亂時，正是天賜良機，於是三伐中原，在洮水大敗魏軍，然而却中了鄧艾之計，鄧艾虛張聲勢，設二十餘處火鼓使蜀軍不得不退歸漢中。

姜維由於洮水之役有功，蜀主降詔封他為大將軍，姜維受職謝恩後，又會集諸將，商議四伐中原之事。結果蜀兵大敗，魏將鄧艾有功。這時魏主曹髦改正元三年為甘露元年，司馬昭自為天下兵馬大都督，出入常令三千鐵甲驍將前後簇擁，以為護衞，任何事務，不奏朝廷，就在相府裁奪，自此常懷篡逆之心。

當蜀漢延熙二十年，蜀主改元為景耀元年時，姜維在漢中每日操練人馬，又要興兵伐魏，這時正值淮南諸葛誕起兵討伐司馬昭，東吳孫綝相助，司馬昭大起兩淮之兵，挾持魏太后及魏主一同出征去了。

姜維正要五伐中原，中散大夫譙周便感慨地說：

「近來朝廷沉溺酒色，信任宦官黃皓，不理國事，只圖歡樂；而姜伯約又每想動兵，不體恤軍士，唉，國家將要危險了！」

姜維不理，仍領軍直往中原行進，却被鄧艾、鄧忠父子用計阻擋，又聽說司馬昭攻打壽春，已殺了諸葛誕，吳兵投降；司馬昭已班師回洛陽，不久就要提兵來救，姜維不得不爲保存軍力，暫且退兵，五伐中原又未能成功。

在這段時期內的吳國政權，正由孫綝把持，吳主孫亮雖聰明，却沒有自作主張的權力。孫亮和國舅全紀商量要殺孫綝，事機不秘，孫亮反而被孫綝所廢，改立孫休爲君，改元永安。孫休封孫綝爲丞相。孫綝每想自立，後被老將丁奉誘殺。孫休得知蜀主不理政事，中常侍黃皓專權，蜀民面有菜色，唯恐司馬昭一旦篡位，必伐蜀、吳，乃寫國書敎人送入成都。

姜維得知，又上表再論出師伐魏之事。蜀漢景耀元年冬，姜維共領二十萬蜀兵六伐中原，魏軍由鄧艾率領，鄧艾不能敵，就用計散播流言，說姜維怨恨天子，不久就要投靠魏軍。又賄賂黃皓，使黃皓奏知後主，於是後主宣召姜維回朝，這次眼看就要成功了，不料半途而廢，姜維十分洩氣。

魏甘露五年夏四月，司馬昭帶劍上殿，曹髦起身迎接，羣臣上奏，以爲當進封司馬昭爲晉公，曹髦不敢應，氣憤不過，「是可忍也，孰不可忍也！」遂和侍中王沈等人商議，可是曹髦聚集殿中宿衞、蒼頭、官僮三百餘人鼓譟而出要伐司馬昭之時，只見賈充奉命領數千鐵甲禁兵，吶喊殺來，曹髦仗劍大喝說：

「我是天子！你等竟敢大膽放肆，突入宮廷，殺害國君麼？」

賈充對成濟叫喊道：

「司馬公養你有何用？正是爲了今天之事！」

成濟手中執著一把戟，回頭問賈充說：

「是要殺了他，還是捉了他？」

賈充說：

「司馬公有令，只要死的！」

成濟遂一戟刺中曹髦胸前，再一戟，刃從背上透出，死在輦房。人報知司馬昭，司馬昭假裝大驚之狀，以頭撞輦而哭。

同年六月，司馬昭立曹璜爲帝，改元景元元年，曹璜又改名爲曹奐，曹奐封司馬昭爲丞相晉公，賞賜極多。

在蜀國，姜維聽說魏國的弒君之變，又奏准後主，起兵十五萬，分兵三路，七伐中原。姜維在這一次戰役中，雖然勝了鄧艾，但卻折損了許多糧草，又毀了棧道，乃引兵還漢中。鄧艾也引部下敗兵，逃回祁山寨內，上表請罪，司馬昭不忍貶他的官職，反而添兵五萬，支援鄧艾守禦，姜維連夜修了棧道，又打算出師。譙周、廖化都不以爲然，而姜維以爲自己八次伐魏，並不是爲了自己，於是親自率兵三十萬往洮陽行軍。這次戰役，蜀兵先敗後勝，當姜維由四面攻圍祁山鄧艾寨時，後主又聽信右將軍閻宇「姜維屢戰屢無功」的讒言，遂一日之間連下三道詔命，令姜維退兵，姜維回到成都，要見後主，而後主一連十日不上朝。郤正知道了這是什麼事，便力勸姜維不如往隴西沓中之地屯田，以保國安身，姜維表奏後主，後主從之，姜維遂提兵八萬，往沓中種麥屯田，徐圖進取。

晉公司馬昭知道姜維動向後，便對諸將說：

「我自從征東以後，休養生息六年，治兵繕甲，已經有所準備，我想要攻伐吳、蜀，已經很久了。如今先定西蜀，再乘順流之勢，水陸並進，併吞東吳，這是古時的滅虢取虞之道。我料想西蜀將士，守成都的不過八、九萬，守邊境的，不過四五萬，姜維屯田的軍士，也不過六、七萬。我已下令鄧艾引關外隴右之兵十餘萬絆住姜維，使他不能東顧，再遣鍾會引關中精兵二、三十萬，直抵駱谷，分三路進襲漢中。蜀主劉禪昏庸，先攻破邊城，蜀國滅亡，是必然的了！」

衆人十分佩服司馬昭的安排。魏景元四年秋七月，鍾會出師伐蜀，唯恐洩露機密，却以伐吳爲名義，連又破了陽平關，樂城和漢城。

這時鄧艾聽說鍾會建了大功，心中不喜，遂想引軍從陰平小路出漢中德陽亭，用奇兵攻取成都。鄧艾及子鄧忠鑿山開路，搭造橋閣，靠著乾糧及繩索，行軍約七百餘里，自陰平進兵，在巔崖峻谷之中，走了二十多日，沿途所見，俱是不毛之地。大軍來到摩天嶺，馬不能行，鄧艾便命人把軍器攛下去，軍士或裹氈滾下，或用繩索束腰，攀木掛樹，渡過了摩天嶺。然後領了二千餘人，星夜趕路來攻油江。油江守將不戰而降，鄧艾又續攻涪城，城內官吏軍民以爲魏兵從天而降，盡都出降。鄧艾兵屯涪城，進攻成都，蜀雖有諸葛瞻領成都兵七萬禦敵，可是救援不至，寡不敵衆，諸葛瞻只得一死報國。鄧艾續攻綿竹，很輕易地得了綿竹，遂來攻打成都。

後主在成都聞訊大驚，急召文武百官商議，衆官皆主張投降，後主遂令光祿大夫譙周作降書，預備投降。當鄧艾入城時，成都之人預備了香花引接。姜維在劍閣抵禦鍾會，聞訊大驚，一時手下戰士號哭之聲，傳數十里之遠。

姜維見人心思漢，乃假意投降鍾會，乘機離間鍾會和鄧艾的感情，鍾會乃寫信到洛陽給司馬昭，中傷鄧艾，說鄧艾心有反意。鍾會又請姜維設計收拾鄧艾，假司馬昭詔令，先遣散鄧艾羽翼，而後在鄧艾府中，捉得了鄧艾、鄧忠父子，將兩人解送洛陽。姜維因見鍾會盡得鄧艾軍馬，威聲大震，便慫恿他自立，詐稱太后有遺詔，聲討司馬昭，以正弒君之罪。可惜事機早洩，鍾會在宮外被亂箭射死，姜維知事無可爲，也自刎而死。

當後主來到洛陽時，司馬昭封劉禪爲安樂公，賜給住宅，按月供給一切用度，後主覺得十分安適。有一天，後主親往司馬昭府第拜謝，司馬昭設宴款待，席間，先以魏樂舞來取娛衆人，蜀官見了感傷不已，而唯獨後主面有喜色；隨後，司馬昭又令蜀人演蜀樂，蜀官聽了，人人落下淚來，而後主卻嬉笑自若！酒喝到半酣時，司馬昭對賈充說：

「人之無情，竟到這種地步！像劉禪這人，就是孔明還在，也不能輔助他周全，何況一個姜維？」

司馬昭乃問後主說：

「還想不想故國？」

後主回答說：

「這裏好得很，我一點也不想蜀國。」

過了一會兒，後主起身更衣，郤正跟到廂下，對後主悄聲說：

「陛下怎麼這樣回答呢？如果他再問，你應當流著淚說：『先人的墳墓還在蜀地，我的心每天都掛念憂傷啊。』晉公就一定會放你回去。」

後主把這番話牢記在心，酒喝到微醉，司馬昭又問起同樣的問題，後主用郤正教的話回答，可是流不出眼淚來，就把眼睛閉上；司馬昭一見，就笑著說：

「怎麼就像郤正在說話呢？」

後主一驚，張開兩眼就說：

「啊，您猜得眞對！」

司馬昭和左右從人大笑了起來。司馬昭因此事而覺得後主誠實，所以並不猜忌他。

西蜀投降後，因爲司馬昭有功，魏主曹奐乃封司馬昭爲晉王，司馬昭有兩子，長子司馬炎，聰明英武，膽量過人；次子司馬攸，性情溫和，恭儉孝弟。因司馬師無子，司馬攸過繼給司馬師，司馬昭常對人說：

「這天下，乃是我大兄的天下！」

司馬昭立長子司馬炎為世子。不久之後，司馬昭在宮中中風，不能言語，臨終之前，以手指太子司馬炎而死。安葬之後，司馬炎召賈充、裴秀等人入宮，他對兩人說：

「曹丕尚紹漢統，孤豈不能繼承魏統？」

賈充、裴秀二人忙奏拜說：

「殿下正當效法曹丕繼漢統的故事，建築受禪台，布告天下，而後即大位。」

司馬炎聞言大喜，次日，帶劍入宮，曹奐慌忙下御榻迎接，司馬炎坐定後說：

「魏得天下，誰的功勞最大？」

曹奐忙答：

「這，都是晉王您父祖出的力。」

司馬炎笑著說：

「我看陛下，文不能論道，武不能經邦，何不把帝位讓給有德之人？」

曹奐大驚，口噤不能說出話來，賈充從旁勸說，曹奐不得不築受禪台，一如漢獻帝時。十二月甲子，曹奐親捧國璽，立在台上，大會文武百官，請晉王司馬炎登壇卽帝位，司馬炎稱帝，國號爲大晉，改元爲太始元年。追謚司馬懿爲宣帝，司馬師爲景帝。司馬昭爲文帝、立七廟以光祖宗。

在吳國，孫休聽到司馬炎篡魏稱帝的消息，知道司馬炎必將伐吳，憂慮成疾，不治而死。羣臣乃立孫皓爲君，改元爲元興元年。次年又改爲甘露元年。孫皓爲人凶暴，沉溺酒色，寵幸宦官，羣臣勸諫不從，濫殺無辜，後又改元爲寶鼎元年。孫皓居住在武昌時，百姓爲應付其奢侈無度，供給十分艱苦，國家已至公私匱乏的地步。至吳主鳳凰元年的前後十餘年，孫皓更是恣意妄爲，殺忠臣四十餘人，出入常帶鐵騎五萬，羣臣百姓恐怖萬分，而又莫可奈何。

直到咸寧四年，襄陽守羊祜推薦右將軍杜預伐吳，晉主司馬炎乃拜杜預爲鎭南大將軍都督荊州事，在襄陽撫民養兵，準備伐吳。當吳主淫虐，以致民憂國敝，無可復加時，杜預乃領兵十萬出江陵，司馬伷、王渾、王戎、胡奮各從滁中、橫江、武昌、夏口出兵，水陸兵二十餘萬，戰船數萬艘，開往東吳境內，所到之處，吳民望風而服。杜預每令人持節安撫，秋毫無犯。遂攻下武昌，牛渚，深入吳境，江南軍民不戰而降，孫皓乃效劉禪率文武投降，於是東吳四州八十三郡全歸大晉。後來，後漢皇帝劉禪死於晉太康七年，魏主曹奐死於太康元年，吳主孫皓死於太康四年，鼎立的三國終於歸一，因此而開啓了晉一統的局面。

附錄一

三國演義的文學特質及其悲劇藝術

三國演義的文學特質及其悲劇藝術

羅龍治

自從羅貫中的三國誌通俗演義（以下簡稱三國演義）問世以來，迄今將近五百個年頭了（最早的刻本在一四九四年）。這部傑出的歷史演義，就其美學上的意義來說，她好像是一部寒冷無聲的戲劇，清醒的描繪了人類野心的動機壓倒道德使命的悲劇感。在所有的中國古典小說之中，她實在是一部極具藝術價值的「人類戲劇」之一。

可是，五百年來，她在中國文學史上的地位，却像是月落烏啼霜滿天，始終未被肯定下來。

一、早期的批評

我們試同顧自明清以來，傳統的中國學者以及民國時代白話文學的大師胡適之，都在不斷的抱怨三國演義既不是大衆化信實的歷史，也不是純白話優美的文學。這就使得三國演義的文學地位一直難以抬頭。

明代的時候，謝肇淛批評三國演義「太實」而「近腐」(五雜俎)，這是認爲三國演義，太落實而跡近於陳腐了。清朝文學批評家章學誠又說三國演義「七實三虛，惑亂觀者」(丙辰劄記)，這就更進一步的認爲三國演義七分寫實、三分虛構的態度，破壞信實的歷史了。這類的看法，到了民國時代提倡白話文的大師胡適之，批評就更爲激烈。胡適之在他的三國志演義序（原作於民國二十二年，世界書局版用此序。此序修改後收入胡適文存）上說：三國演義在人物的描寫上，手段是最拙劣的。他本要寫諸葛亮是如何足智多謀，却什麼借東風、隴上妝神的，那一來，給他寫成了一個身佩葫蘆，出賣風雲雷雨的妖道了。張飛史稱其愛君子，並不是怎樣不知禮的，然在他的描寫下，却變成了粗魯無比，竟和水滸中的鐵牛李逵那麼相彷彿的一個人。關羽也寫得太過火，秉燭達旦一節（案：此是毛宗崗所加，非羅貫中原文，參見毛本凡例第三條），固然是畫蛇添足，而顯聖一節，更是非常地不近情理的。在剪裁方面，他本是以陳壽的三國志爲藍本的，復旁及於習鑿齒的漢晉春秋以及各種的傳說，取材不可謂不博。然而他是不懂得什麼叫做剪裁二字的，祇要是三國時代的故事，不論是竹頭，不論是木屑，一律都收羅了去，卻又都是生吞活剝的，一點不加以變化，因之書中的故事蕪雜到了極點。在思想方面，他是完全爲正統論所支配了的。因爲漢朝的皇帝是姓劉，他便以爲惟有姓劉的可做皇帝，別姓的人都是不佩做得的，所以在他的書中，把劉備推崇備至，而對於曹操就不免狠狠的下了幾塊石頭。像這般的一種見識，未免太是淺陋一些了。綜上三項而言，他在文學史上的價值和地位，確是遠不及水滸、紅樓夢及儒林外史這幾種說部的，祇能算是第二流的作品。

上述謝章胡三家對三國演義的批評，顯然具有一種共同的傾向，這一傾向，胡適之表現的最爲具體。胡適之批評羅貫中收集了所有三國的材料而「一點不加以變化」，這便是認爲三國演義太落實而不夠小說化了；同時胡適之又批評三國演義把諸葛孔明寫成了「妖道」（案：在胡適之以前，中國小說史略已批評三國演義「顯劉備的長厚而似僞，狀諸葛之多智而近妖」），把張翼德寫成「粗魯無比」，把關雲長寫得「不近情理」，且對曹孟德「狠狠的下了幾塊石頭」，這便是認爲三國演義夠不上是信實的歷史了。

這種認爲三國演義「夠不上是小說化的文學，同時又不是大衆化的信史」的看法，便是早期批評三國演義者具體的傾向，尤其是胡適之的三國演義序發表後，此種看法更爲普遍。

然而這個看法，就現代文學批評的方法來說，他太過於形式主義，故未能透視「演義」這種體裁的文學特質，於是演義小說簡直就變成了不是歷史也不是文學的畫虎之作了。這樣一來，演義是否能夠獨立爲文學的一類已大成問題，更遑論演義所具有的特殊寫實的美學價值了。

因此，爲了避免「演義不是歷史也不是文學」的這種困局，我們要先來嘗試界定「演義」的內涵。

二、演義可以獨立爲文學嗎？

「演義」的內涵是什麼？如果她可以獨立爲文學的一種類別的話，那麼她的文學特質在那裏？這是討論三國演義的文學地位之前，首先必須肯定的命題。

我們知道：三國演義是中國的第一部歷史演義，換句話說她是「演義」體裁的

第一部。所以，如果仔細考察羅貫中當年寫三國演義的動機的話，應該可以尋出「演義」的主要內涵究竟是什麼。

但是，羅貫中本人並沒有爲他的三國演義留下一篇序(是否失傳則不得而知)。今天我們能夠看到的早期刻本上所附的三國演義序，是蔣大器寫的。這篇序文年代既早，同時亦具考證價值。

蔣大器（庸愚子）的序，見於明弘治甲寅年的刻本（一四九四年刻，據中國小說史略說這是最早的一部刻本），同時又見於明嘉靖壬午年的刻本（一五二二年刻，據孫楷第的中國通俗小說書目認爲這是最早的刻本）。這兩種刻本都是羅貫中的原本（今日坊間通行的一百二十回本，是清康熙時期毛宗崗的修改本），上距羅貫中之死約一百年（羅死於約一四〇〇年）。這些早期刻本都題爲「晉平陽侯陳壽史傳，後學羅本貫中編次」，書前所附金華蔣大器的序文最重要的一段是這樣的：

> 前代嘗以野史作評話，令瞽者演說。其間言辭鄙謬，又失之於野，士君子多厭之。若東原羅貫中，以平陽陳壽傳，考諸國史，自漢靈帝中平元年，終於晉太康元年之事，留以損益，目之曰：三國志通俗演義。文不甚深，

言不甚俗，亦庶幾乎史。蓋欲誦讀者人人得而知之，若詩所謂里巷歌謠之義也。

從這段短序裏面，對於「演義」的內涵，我們至少可以得到幾點概念：㈠拋棄前代說書（話）人信口雌黃的材料，重新採用歷史素材爲寫作的資料。㈡以搜考史料、斟酌取捨的態度，敷陳歷史的意義，使歷史大衆化，做爲淑世敎化之用。

上述對蔣大器序文所抽離出來的概念，如果沒有錯誤的話，那麼我們可以肯定所謂「演義」是指把歷史大衆化而言。可是，我們如果把三國演義細密的觀察，我們將發現她絕對不是大衆化的信史。因爲羅貫中處理材料的手法是「文學的」而不是「歷史的」。

三國演義材料的主要來源有三大類：㈠平話底本，如全相三國志平話。㈡陳壽的三國志及裴松之注所搜集的一百四十多種的史料。㈢全元明雜劇。羅貫中處理這些材料的時候，先以三國志平話作爲骨架，大量的採入文學性質的雜劇以及三國志的細節。尤可注意的是，他採用歷史素材的態度往往不分眞假美惡，只要他認爲能夠生動的復原歷史的眞實感（不是眞實性），便不惜移花接木。例如演義描寫關羽酒尙溫時斬華雄，極具歷史的眞實感，但並不具有歷史的眞實性，因爲事實上斬華雄的是孫堅而不是關羽（詳下文）。又如演義描寫周瑜個人英雄主義的氣質，極具歷史的眞實感，但把周瑜寫成小心眼的人物，則非歷史的事實，這種渲染的手法也是文學的而不是歷史的。

由以上的認識，我們可以看出羅貫中寫三國演義的手法是文學的而不是歷史的，因此，「演義」也就不是指大衆化、通俗化的信史了。傳統的文學批評者未能透視「演義」的特質是復原歷史的眞實感，而不是復原歷史的眞實性，結果演義就被逼到沒有立錐之地了。

其實，對於上述「演義」體裁的重新認識，我們特別要感謝夏志淸教授。就學術研究的立場來說，夏著「中國古典小說評介」（原一九六八年哥倫比亞大學出版，臺灣則於一九七二年才有雙葉書廊版）中有關討論三國演義的許多精闢的見解，奠定了三國演義在中國古典小說中的新地位。對於「演義」的文學特質，夏志淸曾有一段很重要的話，他說：

從清朝的歷史學家章學誠到胡適，一連串的指責三國演義不够信實，算不上是優秀的歷史，同時又不够小說化，算不上是優秀的文學。但這種抱怨未免忽略了演義體小說（指其虛構部份）的特質和限制，其實正由於他對歷史淡墨細緻的渲染，復原了歷史的實在性，所以算得上是優秀的文學。

在這裏，夏志清認爲演義復原了歷史的實在性，我認爲不如說是復原了歷史的實在感來得適切。但無論如何，這段話是極其精彩的。因爲，唯有這種新的細密的觀察，才能爲三國演義的文學性質找到了一個立足點，由是三國演義也才能獨立爲文學的一種類別。往後如要評價東周列國演義、西漢演義、隋唐演義、淸宮十三朝演義等演義體裁的小說，也就有一客觀的標準了。

三、三國演義的文學特質

上述對於「演義」內涵的界定，使我們重新認識的文學特質乃是在於復原歷史的眞實感。現在我們就以三國演義中精彩的情節，和三國志互相對照，藉此觀察演義所表現的文學與歷史的分野。相信這樣一來，我們對於三國演義的文學特質會有更深刻突出的認識。

三國演義第五回描寫關羽的神勇，有一段斬華雄的情節，其文如下：（引自毛宗崗本，下同）

> 忽探子來報：「華雄引鐵騎下關，用長竿挑着孫太守的赤幘，來寨前大罵搦戰。」紹曰：「誰敢去戰？」袁術背後轉出驍將俞涉曰：「小將願往。」紹喜，便着俞涉出馬。卽時報來：「俞涉與華雄戰不三合，被華雄斬了。」衆大驚。太守韓馥曰：「吾有上將潘鳳可斬華雄。」紹急令出戰。潘鳳手提大斧上馬，去不多時，飛馬來報，潘鳳又被華雄斬了，衆皆失色。紹曰：「可惜吾上將顏良、文醜未至，得其一人在此，何懼華雄！」言未畢，階下一人大呼出曰：「小將願往斬華雄頭，獻於帳下！」衆視之，見其人身長九尺，髯長二尺，丹鳳眼，臥蠶眉，面如重棗，聲如巨鐘，立於帳前。紹問：「何人？」公孫瓚曰：「此劉玄德之弟，關羽也。」紹問：「現居何職？」瓚曰：「跟隨劉玄德充弓馬手。」帳中袁術大喝曰：「汝欺吾衆諸侯無大將耶？量一弓手，安敢亂言，與我打出！」

曹操急止之曰：「公路息怒，此人旣出大言，必有勇略，試教出馬，如其不勝，責之未遲。」袁紹曰：「使一弓手出戰，必被華雄所笑！」操曰：「此人儀表不俗，華雄安知他是弓手！」關公曰：「如不勝，請斬某頭。」操教釃熱酒一盃，與關公飲了上馬，關公曰：「酒且斟下，某去便來！」出帳提刀，飛身上馬，衆諸侯聽得關外鼓聲大擧，喊聲大擧，如天摧地塌，岳撼山崩，衆皆失驚。正欲探聽，鸞鈴響處，馬到中軍，雲長提華雄之頭擲於地上，其酒尚溫。

在這裏我們必須知道：袁紹、袁術、曹操三人的對話，正史上是沒有的，而且歷史上眞正刀劈華雄的猛將也不是關羽。據三國志卷四十六孫堅傳上說：

堅大破卓軍，梟其都督華雄等。

可見斬華雄的是孫堅而不是關羽。

然而上面的描寫雖非歷史事實，却極具歷史的眞實感。首先我們注意袁紹、袁術、曹操三人的對話，都很合於他們的身份和個性，袁家是東漢以來的大族，所謂四世三公，所以袁家兄弟根本不把市井傖夫的關羽放在眼裏，袁術要「亂棒打出」，袁紹想要試用關羽又怕失面子難爲情，只有曹操因出身宦官養子，故不問出身的高下就願試用關羽（參見夏志清論三國演義），這三人日後的成敗，已在此對話中顯露出來。其次，這段文字描寫關羽的神勇和狂妄自負，也是可圈可點的。因爲陳壽評關羽是「萬人之敵」，同時又說他「剛而自矜」。我們看了關羽刀劈華雄的聲勢和「酒且斟下，某去便來」的狂傲口氣，對於羅貫中的渲染不能不說是極具歷史的眞實感吧！三國志因爲記事必須簡潔，所以就顯不出這種眞實感來。

其次，三國演義第六十五回寫關羽約戰馬超，其文如下：

> 一日玄德正與孔明閒敘，忽報雲長遣關平來謝所賜金帛。玄德召入，平拜罷，呈上書信曰：「父親知馬超武藝過人，要入川來與之比試高低，教平就稟伯父此事。」玄德大驚曰：「若雲長入蜀，與孟起比試，勢不兩立。」孔明曰：「無妨，亮自作書回之。」玄德只恐雲長性急，便教孔明寫了書，發付關平星夜回荆州。平回至荆州，雲長問曰：「我欲與馬孟起比試，汝曾說否？」平答曰：「軍師有書在此。」雲長拆視之，其書曰：「亮聞

將軍欲與孟起分別高下，以亮度之，孟起雖雄烈過人，亦乃黥布、彭越之徒耳！當與翼德並驅爭先，猶未及美髯公之絕倫超羣也。今公受任荆州，不爲不重，倘一入川，若荆州有失，罪莫大焉，惟冀明照。」雲長看畢，自綽其髯而笑曰：「孔明知我心也。」將書遍示賓客，遂無入川之意。

這段插曲羅貫中用以暴露關羽的有勇無謀，極具寫實感。其實這件事的始末是這樣的：建安十九年，馬超歸降了劉備，被封爲平西將軍。時關羽在荆州，聞知此事，心中頗不服氣，便修書一封問諸葛丞相馬超是何如人？事見三國志卷三十六關羽傳：

羽書與諸葛亮，問超人才可誰比類？亮知羽護前，乃答之曰：「孟起兼資文武，雄烈過人，一世之傑，黥彭之徒，當與翼德並驅爭先，猶未及髯之絕倫逸羣也。」羽美鬚髯，故亮謂之髯，羽省書大悅，以示賓客。

我們試把三國志和演義對照一下，便知羅貫中作了兩種渲染。一是羅貫中描寫關羽看了諸葛的信，自綽其髯而笑曰：「孔明知我心也」！這眞是如見其人，如聞其聲，狂傲的關羽可能眞的以爲馬孟起不及他了。另外一點誇張是羅貫中寫關羽要離開荆州入川比武，這更是突出的描繪了關羽的勇而無謀。因爲荆州是三國時期爭取天下的重鎭，所以曹操的謀臣荀彧，東吳的魯肅、周瑜，蜀漢的諸葛亮都曾爲他們的主人打算獨佔荆州。後來赤壁一戰，曹公敗北，於是曹劉孫各取得荆州之一部份，三國皆以名臣宿將鎭守，以免有失。例如東吳方面先後以周瑜、魯肅、呂蒙、陸遜、陸抗鎭荆州，對外屢摧強敵；赤壁之戰大破曹公，猇亭之役大敗劉先主，皆是威震敵國之戰績。蜀漢方面，早在建安十二年劉備到隆中尋訪諸葛亮時，諸葛就主張一定要「跨有荆益，保其巖阻」，將來才能從荆州北伐，故蜀漢以關羽鎭荆州亦是一時之選。無如關羽「剛而自矜」，勇而無謀，所以羅貫中就誇張關羽不知輕重，竟想入川與馬超比武。在這裏，只要我們能明白當日荆州之重要性，就知道羅貫中這段小插曲的描寫是如何具有歷史眞實感了。

其次，三國演義第七十五回寫華佗爲關羽刮骨療毒，亦是演義中的精彩文字。其文如下：

忽一日，有人從江東駕小舟而來，直到寨前，小校引見關平。平視其人，方巾濶服，臂挽青囊，自言姓名，乃沛國譙郡人，姓華名佗，字元化，「因聞關將軍乃天下英雄，今中毒箭，特來醫治。」平曰：「莫非昔日醫東吳周泰者乎？」佗曰：「然」。平大喜，卽與衆將同引華佗入帳見關公。時關公本是臂疼，恐慢軍心，無可消遣，正與馬良弈棋。聞有醫者至，卽召入。禮畢，賜坐。茶罷，佗請臂視之。公袒下衣袍，伸臂令佗看視。佗曰：「此乃弩箭所傷，其中有烏頭之藥，直透入骨，若不早治，此臂無用矣！」公曰：「用何物治之？」佗曰：「某自有治法，但恐君侯懼耳！」公笑曰：「吾視死如歸，有何懼哉？」佗曰：「當於靜處立一標柱，上釘大環，請君侯將臂穿於環中，以繩繫之，然後以被蒙其首，吾用尖刀割開皮肉，直至於骨。刮去骨上箭毒，用藥敷之，以線縫其口，方可無事。但恐君侯懼耳！」公笑曰：「如此容易，何用柱環？」令設酒席相待。公飲數盃酒畢，一面仍與馬良弈棋，伸臂令佗割之。佗取尖刀在手，令一小校捧一大盆於臂下接血。佗曰：「某便下手，君侯勿驚。」公曰：「任汝醫治，吾豈比世間俗子懼痛者耶？」佗乃下刀，割開皮肉，直至於骨，骨上已青。佗用刀刮骨，悉悉有聲。帳上帳下皆掩面失色。公飲酒食肉，談笑弈棋，全無痛苦之色。須臾，血流盈盆，佗刮盡其毒，敷上藥，以線縫之。公大笑而起，謂衆將曰：「此臂伸舒如故，並無痛矣，先生真神醫也。」

這一段傳神的描寫，幾已成爲中國民間家喻戶曉的掌故了。但在事實上，華佗並未替關羽刮骨療毒過。

關羽刮骨療毒一事，正史上確有記載，但此事年代已無法確定，所以陳壽把它記於建安十九至二十四年之間。據三國志卷三十六關羽傳上說：

> 羽嘗爲流矢所中，貫其左臂。後創雖愈，每至陰雨，骨常疼痛。醫曰：「矢鏃有毒，毒入于骨，當破臂作創，刮骨去毒，然後此患乃除耳！」羽便伸臂令醫劈之。時羽適請諸將飲食相對，臂血流離，盈於盤器，而羽割炙飲酒，言笑自若。

於此可見三國志上實未言明替關羽刮骨療毒的是華陀。而三國演義描寫華陀爲關羽療毒的時間在建安二十四年，事實上亦沒有可能性。因爲華佗死於建安十三年以前，何能爲關羽療毒？可見這段揷曲亦爲羅貫中的移花接木手法。我們想在這裏特別說明的是：華佗遠在一千七百五十年前就精於古傳之針灸，並發明痲沸散爲病人施行手術，他是世界外科痲醉術的老祖師。據後漢書及三國志華佗傳，華佗一生爲人醫過無數的怪症，其後曹操以私怨殺之，華佗臨死，非常憤怒，就把手寫的藥書燒掉了，痲沸散因此失傳。日本的一個醫生千方百計研究實驗痲沸散，却毒死了他的母親，並使他的妻子雙目失明，這個醫生名叫華岡清洲（見蔡仁堅：古代中國的科學家）。曹操殺死華佗的年代，可由下面的史料來推定：

㈠三國志卷二十九華佗傳：

及後愛子蒼舒（曹沖）病困，太祖（曹操）歎曰：「吾悔殺華佗，令此子彊死也！」

㈡三國志卷二十曹沖傳：

蒼舒年十三，建安十三年疾病，太祖親爲請命。及亡，哀甚。爲聘甄氏亡女與合葬。

由此可見建安十三年蒼舒死時，華佗早已物故。然則建安二十四年時，華佗絕無替關羽治病的可能性了。

由以上的情節，我們可以明白的看出羅貫中寫三國演義的手法確實是「文學的」而不是「歷史的」。只要能生動的復原歷史的眞實感，他根本不理會歷史素材的眞假美惡。所以羅貫中筆下的關羽，就是陳壽所批評的「剛而自矜」的悲劇性格的英雄，而不是民間所崇拜的「武聖」型的神明。羅貫中一再的渲染關羽的神勇，同時也一再的強調他是一個傲慢而無領袖才具的武將，這便是眞正具有歷史眞實感的人物。（關羽的悲劇性格，詳見中國古典小說評介，夏志清有詳細討論）。我們利用這條線索，去仔細觀察三國演義中的人物，我們將會發現：羅貫中寫曹操的奸詐並不失其爲大政治家的風度，寫劉備的仁厚也沒有忘記他政治性的虛僞，寫諸葛亮的道德使命感更是一再的強調他也有智窮力蹙的時候……。羅貫中是這樣「寫實」的態度去捉住了歷史人物的個性，所以這些人物變成了我們心目中眞正難忘的人。

四、三國演義的倫理和美學價值

米勒（Roy Andrew Miller）曾爲三國演義的英譯本寫過一篇序，他說：「這部書是以人類野心的本性爲主題的小說」。這話極具啓發性，其實說得詳細一點，我們可以這樣說：三國演義是以人類野心的動機壓倒道德使命的悲劇感做爲主題的一部小說。

三國演義強烈的表現了道德使命被壓倒的悲劇感，很顯然的，這種悲劇感，足以刺激人的情緒，高尚人類的情操，因此對於社會羣衆自然具有淑世教化的功用。但是，我們必須知道羅貫中強調這一倫理觀念的時候，對主張以魏晉爲正統的史學家，乃是一種非常的挑戰。

羅貫中是明朝初年的人，那時魏晉早已被正統史家公認爲東漢以後合法的繼承者。因爲自從晉朝的陳壽寫三國志以曹魏爲本紀，以吳蜀入列傳，尊曹魏爲正統以後，到了宋朝的大史學家司馬光修資治通鑑的時候，又以魏晉宋齊梁陳一線相承，便也就以魏晉來紀年，稱諸葛亮北伐爲「入寇」，於是魏晉爲正統的地位也就不可動搖了（參閱司馬光文集中的答郭純書，內藤湖南全集第十一集論宋代史學發展的

「正統論」部份）。從晉到宋的期間，雖然也有一些學者反對這種看法，像晉人習鑿齒的漢晉春秋、宋代朱熹的紫陽綱目、張栻的經世紀年都主張應以蜀漢爲正統，可是這種說法不爲傳統史家所接受，所以到了明朝的時候，大概只有民間說書人爲蜀漢抱不平之外，史學界是早就尊曹魏爲正統了。羅貫中受了說話人的影響（因爲演義的底本是全相三國志平話，羅以此書爲骨架），而且顯然他也看穿了在倫理上尊曹魏爲正統的荒謬性，所以他就公開擁蜀，把曹魏集團的主要人物曹操、司馬懿等扮做反派角色，代表人類野心的動機，時加諷刺；同時對於蜀漢集團的主要人物像諸葛亮、關羽等則賦與強烈的道德使命感，時加稱揚，這便是三國演義所發揮的悲劇倫理的觀念，這個觀念和中國古代所謂的三不朽—立德、立功、立言的次序正好相符，於是中國人以道德倫理爲首的英雄崇拜觀念，便隨着三國演義的流行更普遍的深入民間。

三國演義中對曹操的諷刺，到處可見，對於諸葛的稱揚也觸目皆是。在這裏我們就以三國演義中表現君臣父子的倫理最感人的一幕來作說明。三國演義第八十五回寫劉先主託孤的場面：

孔明到永安宮，見先主病危，慌忙拜伏於龍榻之下。先主傳旨，請孔明坐於龍榻之側，撫其背曰：「朕自得丞相，幸成帝業，何期智識淺陋，不納丞相之言，自取其敗。悔恨成疾，死在旦夕，嗣子孱弱，不得不以大事相託。」言訖，淚流滿面。孔明亦涕泣曰：「願陛下善保龍體，以副天下之望。」先主以目遍視，只見馬良之弟馬謖在傍，先主令且退，謖退出。先主謂孔明曰：「丞相觀馬謖之才何如？」孔明曰：「此人亦當世之英才也。」先主曰：「不然。朕觀此人，言過其實不可大用。丞相宜深察之。」分付畢，傳旨召諸臣入殿，取紙筆寫了遺詔，遞與孔明而歎曰：「朕不讀書，粗知大略，聖人云鳥之將死，其鳴也哀，人之將死，其言也善。朕本待與卿等同滅曹賊，共扶漢室，不幸中道而別，煩丞相將詔付與太子禪，令勿以爲常言。凡事更望丞相教之。」孔明等拜泣於地曰：「願陛下將息龍體，臣等盡施犬馬之勞，以報陛下知遇之恩也。」先主命内侍扶起孔明，一手掩淚，一手執其手曰：「朕今死矣，有心腹之言相告。」孔明曰：「有何聖諭？」先主泣曰：「君才十倍曹丕，必能安邦定國，終定大事，若嗣子可輔則輔之，如其不才，君可自爲成都之主」。孔明聽畢，汗流遍體，手足失措，泣拜於地曰：「臣安敢不竭股肱之力，盡忠貞之節，繼之以死乎？」言訖，叩頭流血。先主又請孔明坐於榻上，喚魯王劉永、梁王劉理近前，分付曰：「爾等皆記朕言，朕亡之後，爾兄弟二人，皆以父事丞相，不可怠慢。」言罷，遂命二王同拜孔明。二王拜畢孔明曰：「臣雖肝腦塗地，安能報知遇之恩也！」先主謂衆官曰：「朕已託孤於丞相，令嗣子以父事之，卿等且不可怠慢以負朕望。」又囑趙雲曰：「朕與卿於患難之中，相從到今，不想於此地分別。卿可想朕故交，早晚看覷吾子，勿負朕言。」雲泣拜曰：「臣敢不效犬馬之勞。」先主又謂衆官曰：「卿等衆官，朕不能一一分囑，願皆自愛。」言畢，駕崩，壽六十三歲，時章武三年夏四月二十四日也。

羅貫中在這裏把君臣父子朋友的關係，熔成一種因共同的政治理想所凝結的永恆的感情，我們再也找不到歷史上任何一對君臣的訣別像他們這樣感人，這一幕倫理結合高於政治利害的描寫，是三國演義最具倫理價值的場面之一。

然而，三國演義如果只具有這種淑世教化之用的倫理價值，沒有更高一層的「

冷澈觀照」的美學價值的話，她還不能算是一部有文學地位的小說。

王國維在他的紅樓夢評論上曾經說過：吾人之知識與實踐二方面，無往而不與生活之「欲」相關係，如有一物能使吾人超然於利害關係之外，而忘物我之關係，此時吾人之心境，如雲破月出，以此心境觀物，則自然界之山水明媚、鳥飛花落以及人類之言語動作，悲歡啼笑，皆是極美之對象也。

我們現在以王靜安所闡示的美術的作用，和三國演義的西江月題詞對照一下，就立刻可以發現三國演義正是這種寒冷無聲的舞臺劇：

滾滾長江東逝水，浪花淘盡英雄。
是非成敗轉頭空，青山依舊在，幾度夕陽紅。

像這樣冷澈的觀照，才是三國演義眞正具有美學價值和文學地位的所在。

三國演義中發揮高度美術技巧的地方，也是很多的。例如第五十七回寫周瑜之死：

周瑜徐徐又醒，仰天長歎曰：「旣生瑜，何生亮！」連叫數聲而亡。

這實在是一段絕美的文字。因爲三國演義中的周瑜是一個面龐秀麗而又極具個人英雄主義氣質的人物。他沒有什麼政治上的理想，只是愚昧自負的想幫助孫權橫行天下（三國志周瑜傳也說周瑜在赤壁江上反抗曹公只是因爲「英雄樂尙橫行天下」）。可是周瑜的野心動機，一再的被諸葛孔明所遏阻。結果周瑜不但不能覺醒橫行天下的迷夢，反而在臨死之前，怨恨蒼天何以生下周瑜，又另外生了一個諸葛亮！

在這裏，我們可以很突出的看到，羅貫中對於人類自私的野心和愚昧的自負，表現極高的美術技巧。因此只要人類自私的野心存在一天，羅貫中筆下的周瑜就將永遠不朽。

此外，三國演義寫赤壁戰前的晚上，曹公在大江之上橫槊賦詩，這一段場景也表現羅貫中極高的美術技巧。三國演義第四十八回寫道：

> 曹操正談笑間，忽聞鴉聲望南飛鳴而去。操問曰：「此鴉緣何夜鳴？」左右答曰：「鴉見月明，疑是天曉，故離樹而鳴也。」操又大笑。時操已醉，乃取槊立於船頭上，以酒奠於江中，滿飲三爵，橫槊謂諸將曰：「我持此槊，破黃巾、擒呂布、滅袁術、收袁紹。深入塞北，直抵遼

東，縱橫天下，頗不負大丈夫之志也。今對此景，甚有懷慨，吾當作歌，汝等和之」。歌曰：

對酒當歌，人生幾何。譬如朝露，去日苦多。
慨當以慷，憂思難忘。何以解憂，惟有杜康。
青青子衿，悠悠我心，但爲君故，沈吟至今。
呦呦鹿鳴，食野之苹。我有嘉賓，鼓瑟吹笙。
皎皎如月，何時可輟，憂從中來，不可斷絶。
越陌度阡，枉用相存。契濶談讌，心念舊恩。
月明星稀，烏鵲南飛。遶樹三匝，何枝可依。
山不厭高，水不厭深。周公吐哺，天下歸心。

歌罷，衆和之，共皆歡笑。

這大概是三國演義中最美最悽涼的一段文字。原來建安十三年，曹操已經五十四歲的年紀了。這時候他好像是站在人生事業和名望的峯頂，俯瞰一生的戎馬生涯，便有一種悲悵而又自負的感覺，但接着他又想到明日一戰就可掃平江南，收攬江東二喬回到銅雀臺去優遊歲月，這不禁又使他開懷起來。然而這時大江之上，竟無緣無故的被驚起了一隻烏鴉。這隻烏鴉先是使他隱隱的感到不安。這種不安，在他喝下巨量的酒後，漸漸的擴大成爲大醉中的清醒：今夜以前和今夜以後，其實並沒有什麼兩樣，人生就像是這隻被驚醒的烏鴉，他永遠是繞樹三匝，無枝可依的！

這層境界就是三國演義在美學上所攀抵的最高峯。同時也是他在文學上不朽的成就。凡是用通俗小說的眼光來評估三國演義的人，顯然是忽略了這點，而那些用「絕對的奸雄」的眼光，來打量曹孟德的人，也將看不到這一精彩的情節。

五、無聲的戲劇

就像是月光下岑寂的舞臺，在所有的動作都停止以後，她自有一種嚴肅的悲涼。這正是歌德所謂的：

人類一切的吶喊，一切的掙扎，在衆神的眼中，都只是一片永恆的寧靜而已。

通過三國演義這一部「人類的戲劇」，我們對三國舞臺上的羣像以及他們淸醒奮鬪的悲劇意識，認識的更深刻了。「靑山依舊在，幾度夕陽紅」，這眞是矗立在人類面前永恆而眞實的悲劇。

附錄二 原典精選

三顧茅廬

却說玄德訪孔明兩次不遇，欲再往訪之。關公曰：『兄長兩次親往拜謁，其禮太過矣。想諸葛亮有虛名而無實學，故避而不敢見。兄何惑於斯人之甚也？』玄德曰：『不然。昔齊桓公欲見東郭野人，五返而方得一面。況吾欲見大賢耶？』張飛曰：『哥哥差矣。量此村夫，何足爲大賢？今番不須哥哥去；他如不來：我只用一條蔴繩縛將來！』玄德叱曰：『汝皆不聞周文王謁姜子牙之事乎？文王且如此敬賢，汝何太無禮！今番汝休去，我自與雲長去。』飛曰：『旣兩位哥哥都去，小弟如何落後？』玄德曰：『汝若同往，不可失禮。』

飛應諾。於是三人乘馬引從者往隆中。離草廬半里之外，玄德便下馬步行，正遇諸葛均。玄德忙施禮，問曰：『令兄在莊否？』均曰：『昨暮方歸。將軍今日可與相見。』言罷，飄然自去。玄德曰：『今番僥倖，得見先生矣！』張飛曰：『此人無禮！便引我等進莊也不妨！何故竟自去了！』玄德曰：『彼各有事，豈可相強？』

三人來到莊前叩門，童子開門出問。玄德曰：『有勞仙童轉報，劉備專來拜見先生。』童子曰：『今年先生雖在家，但現在草堂上晝寢未醒。』玄德曰：『既如此，且休通報。』分付關，張，二人，只在門首等着。玄德徐步而入，見先生仰臥於草堂几席之上。玄德拱立階下。

半晌，先生未醒。關，張在外立久，不見動靜，入見玄德，猶然侍立。張飛大怒，謂雲長曰：『這先生如何傲慢！見我哥哥侍立階下，他竟高臥，推睡不起！等我去屋後放一把火，看起不起！』雲長再三勸住。玄德仍命二人出門外等候。望堂上時，見先生翻身將起，忽又朝裏壁睡着。童子欲報。玄德曰：『且勿驚動。』又立了一個時辰，孔明纔醒。

草船借箭

却說魯肅私自撥輕快船二十隻，各船三十餘人，幷布幔束草等物，盡皆齊備，候孔明調用。第一日却不見孔明動靜。第二日亦只不動。至第三日四更時分，孔明密請魯肅到船中。肅問曰：『公召我何意？』孔明曰：『特請子敬同往取箭。』肅曰：『何處去取？』孔明曰：『子敬休問，前去便見。』遂命將二十隻船，用長索相連，徑往北岸進發。是夜大霧漫天，長江之中，霧氣更甚，對面不相見。孔明促舟前進，果然是好大霧！前人有篇大霧垂江賦曰：

大哉長江，西接岷峨，南控三吳，北帶九河。滙百川而入海，歷萬古以揚波。至若龍伯，海若，江妃，水母，長鯨千丈，天蜈九首，鬼怪異類，咸集而有。蓋夫鬼神之所憑依，英雄之所戰守也。

時而陰陽既亂，昧爽不分。訝長空之一色，忽大霧之四屯。雖輿薪而莫覩，惟金鼓之可聞。初若溟濛，纔隱南山之豹；漸而充塞，欲迷北海之鯤。然後上接高天，下垂厚地。渺乎蒼茫，浩乎無際。鯨鯢出水以騰波，蛟龍潛淵而吐氣。又如梅霖收溽，春陰釀寒；溟溟濛濛，浩浩漫漫。東失柴桑之岸，南無夏口之山。戰船千艘，俱沈淪於巖壑；漁舟一葉，驚出沒於波瀾。甚則穹昊無光，朝陽失色；返白晝爲昏黃，變丹山爲水碧。雖大禹之智，不能測其淺深；離婁之明，焉能辨乎咫尺？

於是馮夷息浪，屏翳收功；魚鼈遁跡，鳥獸潛蹤。隔斷蓬萊之島，暗圍閶闔之宮。恍惚奔騰，如驟雨之將至；紛紜雜沓，若寒雲之欲同。乃復中隱毒蛇，因之而爲瘴癘；內藏妖魅，憑之而爲禍害。降疾厄於人間，起風塵於塞外。小民遇之大傷，大人覩之感慨。蓋將返元氣於洪荒，混天地爲大塊。

當夜五更時候，船已近曹操水寨。孔明教把船隻頭西尾東，一帶擺開，就船上擂鼓吶喊。魯肅驚曰：『倘曹兵齊出，如之奈何？』孔明笑曰：『吾料曹操於重霧中，必不敢出。吾等只顧酌酒取樂，待霧散便回。』

却說曹寨中，聽得擂鼓吶喊，毛玠，于禁，二人，慌忙飛報曹操。操傳令曰：『重霧迷江，彼軍忽至，必有埋伏，切不可輕動。可撥水軍弓弩手亂箭射之。』又差人往旱寨內喚張遼，徐晃，各帶弓弩軍三千，火速到江邊助射。比及號令到來，毛玠，于禁，怕南軍搶入水寨，已差弓弩手在寨前放箭。

少頃，旱寨內弓弩手亦到，約一萬餘人，盡皆向江中放箭，箭如雨發。孔明教把船掉轉，頭東尾西，逼近水寨受箭，一面擂鼓吶喊。待至日高霧散，孔明令收船急回，二十隻船兩邊束草上，排滿箭枝。孔明令各船上軍士齊聲叫曰：『謝丞相箭！』比及曹軍寨內報知曹操時，這裏船輕水急，已放回二十餘里。追之不及，曹操懊悔不已。

刮骨療毒

却說曹仁見關公落馬，即引兵衝出城來；被關平一陣殺囘，救關公歸寨，拔出臂箭。原來箭頭有藥，毒已入骨，右臂青腫，不能運動。關平慌與衆將商議曰：『父親若損此臂，安能出敵？不如暫囘荊州調理。』於是與衆將入帳見關公。公問曰：『汝等來有何事？』衆對曰：『某等因見君侯右臂損傷，恐臨敵致怒，衝突不便。衆議可暫班師囘荊州調理。』公怒：『吾取樊城，只在目前；取了樊城，即當長驅大進，逕到許都，勦滅曹賊，以安漢室。豈可因小瘡而誤大事？汝等敢慢吾軍心耶！』

平等默然而退。衆將見公不肯退兵，瘡又不痊，只得四方訪問名醫。忽一日，有人從江東駕小舟而來，直至寨前。小校引見關平。平視其人，方巾闊服，臂挽青囊，自言姓名，乃沛國，譙郡人，姓華，名佗，字元化。『因聞關將軍乃天下英雄，今中毒箭，特來醫治。』平曰：『莫非昔日醫東吳周泰者乎？』佗曰：『然。』

平大喜，即與衆將同引華佗入帳見關公。時關公本是臂痛，恐慢軍心，無可消遺，正與馬良弈棋，聞有醫者至，卽召入禮畢，賜坐。茶罷，佗請臂視之。公袒下衣袍，伸臂令佗看視。佗曰：『此乃弩箭所傷，其中有烏頭之藥，直透入骨，若不早治，此臂無用矣。』公曰：『用何物治之？』佗曰：『某自有治法。但恐君侯懼耳。』公笑曰：『吾視死如歸，有何懼哉？』佗曰：『當於靜處立一標柱，上釘大環，請君侯將臂穿於環中，然後以被蒙其首。吾用尖刀割開皮肉，直至於骨，刮去骨上箭毒，用藥敷之，以線縫其口，方可無事。但恐君侯懼耳。』公笑曰：『如此容易，何用柱環？』令設酒席相待。

公飮數盃酒畢，一面仍與馬良弈棋，伸臂令佗割之。佗取尖刀在手，令一小校，捧一大盆於臂下接血。佗曰：『某便下手，君侯勿驚。』公曰：『任汝醫治。吾豈比世間俗子，懼痛者耶？』佗乃下刀割開皮肉，直至於骨，骨上已靑；佗用刀刮骨，悉悉有聲。帳上帳下見皆掩面失色。公飮酒食肉，談笑弈棋，全無痛苦之色。

計殺魏延

不多時，魏延又表至，告稱楊儀反了。正覽表之間，楊儀又表到，奏稱魏延背反。二人接連具表，各陳是非。忽報費禕到。後主召入，禕細奏魏延反情。後主曰：『若如此，且令董允假節釋勸，用好言撫慰。』允奉詔而去。

却說魏延燒斷棧道，屯兵南谷，把住隘口，自以爲得計；不想楊儀，姜維，星夜引兵抄到南谷之後。儀恐漢中有失，令先鋒何平引三千兵先行。儀同姜維等引兵扶柩望漢中而來。

且說何平引兵逕到南谷之後，擂鼓吶喊。哨馬飛報魏延，說楊儀令先鋒何平，引兵自槎山小路抄來搦戰。延大怒，急披挂上馬。提刀引兵來迎。兩陣對壘，何平出馬大駡曰：『反賊魏延安在？』魏亦駡曰：『汝助楊儀造反，何敢駡我！』平叱曰：『丞相新亡，骨肉未寒，汝焉敢造反！』乃揚鞭指川兵曰：『汝等軍士，皆是西川之人，川中多有父母妻子，兄弟親朋。丞相在日，不曾薄待汝等，今不可助反賊，宜各回家，聽候賞賜。』

衆軍聞言，大喊一聲，散去大半，延大怒，揮刀縱馬，直取何平。平挺槍來迎。戰不數合，平詐敗而走，延隨後趕來。衆軍弓弩齊發，延撥馬而回。見衆軍紛紛潰散，延轉怒，拍馬趕上，殺了數人；却是止遏不住；只有馬岱所領三百人不動。延謂岱曰：『公眞心助我，事成之後，決不相負。』遂與馬岱追殺何平。平引兵飛走而去。魏延收聚殘軍，與馬岱商議曰：『我等投魏，若何？』岱曰：『將軍之言，不智甚也。大丈夫何不自圖霸業，乃輕屈膝於人耶？吾觀將軍智勇足備，兩川之士，誰敢抵敵？吾誓同將軍先取漢中，隨後進攻兩川。』

延大喜，遂同馬岱引兵直取南鄭。姜維在南鄭城上，見魏延，馬岱，耀武揚威，蜂擁而來。維急令拽起弔橋。延岱二人大叫：『早降；』姜維令人請楊儀商議曰：『魏延勇猛，更兼馬岱相助，雖然軍少，何計退之？』儀曰：『丞相臨終，遺一錦囊，囑曰：「若魏延造反，臨城對敵之時，方可開拆，便有斬魏延之計。」今當取出一看。』遂出錦囊拆封看時，題曰：『待與魏延對敵，馬上方許拆開。』維大喜曰：『既丞相有戒約，長史可收執。吾先引兵出城，列成陣勢。公可便來。』

姜維披挂上馬，綽槍在手；引三千軍，開了城門，一齊衝出，鼓聲大震，排成陣勢。維挺槍立馬於門旗之下，高聲大罵曰：『反賊魏延！丞相不曾虧汝，今日如何背反？』延橫刀勒馬而言曰：『伯約，不干你事，只敎楊儀來！』儀在門旗影裏，拆開錦囊視之，如此如此。儀大喜，輕騎而出，立馬陣前，手指魏延而笑曰：『丞相在日，知汝久後必反，敎我提備，今果應其言。汝敢在馬上連叫三聲：「誰敢殺我，」便是眞大丈夫；吾就獻漢中城池與汝。』延大笑曰：『楊儀匹夫聽着！若孔明在日，吾尚懼三分；他今已亡，天下誰敢敵我？休道連叫三聲，便叫三萬聲，亦有何難？』遂提刀按轡，於馬上大叫曰：『誰敢殺我？』

一聲未畢，腦後一人厲聲而應曰：『吾敢殺汝！』手起刀落，斬魏延於馬下。衆皆駭然。斬魏延者，乃馬岱也。原來孔明臨終之時，授馬岱以密計，只待魏延喊叫時，便出其不意斬之；當日楊儀讀罷錦囊計策，已知伏下馬岱在彼，故依計而行，果然殺了魏延。

樂不思蜀

且說後主至洛陽時，司馬昭已自回朝。昭責後主曰：『公荒淫無道，廢賢失政，理宜誅戮。』後主面如土色，不知所爲。文武皆奏曰：『蜀主既失國紀，幸早歸降，宜赦之。』昭乃封禪爲安樂公，賜住宅，月給用度，賜絹萬疋，僮婢百人。子劉瑤及羣臣——樊建，譙周，郤正等，——皆封侯爵。後主謝恩出內。昭因黃皓蠹國害民，令武士押出市曹，淩遲處死。

時霍戈探聽得後主受封，遂率部下軍士來降。次日，後主親詣司馬昭府下拜謝。昭設宴款待，先以魏樂舞於前，蜀官感傷，蜀後主有喜色。昭令蜀人扮蜀樂於前，蜀官盡皆墮淚，後主嬉笑自若。酒至半酣，昭謂賈充曰：『人之無情，乃至於此！雖使諸葛孔明在，亦不能輔之久全，何況姜維乎？』乃問後主曰：『頗思蜀否？』後主曰：『此間樂，不思蜀也。』

須臾，後主起身更衣，却正跟至廂下曰：『陛下如何答應不思蜀也？倘彼再問，可泣而答曰：「先人墳墓，遠在蜀地，乃心西悲，無日不思，」晉公必放陛下歸蜀矣。』後主牢記入席。酒將微醉，昭又問曰：『頗思蜀否？』後主如却正之言以對，欲哭無淚，遂閉其目。昭曰：『何乃似却正語耶？』後主開目驚視曰：『誠如尊命。』昭及左右皆笑之。昭因此深喜後主誠實，並不疑慮。

『中國歷代經典寶庫』《青少年版》出版的話

一個中國古典知識大衆化的構想

◉高上秦

許多討論或研究中國文化的學者，大概都承認一樁事實：中國文化的基調，是傾向於人間的；是關心人生，參與人生，反映人生的。我們的聖賢才智，歷代著述，大多圍繞著一個主題，治亂興廢與世道人心。無論是春秋戰國的諸子哲學，漢魏各家的傳經事業，韓柳歐蘇的道德文章，程朱陸王的心性義理；無論是貴族屈原的憂患獨歎，樵夫惠能的頓悟衆生；無論是先民傳唱的詩歌、戲曲、村里講談的平話、小說……等等種種，隨時都洋溢著那樣强烈的平民性格、鄉土芬芳，以及它那無所不備的人倫大愛；一種對平凡事物的尊敬，對社會家國的情懷，對蒼生萬有的期待，激盪交融，相互輝耀，繽紛燦爛的造成了中國。平易近人、博大久遠的中國。

可是，生爲這一個文化傳承者的現代中國人，對於這樣一個親民愛人、胸懷天下的文明，這樣一個塑造了我們、呵護了我們幾千年的文化母體，可有多少認識？多少理解？又有多少接觸的機會，把握的可能呢？

一般社會大衆暫且不提，就是我們的莘莘學子、讀書人，受了十幾年的現代教育以後，究竟讀過幾部歷代的經典古籍？瞭解幾許先人的經驗智慧？當年林語堂先生就會感嘆過，現在的大學畢業生，連「中國幾種重要叢書都未曾見過」，遑論其他？

特別是近年以來，升學主義的壓力，耗損了廣大學子的精神、體力；美西文明的風行，導引了智識之士的思慮、習尚；電視、電影和一般大衆媒體的普遍流通，更造成了一個官能文化當道，社會價值浮動的生活形態。美國學者雷文孫所說的當代世界是一個「沒有圍牆的博物館」，固然鮮明了這一現象，但眞正的問題，却在於我們的根性尚未紮穩，就已目迷五色的跌入了傳播學者所批評的「優勢文化」的輻射圈內，失去了自我的特質與創造的能力。

何況，近代的中國還面對了內外雙重的文化焦慮。自內在而言，白話文學運動固然開發了俚語俗言的活力，提升了大衆文學的地位，覺悟到社會羣體的知識參與力，却相對的減損了我們對中國古典知識的傳承力；以往屬於孩童啓蒙的「小學」教育，屬於讀書人必備的「經學」常識，都在新式教育的推動下，變得無比艱澀與隔閡了。自外在而言，五四以來的西化怒潮，不斷開展了對西方經驗的學習，對傳統意識的批判，意興風發的營造了我們的時代感覺與世界精神，爲我們的現代化打下了一定程度的基礎；它也同時疾風迅雨般衝刷著中國備受誤解的文明，削弱了我們的文化認同與歷史根源，使我們在現代化的整體架構上模糊了著力的點，漫漶了精神的面。

將近五十年前，國際聯合會教育考察團曾對我國教育作過一次深入的探訪，在報告書中，一針見血的指出：歐洲力量的來源，經常是透過古代文明的再發現與新認識而而達至；中國的教育也理當如此，才能眞實發揮它的民族性與創造性。

事實上，現代的學術研究，也紛紛肯定了相似的論點。文化人類學所剖示的，每一個文化都有它的殊異性與持續性；知識社會學所探討的，一個文化的强大背景與典範人物，常常是新一代創造者的「支援意識」的能源；而李約瑟更直截了當的說，除了科技以外，其他文化的成果是沒有普遍性的。在這裏，當我們回溯了現代中國的種種內在、外在與現實的條件之餘，中國文化風格的深透再造，中國古典知識的普遍傳承，更成了炎黃子孫無可推卸的天職了。

「中國歷代經典寶庫」青少年版的編輯印行，就是這樣一份反省與辨認的開展。

在中國傳延千古的史實裏，我們也都看到，每當一次改朝換代或重大的社會變遷之餘，都有許多沈潛會通的有心人站出來，顚沛造次，心志不移的汲汲於興滅繼絕的文化整理、傳道解惑的知識普及——孔子的彙編古籍、有教無類，劉尙的校理衆書、編目提要，鄭玄的博古知今、遍註羣經；乃至於孔穎達的「五經正義」，朱熹的「四書集註」，王心齋的深入民衆、樂學教育……他們或以個人的力量，或由政府的推動，分別爲中國文化做了修舊起廢、變通傳承的偉大事業。

民國以來，也有過整理國故的呼籲、讀經運動的倡行；商務印書館更曾經編選印行了相當數量、不同種類的古書今釋語譯。遺憾的是，時代的變動太大，現實的條件也差，少數提倡者的陳義過高，拙於宣導，以及若干出版物的偏於學術界或知識份子的需要；這一切，都使得歷代經典的再生，和它的大衆化，離了題，觸了礁。

當我們著手於這項工作的時候，我們一方面感動於前人的努力，一方面也考慮了當前的需求，從過去疏漏了的若干問題開始，提出了我們這個中國古典知識大衆化的構想與做法。

我們的基本態度是：中國的古典知識，應該而且必須由全民所共享。它們不是知識份子的專利，也不是少數學人的獨寵，我們希望它能進入到大衆的生活裏去，也希望大衆都能參與到這一文化傳承的事業中來；何況，這些歷代相傳的經典，又有那麼多的平民色彩，那麼大的生活意義——說得更澈底些，這類經典，大部份還是平民大衆自身的創造與表現。大家怎麼能眼睜睜的放棄了這一古典寶藏的主權呢？

爲此，我們邀請的每一位編撰人，除了文筆的流暢生動外，同時希望他能擁有古典的與現代的知識，並且是長期居住或成長於國內的專家、學者，對當前現實有一適當的理解與同情。在這基礎上，歷代經典的重新編撰，方始具備了活潑明白、深入淺出、趣味化、生活化的蘊義。

也是爲此，我們首先爲這套書訂定了「青少年版」的名目。我們也曾考慮過一些其他的字眼，譬如「國民版」、「家庭版」等等，研擬再三，我們還是選擇了「

青少年版」。畢竟，這是一種文化紮根的事業，紮根當然是愈早愈好。在最有吸收力、閱讀力的年歲，在最能培養人生情趣和理想的時候，我們的青少年朋友就能與這些清澈的智慧、廣博的經驗爲友，接觸到千古不朽的思考和創造，而我們所謂的「中國古典知識大衆化」，才不會是一句口號。

這也意味了我們對編撰人寫作態度的懇盼，以及我們對社會羣體的邀請。但願透過這樣的方式，讓中國的知識、中國的創作，能夠回流反哺，回到每一個中國家庭裏，使每一位具有國中程度以上的中華子民，都喜愛它、閱讀它。

我們深深明白中國文化的豐美，它的包容與廣大。每一時代，每一情境，都有不同的創作與反省；它們或驚或嘆、或悲或喜，或溫柔敦厚、或鵬飛萬里，雖然形式多端、訴求有異，却絲毫無損於它們的完美與貢獻。這也就確定了我們的選書原則：盡可能的多樣化與典範化。像四庫全書對佛典道藏的排斥，像歷代經籍對戲曲小說的貶抑，甚至多數人都忽略了的中國的科技知識、經濟探討、敦煌遺墨，都是我們所不願也不宜偏漏的。

就這樣，我們在時代意義的需求、歷史價值的肯定、多樣內容的考量下，從廿五萬三千餘册的古籍舊藏裏，歸納綜合，選擇了目前呈現在諸位面前的六十五部經典。這是我們開發中國古典知識能源的第一步，希望不久的將來，我們能繼續跨出第二步、第三步……

我們所以採用「經典」二字爲這六十五部書的結集定名，一方面是——說文解字所解釋的，「經」是一種有條不紊的編織排列；廣韻所說的，「典」是一種法，一種規則。它們的交織運作，正可以系統的演繹了中國文化的風格面貌，給出我們日常行爲的規範，生活的秩序，情感的條理。另一方面——也是採用了章太炎先生的說法：它們是「當代記述較多而常要翻閱的」一些書。我們相信，中國文化的恢宏壯麗，必須在這樣的襟懷中才能有所把握。

與這個信念相表裏，我們在這六十五部經典的編印上，不作分類也不予編號。這套經典對我們是一體同尊的，改寫以後也大都同樣親切可讀，我們企冀於提供的，是一套比較完備的古典知識。無論古代中國七略四部的編目，或現代西方科技分類的正名，都易扭曲了它們的形象，阻礙了可能的欣賞，這就大大違反我們出版這套書的諦旨了。

但在另一重意義上，我們却分別爲舊典賦予了新的書名，用現代的語言烘托原書的精神，增進讀者對它的親和力；當然，這也意味了它是一種新的解釋，是我們以現代的編撰形式和生活現實來再認的古典。

也是在這種實質的，閱讀的要求下，我們不得不對原書有所去取，有所融滙與變通。譬如，原典最大的「資治通鑑」，將近三百卷的皇皇巨著，本身就是一個雄偉的書中帝國，一般大衆實難輕易的一窺堂奧。新版的「帝王的鏡子」做了提玄勾要的梳理，形式也類同袁樞「通鑑紀事本末」的體裁，把它作了故事性的改寫，雖然字數濃縮了，却在不失原典題旨的照顧下，提供了一份非專業的認知。其他的部份經典，也有類似的寫法。這方面，歐美出版界倒有不少可供我們借鑑的例子。遠的不談，就以湯恩比的「歷史研究」來說，前六册出版了未及十年，桑馬威爾就爲它作了濃縮至六分之一的大衆節本，暢銷一時，並曾獲得湯氏本人的大大讚賞。我們的作法雖不必盡同，但精神却是一致的。

再如原書最少的老子「道德經」，這部被美國學者蒲克明肯定爲未來大同世界家喩戶曉的一部書，短短五千言，我們却相對的擴充、闡釋，完成了十來萬字的「生命的大智慧」。又如「左傳」、「史記」、「戰國策」等書，原有若干重疊的記述，經過編撰人的相互研討，各有删節，避免了雷同繁複。……由於歷代經典的繽紛多彩，體裁富麗，筆路萬殊，各編撰人曾有過集體的討論，也有過個別的協調，分別作成了若干不同的體例原則，交互運用，以便充分發皇原典精神，又能照顧現實需要，爲廣大讀者打出一把把邁入經典大門的鑰匙。

無論如何，重新編寫後的這套書，畢竟仍是每一位編撰者的心血結晶，知識成果。我們明白，經典的解釋原有各種不同的學說流派，在重新編寫的過程裏，每一位編撰者的參酌採用，個人發揮我都寄寓了最高的尊重。

除了經典的編撰改寫以外，我們同時蒐集了各種有關的文物圖片千餘幀，分別編入各書。在這些「文物選粹」中，也許更容易讓我們一目了然的感知到中國：那樣樸素生動的陶的文化，剛健恢宏的銅的文化，溫潤高潔的玉的文化，細緻優美的瓷的文化；那些刻寫在竹簡、絲帛上的歷史，那些遺落在荒山、野地裏的器物；那些意隨筆動的書法，那文章，那繪畫……正如浩瀚的中國歷代經典一般，那一樣不足以驚天地而泣鬼神？那一樣不是先民們偉大想像與勤懇工作的結晶？看起來，它們是一幅幅獨立存在的作品，一件件各自完整的文物，然而它們每一樣都代表了中國，都煥發出中國文化緜延不盡的特質。它們也和這些經典的作者一樣，是彼此相屬、相生、相成的。

這套書，分別附上了原典或原典精華，不只是强調原典的不可或廢，更在於牽引有心的讀者，循序漸進，自淺而深。但願我們的青少年，在舉一反三、觸類旁通之餘，更能一層層走向原典，去作更高深的研究，締造更豐沛的成果；上下古今，縱橫萬里，爲中國文化傳香火於天下。

是的，我們衷心希望，這套「中國歷代經典寶庫」青少年版的編印，將是一扇現代人開向古典的窗；是一聲歷史投給現代的呼喚；是一種關切與擁抱中國的開始；它也將是一盞盞文化的燈火，在漫漫書海中，照出一條知識的，遠航的路——

也許，若干年後，今天這套書的讀者裏，也有人走入這一偉大的文化殿堂，與先聖先賢並肩論道，弦歌不輟，永世長青的開啓著、建構著未來無數個世代的中國心靈！

歷史在期待。

（民國六十九年歲末於臺灣臺北）

附記：雖然，編輯部同仁曾盡了最大的力氣，但我們知道，這套書必然仍有不少缺點，不少無可避免的偏差或遺誤。我們十分樂意各界人士對它的批評、指正，這不僅是未來修訂時的參考，也將是我們下一步出版經典叢書的依據。

總目錄

袖珍本50開中國歷代經典寶庫59種65冊

總目錄

袖珍本50開中國歷代經典寶庫59種65册

總目錄

袖珍本50開中國歷代經典寶庫59種65冊

【開卷】叢書古典系列

中國歷代經典寶庫 三國演義

編撰者——邵　紅
校　　對——邵　紅・徐志勇・李　昂・張幼杰
董事長
發行人——孫思照
總經理——莫昭平
總編輯——林馨琴
出版者——時報文化出版企業股份有限公司
10803台北市和平西路三段240號三樓
發行專線——（02）2306-6842
讀者服務專線——0800-231-705・（02）2304-7103
讀者服務傳眞——（02）2304-6858
郵撥——19344724時報文化出版公司
信箱——台北郵政79～99信箱
時報悅讀網——http://www.readingtimes.com.tw
電子郵件信箱——liter@readingtimes.com.tw

印　　刷——盈昌印刷股份有限公司
袖珍本50開初版——一九八七年元月十五日
三版十四刷——二〇一〇年二月十一日
袖珍本59種65冊
定價新台幣單冊100元・全套6500元

⊙行政院新聞局局版北市業字第八〇號

ISBN 957-13-1241-X

國立中央圖書館出版品預行編目資料

三國演義 ：龍爭虎鬥 / 邵紅編撰. --二版. --
臺北市 ：時報文化，1994[民83]印刷
面； 公分. -- (開卷叢書. 古典系列)(中國歷代經典寶庫；45)
ISBN 957-13-1241-X(50K平裝)

1.三國演義－通俗作品

857.4523 83006344